Sylvia Renz

Das verlorene Herz
Roman

Sylvia Renz

Das verlorene Herz

Roman

Schulte & Gerth

© 2002 Gerth Medien, Asslar
Best.-Nr. 815 760
ISBN 3-89437-760-7
2. Auflage 2003
Umschlaggestaltung/Fotomontage: Ursula Stephan
Satz: Die Feder GmbH, Wetzlar
Druck und Verarbeitung: Ebner & Spiegel, Ulm
Printed in Germany

*Für meine allerbeste Freundin
und Schwester Claudia*

Blitzeinschlag

„Soll ich mich nach ihm umschauen oder nicht?", überlege ich beim Klang der warmen, tiefen Stimme, aber mein Nacken hat seinen eigenen „Kopf" und bleibt eisern: Wer immer der Neue ist – er soll nicht denken, ich liefe ihm nach.

Männliche Kommilitonen sind in diesem Frankfurter Germanistikkurs spärlich gesät. Da ist einmal das Rudel von exzentrischen Typen, denen die Rasta-Locken bis auf die Schultern hängen und die sich auf der Treppe dauernd in ihren bodenlangen Wickelröcken verheddern. Unser Emanzen-Bataillon können sie damit nicht beeindrucken und mich schon gar nicht. Mir sind Männer suspekt, die krampfhaft anders sein wollen, als sie nun mal sind.

Dann haben wir noch eine Hand voll Streber im Kurs, verpickelt, mit Runzelstirnen und bekümmerten Augen unter starken Brillen, die ihr Studium so ernst nehmen, dass sie nur an Mephisto denken oder an Walter von der Vogelweyde. Mit ihnen kann man sich eigentlich nur auf Mittelhochdeutsch unterhalten.

Die Mädchen teilen sich in drei Gruppen: Einige sind die typischen Lehrerinnen, schon jetzt. Sie hören aufmerksam zu, aber noch lieber dozieren sie, und man macht sich bei ihnen unendlich beliebt, wenn man sie um Rat fragt und dann lang genug Zeit hat, ihn auch anzuhören. Sie wirken aufgeräumt, und genauso diszipliniert ist auch ihr Privatleben: Jede von ihnen hat einen ordentlichen Freund und ist zeitlich verplant bis nachts um halb zehn, da gehen sie nämlich schlafen. Damit sie morgens wieder richtig wach sind.

Die zweite Gruppe besteht aus Ökofrauen, politisch auf dem neusten Stand, kommen in Birkenstock-Sandalen daher und tragen die Haare liberal, wollen sie auf keinen Fall zu einer Frisur vergewaltigen. Die meisten in diesem Club verachten Männer und sind Singles. Zufall oder nicht – sie reden manchmal wie der Fuchs, der die Trauben „sauer" schimpft, weil sie für ihn unerreichbar sind. Allerdings lässt sich nicht ausschließen, dass sie irgendwann mal tatsächlich saure Trauben erwischt haben und jetzt an ihrer verätzten Seele leiden.

Die dritte Gruppe der weiblichen Studenten bin ich, und ich sitze zwischen allen Stühlen und frage mich, warum ich nirgendwo reinpasse. Bin ich zu anspruchsvoll? Zu kompliziert? Oder habe ich die richtige Gesellschaft noch nicht gefunden?

Der Prof hat inzwischen eine weitere Frage gestellt, und wieder antwortet die sympathische Stimme. Sagt etwas, das mich überrascht, weil es originell ist und trotzdem so wahr. Ein gründlicher Denker ist das und obendrein poetisch.

Diesmal kann ich mich gegen meine Halsmuskeln durchsetzen. Vorsichtig schiele ich nach hinten. O-o – das wird doch nicht etwa ein Blender sein? Ein Mustermann aus dem Männer-Moden-Magazin? Hallo, Paradiesvogel – willkommen im Hühnerhaus.

Wir Germanisten sehen nämlich kein bisschen modelmäßig aus. Wir pflegen eher die „inneren Werte", was immer man darunter verstehen mag. Manchmal tun mir unsere zukünftigen Schüler Leid, wenn sie später mal den lieben langen Schultag solche Lehrer wie uns anschauen müssen.

Allerdings, wenn sie *den hier* kriegen, haben sie nichts zu meckern. Da werden die Mädels ihre Jeans einmotten und wieder im Mini zur Schule tänzeln. Und werden mit 200-Watt-Augen dahocken und so tun, als hörten sie zu.

Er spricht wieder. Ich rutsche mit meinem Stuhl herum, damit ich ihn besser betrachten kann. Hm, ja, jetzt fällt mir auf, dass ich ihn vorgestern in der Mensa gesehen habe, von weitem. Da er schräg hinter mir sitzt, kann ich seine Augen sehen. Sie sind grün mit blaugrauen Sprenkeln. Erinnert mich an die Bucht in Süditalien, in der ich öfter mal zelte – genauso sieht dort das Wasser aus, wenn Sturmwolken über den Himmel jagen. Und diese rotbraune Haarsträhne, die ihm ins Gesicht hängt. Er fegt sie weg. Typische Klavierspielerhände hat er – schlanke, sehnige Finger mit ovalen Nägeln. Sauber gefeilt, nicht abgekaut wie meine. Ist ja eine Schande, in meinem Alter! Ich verstecke sie unter dem Pult.

Auf einmal kreuzen sich unsere Blicke. Er wird ernst, eine kleine, steile Falte wächst über seiner Nasenwurzel, als wäre ich ein Haus, halb im Sand verschüttet, das man erst freischaufeln muss. Dann entspannen sich die Züge, und der Blick wandert weiter – die Ausgrabungsstätte war wohl der Mühe nicht wert. Na und? Gut aussehende Männer suchen gut aussehende Frauen. So einfach ist das. Und die inneren Werte? Wer fragt schon danach? Nur solche, die äußerlich nicht viel zu bieten haben. Solche wie ich.

Warum lachen sie auf einmal? Etwa über mich? Natürlich nicht; der Neue hat einen Witz gemacht. Aber worüber? Vielleicht sollte ich mal lieber zuhören. Vielleicht sollte ich meine Gedanken einsammeln, die so gern davonstieben wie Daunenfedern beim Kissenbefüllen. Vielleicht sollte ich mein Ziel fester ins Auge fassen – ich muss meine Scheine fürs Examen zusammenkriegen. Will den Eltern nicht länger auf der Tasche liegen als nötig. Sie müssen ja auch noch meine Schwester sponsern.

Also Drehung um 90°, den Collegeblock näher ranziehen, die letzten Notizen durchlesen und schon bin ich wieder mittendrin im Unterrichtsthema. Na bitte! Ab und zu kommt von hinten diese unglaubliche Stimme, aber das kann mich nicht mehr ablenken. Schließlich weiß ich, wie man Prioritäten setzt.

Er hat ein Grübchen am Kinn.

Gemeinschaftsprojekt

Er heißt Daniel und ist ein Phänomen! Ich hab noch nie einen Menschen erlebt, der so schnell Kontakte knüpft, ohne sich dabei anzubiedern. Seit einer Woche ist er im Kurs, und schon kennen ihn sämtliche Professoren mit Namen. Sie ziehen ihn ins Gespräch und geben was auf seine Meinung. Die zerstrebten Intellektuellen steigen immer öfter von ihrem Elfenbeinturm herab und hören ihm zu und loben ihn, weil er „so geistreich" sei und „so gebildet". Das finden auch die Faltenrock-und-Spitzenkragen-Mädchen und verwickeln ihn in artige Konversation. Sogar unsere feministische Fraktion hat die Krallen eingezogen: „Endlich mal ein sensibler Mann, der Durchblick hat." Was den Rastalocken an ihm gefällt, habe ich noch nicht analysieren können – wenn man sie fragt, murmeln sie: „Er *hat* was . . ." Jedenfalls laufen sie ihm nach wie zahme Welpen. Alle hat er im Sturm erobert, alle außer mir. „Gruppe 3" zeigt sich widerborstig. Ich weiß selber nicht warum.

Dabei bin ich von Anfang an fasziniert von seiner Stimme. Und von dem, was er sagt – aus jedem Satz spricht eine Klugheit, wie man sie sonst nur bei älteren Leuten findet, und dabei bringt er es mit so viel Wortwitz rüber, dass sich keiner beschulmeistert fühlt – wer kann solchem Charme widerstehen? – Seinen sturmgrünen Augen, den feinnervigen Händen, der Nase, aus Marmor gemeißelt, den geschwungenen Lippen, dem kraftvollen Kinn . . .

Vielleicht ist es gerade das, was mich zögern lässt. Dieser Mann ist einfach zu gut, um wahr zu sein. Und ich ahne, dass es mich mit Urgewalt zu ihm hinziehen wird, wenn ich auch nur einen Millimeter an Boden verliere. Warum soll ich mich einer Macht ausliefern, die ich nicht zügeln, nicht kontrollieren kann? Wenn ich mein Herz verschenke, dann ist es für alle Zeit verloren und nicht mehr mein Eigentum, es ist der Gnade des Empfängers ausgeliefert. Und was geschieht, bitte schön, wenn er damit spielt? Wenn er es nicht zu schätzen weiß? Wenn er darauf herumtrampelt, es in Stücke reißt oder wegwirft?

Nein, nein, ich werde meine Trumpfkarte nicht ausspielen, solange ich nicht weiß, wie hoch der Gewinn sein wird. Deshalb bleibe ich hübsch in der Reserve und verbiete meinen Augen, etwas auszuplaudern, was nicht einmal ich wissen will . . .

Obwohl ich mir da was Schweres vorgenommen habe. Der Prof hat heute ein Projekt vorgestellt, das wir in Vierergruppen bewältigen sollen. Wir sind 22 in diesem Kurs. Im Husch hatten sich fünf Teams sortiert, und wer blieb übrig? Natürlich ich – und Daniel. Die anderen bettelten, er solle sich doch als fünftes Rad auf ihren Wagen spannen, aber er lehnte ab: „Johanna hat auch noch kein Team. Ich werde mit ihr zusammenarbeiten."

„Aber ihr seid nur zu zweit!", wandte der Professor ein. „Wollt ihr euch nicht lieber auf andere Teams aufteilen?"

Dan schüttelte den Kopf und sah mich an. Wieder erschien die Grübelfalte über seiner Nasenwurzel, doch diesmal schweifte sein Blick nicht weiter. Er blieb auf mir kleben.

„Wenn es dir recht ist, Jo, dann nehmen wir diese Herausforderung an. Wir machen durch Qualität wett, was uns an Quantität fehlt."

Hätte er dabei spöttisch gelächelt, dann hätte ich ihm verbal eins übergebraten. Anspielungen auf meine knapp 1,60 m – ich trage Größe 34 – stoßen mir sauer auf. Da schieße ich schon mal zwei, drei Pfeile ab, die dann allesamt ins Schwarze treffen. (Was möglicherweise erklärt, weshalb die Gruppe 3 bisher ein Ein-Frau-Unternehmen war.)

Aber Dan hielt mich immer noch mit den Augen fest. „Bitte, Jo . . .", sagte er leise, und da wurde ich weich, weil er es plötzlich nicht mehr als sein Königsprivileg betrachtete, dass ich mit ihm zusammenarbeiten *wollte*.

Einer von den Rastis flötete: „Daniel und Johanna, wie romantisch!" Dabei verdrehte er die Augen, bis alle anderen vor Lachen prusteten.

Nur Dan blieb ernst. „Verrechnet euch bloß nicht. Wir sind Profis, nicht wahr, Jo?"

Was sollte ich darauf sagen? Etwa das: „Nein, ich möchte lieber nicht, weil ich fürchte, ich könnte mich in dich verlieben?" Oder noch schlimmer: „Ich hab mich in dich verknallt und möchte nicht, dass du es merkst?" *Das* Gejohle wäre in die Geschichte des Germanistikstudiums eingegangen, und ich wette, sogar unsere kreuzbraven Lehramtskandidatinnen hätten sich daran beteiligt. Also sagte ich: „Klar, Mann. Sachlich und kompetent, sonst nichts. "

Eine halbe Sekunde lang glaubte ich es selber.

Arbeitsessen

Unser Projekt erfordert häufige Treffen. Immerhin müssen wir doppelt so viel leisten wie die anderen. Wir brüten stundenlang über Dokumenten. Wir stöbern in der Uni-Bibliothek, bis uns der Niesreiz verjagt und in eine Imbiss-Stube treibt. Zwischen Salattellern und der Ölflasche stapeln sich die Notizzettel, während wir mit vollem Mund Analysen austauschen und Zwischenergebnisse formulieren. Mittlerweile habe ich keine Angst mehr davor, dass man mir meine Gefühle an der Nasenspitze ansehen könnte. Erstens kann man das nicht – ich hab's im Spiegel ausprobiert – und zweitens haben sich meine Gefühle gewandelt: Die Schwärmerei hat sich zum Respekt ausgewachsen, meine Widerspenstigkeit ist abgeflaut. Ich denke nicht mehr darüber nach, was er oder andere von mir denken könnten – ich bin einfach ich selbst, und fühle mich frei wie selten zuvor. Dan bringt so was fertig.

Er nimmt mir die Befangenheit, ich weiß auch nicht, wie er das macht. Wenn wir miteinander reden, dann kommt es mir vor, als würden in meinem Kopf Türen aufgestoßen, die in weite Flure führen mit luftigen, hohen Räumen. Und ich bin nicht mehr allein im Palast meiner Gedanken. Da ist ein Echo, das Antwort gibt und Fragen stellt und mich an der Hand nimmt und um die nächste Ecke führt. Und hinter jeder Biegung entdecke ich eine neue Welt mit neuen Horizonten.

Manchmal wünsche ich, der Uhrzeiger würde festkleben und diese kostbaren Stunden dehnen! Abends vor dem Schlafengehen fällt regelmäßig ein schwarzer Torfsack auf mein Gemüt: das Wissen, dass unser Projekt bald bewältigt ist. Noch eine Woche, dann sollen wir es den anderen vorstellen – ganz professionell, versteht sich! Ich muss die Zeit nutzen, nutzen, nutzen! Mittlerweile kümmert es mich nicht mehr, wenn die Rastis tuscheln, weil wir in jeder Vorlesung nebeneinander sitzen, in der Mensa einen kompletten Tisch reservieren (brauchen wir für die Notizen!) und kaum noch mit anderen reden. Ich glaube, sie sind bloß neidisch. Noch nie habe ich mit einem Menschen so viel und so tief gesprochen wie mit Daniel. Natürlich geht es zuallererst um unser Projekt-Thema, aber während wir debattieren und diskutieren, lernen wir uns immer besser kennen.

Er lebt hier und jetzt. Glaubt nicht, dass das Leben einen tieferen Sinn hat oder ein Ziel. Zuerst dachte ich: Er ist total oberflächlich! Wie kann man nur so vordergründig vor sich hin vegetieren? Aber dann erzählte er mir, warum er so denkt. Seine Eltern starben bei einem Autounfall, als er drei war. Der Bruder seiner Mutter nahm ihn aus Pflichtgefühl auf. Dort gab es schon vier Kinder, die den Cousin als Eindringling empfanden und nicht besonders nett zu ihm waren. Bei den Verwandten herrschte strenge Disziplin, und Dan lernte schnell. Er passte sich an und schaffte es, sich den Respekt der Zieheltern zu sichern. Er erzählte mir, dass er im Lauf der Jahre sogar ihre Zuneigung gewinnen konnte, was mich kein bisschen überrascht – da wäre zum Beispiel das Grübchen am Kinn.

Seit er mir das gesagt hat, kann ich eher begreifen, weshalb sich manche Menschen von Vergangenheit und Zukunft abschneiden und ganz in der Gegenwart leben. Wahrscheinlich liegt im Gestern zu vieles begraben, was wehtut, wenn man dran rührt. Und vielleicht haben sie Angst vor Morgen, weil sie dann etwas verlieren könnten, was ihnen kostbar ist.

Dan hörte ruhig zu, als ich über meine Sicht der Dinge sprach, über den Glauben an einen Schöpfer, die Hoffnung auf eine neue Welt, die eines Tages in unsere Wirklichkeit hereinbrechen wird, über meine ganz private Freundschaft mit Jesus, dem Sohn Gottes. Es kostete mich eine Menge Überwindung, ihm das zu sagen, denn wie sollte ich reagieren, wenn er das alles mit einem Hohnlachen vom Tisch wischte?

Doch er lächelte nicht mal – er stellte vernünftige Fragen.

Alle konnte ich nicht beantworten, zum Beispiel die Frage: „Wenn Gott die Menschen wirklich liebt, und wenn er allmächtig ist, warum sterben dann so viele unschuldige Kinder? Warum verhungern Millionen? Warum werden Menschen unterdrückt und gefoltert?" Dahinter schwang – unausgesprochen – wahrscheinlich auch die Frage: Warum sind meine Eltern gestorben, als ich sie noch so nötig hatte? Warum musste ich bei diesen lieblosen Verwandten aufwachsen? Warum ist das ausgerechnet mir passiert?

Ich gab Dan meine Bibel mit einem Lesezeichen im Buch Hiob. Vielleicht findet er hier seine ganz persönliche Antwort.

Ich hoffe es sehr.

Paartanz

Heute war unser großer Auftritt. Wir kamen als erste Gruppe dran, weil wir nur zu zweit gearbeitet hatten. Mein Puls raste, als ich vor der Gruppe stand, und ich wusste nicht mal, ob das vom Lampenfieber kam oder von Daniels Hand auf meiner Schulter. Er wollte mich damit wohl beruhigen. Er hat keine Ahnung, dass mir diese Nähe das Blut in die Ohren jagt und meine Knie bedenklich zittern lässt. Allerdings wurde es auch nicht besser, als er seine Hand wegnahm und mir aufmunternd zuzwinkerte. Er sprach als Erster, und während er den Tageslichtprojektor anwarf und unsere Folien auflegte und erklärte, konnte ich mich langsam berappeln. Meine Stimme klang beinahe normal, als ich zu sprechen begann. Alle hörten zu bis zum Schluss und dankten uns mit lautem Getrampel für die Präsentation. Der Prof sagte: „Alle Achtung, ihr seid ein gutes Team", und da klatschten alle Beifall, sogar die Rastis. Dan nahm ihn mit Würde entgegen, als wäre das sein gutes Recht. Ich glaube, er ist auf eine ganz ausgefuchste Art bescheiden und hochmütig zugleich.

Nach der Vorlesung wollten alle zusammen feiern, und diesmal war ich nicht ausgeschlossen wie sonst immer, denn Dan sagte: „Jo hat mir ihr Lieblingsbistro gezeigt, dort gehen wir hin." Kein Widerspruch, niemand klinkte sich aus, zum ersten Mal war unsere Gruppe einig wie eine große Familie. Wir stürmten das Lokal und schoben die Tische zusammen. Ich saß eingequetscht in der Ecke der langen Bank und war damit zufrieden, denn Dan hatte sich mir gegenüber postiert – als strahlende Sonne in unserem System. Die Gesprächsfetzen flogen hin und her. Ein paar Mädels aus der Lehrerinnenfraktion und die männlichen Streber wollten Einzelheiten unserer Dokumentation mit uns diskutieren. Die Ökos hatten schon längst wieder ihr eigenes Thema, und die Rastis himmelten Dan ganz offen an – stundenlang, mit wachsender Begeisterung.

Draußen war es dunkel geworden. Eine Clique nach der anderen brach auf. „Man sieht sich!" „Machs gut", „Schönes Wochenende!" Die Gruppe zerbröselte, nur noch zwei von Daniels treuen Gefolgsleuten blieben am Tisch und warfen ihm Hundeblicke zu. Man brauchte kein Detektivbüro zu engagieren, um zu merken, was sich da abspielte. Wieder spürte ich, wie sich der Sack mit nasser Erde auf mich herabsenken wollte. Ich befahl mir: „Ganz ruhig! Du bist Profi. Du wusstest, dass es nicht lange dauern würde. Gib dich zufrieden mit dem, was du bekommen hast. Schau in den Spiegel und sei vernünftig. Mehr ist nicht drin! Schon gar nicht, wenn er linksherum gestrickt ist." Dabei hatte ich Dan anders eingeschätzt, aber vielleicht war meine Wahrnehmung ein bisschen getrübt. Jedenfalls räusperte sich Uli, der Schmachtjüngling mit den zimtbraunen Augen und sagte: „Und was machen wir jetzt?"

Sein Kumpel Tim – blond und blauäugig – sekundierte mit samtweicher Stimme: „Gehen wir doch zu mir! Da ist am meisten Platz." Mit einem kurzen Seitenblick ließen sie mich wissen, dass diese Einladung ausschließlich Daniel galt.

Dan musterte sie kurz und stand auf. Er sagte: „Tja, dann wollen wir euch nicht länger aufhalten. Jo und ich müssen noch was erledigen." Mein Herz machte einen Sprung und setzte zwei Schläge aus – „Jo und ich" hatte er gesagt...es war noch nicht ganz vorüber! Dan *wollte* mit mir zusammen sein!

Er half mir in den Mantel und tat so, als übersähe er die enttäuschten Blicke der beiden Rastis, die etwas ratlos herumstanden und „Schade" und „Vielleicht ein anderes Mal?" murmelten. An der Tür schob er seinen Arm unter meinen, als wäre das unsere normale Art, miteinander umzugehen. Ich schnappte nach Luft, obwohl ich zugeben muss, dass es mir gefiel. Als wir draußen waren, nahm er seine Hand wieder zu sich und sagte: „Danke dir, Jo. Du hast mich gerettet."

„Was? Wie?", stotterte ich.

„Na vor den beiden", sagte er. „Entschuldige, dass ich dich

als Schutzschild benutzt habe. Irgendwie musste ich sie doch loswerden. Aber ich wollte ihre Gefühle nicht verletzen."

Ich verstand noch immer nicht.

„Jo", seufzte er. „Das müsstest du doch gecheckt haben. Die beiden machen sich Hoffnungen, die ich nicht erfüllen kann."

„Schon klar. Aber warum hast du es ihnen nicht einfach gesagt?"

„Das hätte ihnen weh getan", sagte Daniel.

Ich zuckte die Achseln. „Die Wahrheit tut öfter mal weh."

„Du sagst das so hart . . . ich geh mal davon aus, dass die beiden nicht freiwillig schwul sind."

„Nicht freiwillig? Kann man zum Schwulsein gezwungen werden?"

„Vielleicht ist Zwang das falsche Wort", überlegte er. „Trotzdem glaube ich nicht, dass sie eine Wahl hatten."

„Wie meinst du das?"

„Vielleicht haben sie eine Neigung zur Homosexualität geerbt – könnte ein mutiertes Gen sein oder so ähnlich. Und dann kamen äußere Umstände dazu. Ein schockierendes Erlebnis in der Kindheit vielleicht – eine Vergewaltigung oder so was. Sie sind eben so, das akzeptiere ich."

„Du findest es also ganz in Ordnung und normal, wenn Tim und Uli miteinander – äh – schlafen", sagte ich und war froh, dass die Straßenlaternen so ein funzliges Licht warfen, denn ich fühlte, dass ich knallrot geworden war. Nicht, dass ich prüde wäre, aber so ein Thema . . . mit Dan . . .

„Normal nicht, aber . . . ich kann verstehen, warum sie so geworden sind. Ich weiß zufällig, dass Tim und Uli ohne Vater aufgewachsen sind. Da fehlte das Modell, verstehst du? Sie haben nicht gelernt, wie man als Mann denkt und handelt. Ihnen fehlte die Anerkennung des Vaters. Sie hatten immer nur Frauen als Vorbilder – starke und sehr fähige Vorbilder, die ihnen gleichzeitig ein bisschen Angst einjagten, weil sie so tüchtig waren. Außerdem wurden die beiden viel zu früh mit einer verdrehten Sexualität bekannt gemacht."

„Du denkst an Pornografie?"

„Ja, und nicht nur das. Tim wurde mit 5 von einem Onkel vergewaltigt, und Uli war jahrelang das Opfer einer Bande von Jungen, die sich ebenfalls über ihn hergemacht haben. Ist es da ein Wunder, wenn er keinen normalen Sex haben will? Er kennt ja nichts anderes."

„Trotzdem kann ich das nicht einfach so hinnehmen", platzte ich heraus. „Ich finde Homosexualität abartig. Gott hat die Menschen als Mann und Frau geschaffen, und er wollte, dass ein Mann und eine Frau zusammen leben, und zwar für immer!"

Dan blieb stehen. „Das glaubst du wirklich?"

„Ja. So war es ursprünglich geplant. Und so ist es für uns Menschen am besten."

Er wiegte den Kopf. „Ich bezweifle, ob es für jeden gut ist. Wir sind doch alle so verschieden. Machst du es dir nicht etwas zu einfach, wenn du eine Regel für alle festlegst?"

„Ich hab sie nicht erfunden. So steht es in der Bibel", erklärte ich.

„Und das ist für dich das Ende der Debatte", sagte er, und als ich nickte, fügte er hinzu: „Du hast es gut."

Wir gingen schweigend weiter. Ich zermarterte mir das Hirn nach einem klugen Wort, das ihm beweisen sollte, dass ich doch nicht so naiv war wie er wohl meinte, aber mir fiel nichts ein. Absolutes Black-out. Er brachte mich bis zur Haustür und legte mir die Hand auf den Arm.

„Jo", sagte er.

Ich wandte ihm mein Gesicht zu, aber er sah mich nicht an.

„Über dieses Thema reden wir noch mal", murmelte er. „Aber nicht heute. Hast du am Wochenende schon was vor?"

„Ich wollte – ich müsste lernen", stotterte ich.

„Aber doch nicht zwei Tage lang ununterbrochen. Oder?"

Ich schüttelte den Kopf.

„Wollen wir uns am Sonntagabend treffen? Ich lade dich auf eine Pizza ein", schlug er vor.

„Ja, gern", sagte ich schnell, bevor er es sich anders überlegte.

„Gut. Dann bis Sonntagabend. Ist dir 19 Uhr recht?"

„Sicher. Bis dann . . ."

Ich schloss das Haustor auf und ging hinein. Drinnen lehnte ich mich mit der Stirn gegen das Eichenholz und hörte auf seine Schritte, die sich im Takt meines Herzschlags entfernten.

Ich vermisse ihn jetzt schon.

Rendezvous

Noch nie war ein Wochenende so langsam dahingeschlichen wie dieses. Ich zwang mich zum Lernen, doch meine Gedanken entwischten immer wieder. Sogar im Gottesdienst ertappte ich mich dabei, dass ich an Daniel dachte, und wenn ich die Augen schloss, sah ich immer wieder diese schlanken Finger, die eine rotbraune Haarsträhne aus der Stirn schoben. Und spürte seinen Arm auf meiner Schulter. Ich fühlte mich wie die Fliege auf dem Honigbrot – gefangen und gleichzeitig entzückt.

Am Sonntagabend war ich schon eine halbe Stunde zu früh fertig. Zum dreihundertsten Mal starrte ich in den Spiegel, aber meine Nase blieb, wie sie immer gewesen war: ein wenig zu kurz, ein wenig zu stups, und meine dunkelblonden Baby-Locken krausten sich mehr denn je. Ich hatte sie mit ein paar Spangen festgeklemmt, damit sie mir nicht ins Gesicht hingen. Die Super-Volumen-Tusche, mit der ich versucht hatte, meine spärlichen Wimpern zu betonen, war zu schwarzen Klumpen geronnen, und als ich sie mir aus dem Gesicht wusch, wurden die Augen gereizt und blieben rot gerändert. Na toll. Wahrscheinlich musste ich mich doch wieder auf meine inneren Werte besinnen.

Aber dann zwang ich mich zur Ruhe. Meine Mutter hatte oft gesagt: „Es kommt, wie es kommen muss. Kämpfe nicht, vertraue einfach." Und diesen Rat wollte ich heute befolgen. Als Dan endlich kam, fühlte ich mich wieder sicher: Entweder nimmt er mich so, wie ich bin, oder er ist nicht der Richtige für mich.

Dan war völlig unbefangen und lenkte das Gespräch wieder auf das Thema von neulich: Wie entsteht Homosexualität? Er war der Ansicht, dass diese Neigung vererbt oder erworben würde und man daran nichts ändern könnte.

Ich vertrat eine andere Meinung: „Auch wenn ein Mann dazu veranlagt ist, kann er sich gegen einen solchen Lebensstil entscheiden. In der Bibel werden sexuelle Beziehungen zwischen Männern als ein Gräuel bezeichnet. Das heißt, als eine schlimme Untat, die Gott nicht dulden kann, weil – "

„ – und genau das stört mich so an der Bibel", warf Daniel ein. „Sie verurteilt den Menschen von vornherein, statt ihm zu helfen!"

„So lass mich doch erst mal ausreden! Wenn Gott diese Menschen für ein falsches Verhalten verantwortlich macht, dann setzt das voraus, dass sie auch anders könnten. Sonst wäre er ja ungerecht."

Dan überlegte, während er die Tür zur Pizzeria für mich aufhielt. „Das ist logisch", gab er zu. „Aber es setzt auch voraus, dass es eine Heilung oder einen Ausweg aus der Homosexualität gibt. Und wo sind sie, die berühmten Geheilten? Kannst du mir welche zeigen?"

Ich nickte. „Wenn du am Mittwoch Zeit hast, dann stelle ich dir zwei solche Menschen vor. Er war schwul, sie war lesbisch. Heute sind die beiden verheiratet und haben einen kleinen Sohn."

Dan zuckte die Achseln. „Einzelfälle", murmelte er. „Und außerdem habe ich am Mittwoch schon was vor."

Der Kellner führte uns zu einem freien Tisch und reichte uns die Speisekarten. Wir debattierten weiter, bestellten nebenbei unsere Pizzen und säbelten daran herum. Sie waren schrecklich zäh.

Beim Zahlen sagte Dan zum Kellner: „Sie sollten diese Pizza eigentlich Pizza Frisbee nennen. Zum Essen ist sie zu hart, aber ich nehme an, dass sie ganz gut fliegen könnte. Sie ist ja nicht übermäßig mit Zutaten belastet." Der Kellner lief rot an, aber Dan lachte nur und gab ihm ein gutes Trinkgeld.

„Komm, wir bummeln über den Weihnachtsmarkt", schlug er vor, als wir das Lokal verlassen hatten. Es war Ende November, überall waren Buden aufgestellt, es roch nach Glühwein und gebrannten Mandeln. Wir spendierten uns eine Doppeltüte heiße Maronen und schlenderten über den Marktplatz.

Auf einmal blieb Dan stehen und sagte: „Jo, ich möchte heute noch was anderes mit dir klären. Du hast sicher schon bemerkt, dass sich ein paar Mädchen aus dem Kurs für mich interessieren."

„Das ist ja nicht zu übersehen", sagte ich hölzern. „Du hast gute Chancen bei – bei den meisten."

Er lachte. „Nett gesagt. Aber ich möchte diese Chancen nicht nutzen."

„Nicht . . .", murmelte ich.

„Nein. Ich will nicht einfach vernascht werden, das kannst du doch sicher nachempfinden."

Konnte ich nicht, denn damit hatte ich bisher noch keine negativen Erfahrungen gemacht. Allerdings auch keine positiven. Die Vorstellung, dass mich einer „süß" finden könnte, erschien mir absurd.

„Es genügt mir nicht, dass mir irgendwelche Mädels nachlaufen, weil ich in ihren Augen gut aussehe. Ich möchte mehr. Ich möchte geliebt werden, weil ich – ich selbst bin, verstehst du?"

Ich nickte heftig. „Das geht mir genauso."

„Siehst du? Und ich möchte nur dann mit einer Frau zusammen sein, wenn ich sie rundherum faszinierend finde."

Auf einmal wurde mir heiß unter der dünnen Jacke. Wollte er mir etwa damit sagen, dass er mich – ? Nein. Das war unmöglich. Oder vielleicht doch?

„Jo, ich muss dir etwas gestehen . . .", sagte Daniel.

Mein Herz begann zu rasen.

„Du bist die erste Frau in meinem Leben, bei der ich mich so richtig wohl fühle. Ich darf ich selber sein, verstehst du?" Er lächelte aus der Höhe seiner 1,85 m auf mich herunter. „Ich habe nie geglaubt, dass man mit einem Mädchen ganz entspannt befreundet sein kann. Bisher kannte ich nur Mädchen, die mich bezirzen wollten oder solche, die *ich* erobern wollte. Aber du – du bist ganz anders."

Mir war noch nicht klar, ob das eine verkappte Liebeserklärung werden sollte oder das Gegenteil. Deshalb sagte ich vorsichtshalber nichts.

„Weißt du, Jo", dozierte er weiter, „bei dir fühle ich mich sicher. Ich kann mich so geben, wie ich bin. Ich brauche keine Maske zu tragen, weil ich davon ausgehe, dass du nichts von mir willst. Oder?"

Das war ja noch schlimmer, als ich befürchtet hatte! Ich setzte mein Pokerface auf. Nur nichts merken lassen! Ruhig weiteratmen, die Bäume zählen, einen Schritt vor den anderen setzen, bis der feine, spitze Schmerz in der Magengegend abgeklungen war.

Nach einer Weile sagte er, und seine Stimme war so zaghaft, wie ich sie noch nie gehört hatte: „Jo, darf ich dich um einen Gefallen bitten?"

Ich schluckte den Kloß herunter, der sich in meiner Kehle breit gemacht hatte. „Klar doch", murmelte ich.

„Ich möchte mit allen im Kurs gut Freund bleiben. Das geht aber nicht, wenn ich die Mädels abblitzen lasse, die hinter mir her sind. Und wenn ich sie *nicht* abblitzen lasse, dann wird es noch schlimmer. Könntest du – ich weiß, es ist eine Zumutung, aber würdest du mir vielleicht helfen?"

„Wie stellst du dir das vor?", fragte ich. Meine Stimme klang wie ein Reibeisen.

Er seufzte. „Jo, ich sehe nur einen einzigen Weg. Wenn die anderen denken, wir beide wären zusammen, dann lassen sie mich in Ruhe, verstehst du?"

Das war doch wirklich die Höhe! Was bildete sich dieser Kerl eigentlich ein? Wollte der mich doch tatsächlich als Bodyguard benutzen! Wenn er bloß nicht so charmant wäre. Und dieses Grübchen im Kinn . . . Ich rief mich energisch zur Ordnung, denn sein Vorschlag war einfach unmöglich. Oder etwa nicht?

„Dich lassen sie in Ruhe und mich werden sie hassen", knurrte ich.

Er bedachte mein Argument, dann schüttelte er den Kopf. „Nein, Jo. Dich kann man gar nicht hassen. Du bist so lieb und hilfsbereit, alle mögen dich."

„Das ist mir neu."

„Tatsächlich?" Er betrachtete mich aufmerksam. „Hast du nicht gewusst, dass du bei allen beliebt bist? Die Einzige im Kurs, die keine Feinde hat."

„Aber auch keine Freunde", presste ich zwischen den Zähnen hervor.

Er legte mir den Arm um die Schulter. „Das stimmt nicht. Ich mag dich sehr, und ich bin nicht der Einzige, das kann ich dir versichern."

Ich schloss die Augen. *Er mag mich, er mag mich sogar sehr. Immerhin, besser als gar nichts.*

„Also bist du einverstanden?", fragte er.

„Ich soll so tun, als wäre ich deine –"

„ – meine Liebste!", fiel er mir ins Wort und zog mich ein bisschen näher an sich heran. Dabei lächelte er berückend. Das sah ich sogar im Halbdunkel.

„Ich weiß gar nicht, wie man sich dabei benimmt", flüsterte ich atemlos. „Hab darin keine Erfahrung." Mir schlug das Herz bis zum Hals.

„Dürfte kein Problem sein", fand er. „Wir kriegen das schon hin. Wir müssen es ja nicht übertreiben. Nur so viel Theater wie nötig, damit ich meine Ruhe habe."

Wieder stieg mir die Empörung hoch. Und was war mit mir? Mit meinen Gefühlen? Aber davon wusste er nichts.

„Ich finde die Idee – nicht so gut", sagte ich mühsam. „Es – es ist eine Lüge, und Lügen bringen nur Kummer und Schmerzen."

Er ließ mich so plötzlich los, dass ich schwankte.

„Natürlich. Du hast Recht", sagte er. „Dein kostbares Gewissen darf durch eine solche Untat nicht beschmutzt werden." Wieder ein Nadelstich.

Ich seufzte.

„Daniel", sagte ich leise. „Natürlich helfe ich dir. Aber ich werde dabei nichts tun und nichts sagen, was ich nicht empfinde. Und ich möchte, dass du genauso ehrlich bleibst. Kein Theater! Bitte versprich mir das!"

Er nickte. „Also gut. Kein Theater. Aber ich verbringe gerne Zeit mit dir. Das darf ich doch sagen? Das ist keine Lüge. Und es wird den anderen auffallen. Ihr Problem, wenn sie falsche Schlüsse ziehen."

Falsche Schlüsse . . . wenn er wüsste . . .!

„Hast du auch darüber nachgedacht, dass wir uns immer näher kommen, wenn wir viel Zeit miteinander verbringen?", fragte ich und hasste mich dafür. „Wenn man so eng miteinander vertraut wird, könnte man sich leicht ineinander verlieben."

„Tatsächlich?" Er sah mich an, und seine Augen waren so unschuldig und harmlos, dass ich mir mehr als blöd vorkam.

Ich schluckte an meiner Enttäuschung. Offenbar war ihm dieser Gedanke vorher noch nie gekommen. Und wenn er mich jetzt auslachte: „Jo, das ist verrückt, nie im Leben!"? Wie konnte ich mit dieser Demütigung weiterleben? Aber ich musste ihn warnen. Oder viel mehr – mich?

Immerhin, Dan lachte nicht. Er lächelte nicht mal, als er fragte: „Du meinst also, dass aus unserer guten Freundschaft eines Tages mehr werden könnte?"

„Ja. Das soll vorkommen. Jede Nähe schafft Bindung. Jeder von uns verliert ein Stück Freiheit, wenn wir uns auf eine enge Freundschaft einlassen. Wir gewöhnen uns aneinander."

„Und du meinst, wir könnten diese Gewohnheit mit – mit Liebe verwechseln?"

„Wir wären nicht die Ersten, denen so was passiert."

Er sah mich immer noch an. Dann hob er die Schultern. „Sei's drum", sagte er. „Ich glaub, das kann ich riskieren."

Und jetzt frag ich mich – kann ich es auch?

Arrangement

Während unseres gemeinsamen Uni-Projektes hatten wir viele Stunden des Tages miteinander verbracht. Es war uns zur Gewohnheit geworden, nebeneinander zu sitzen, nicht nur während der Vorlesungen und Seminare, auch in der Mensa und beim Lernen im Café. Dan war ein angenehmer Gesellschafter, mit ihm konnte man schweigen, ohne dass es peinlich wurde. Wir lernten miteinander, lasen uns die Texte vor, vertieften sie durch Fragen. Da wir die meisten Kurse gemeinsam besuchten, konnten wir uns die Arbeit teilen: mal schrieb *er* die Notizen, mal besorgte *ich* den Text der Vorlesung.

Allerdings muss ich bekennen, dass meine Gedanken öfter als sonst abschweiften und fast gewaltsam zur Ordnung gezwungen werden mussten. Aber das nahm ich gern in Kauf, denn nun begann ich mein Studium zu genießen. Jeden neuen Tag begrüßte ich mit einem Lachen, ich freute mich auf überhaupt alles.

Auf einmal war ich kein Außenseiter mehr; ich war Dans Mond geworden, der vom Licht seiner Beliebtheit angestrahlt wurde. Sogar die Faltenrock-Mädchen in unserer Studiengruppe betrachteten mich mit Respekt und luden mich zu ihren Ausflügen und Partys ein. Mir war klar, dass es ihnen dabei nicht um mich ging, diese neue Popularität hatte ich Dan zu verdanken, denn *ihn* wollten sie dabei haben und mich nahmen sie eben in Kauf. Ich fand, dass mir das zustand, sozusagen als „Honorar" für meinen Dienst.

Unsere Ökofrauen akzeptierten Dan als „die große Ausnahme", er war der einzige Mann, den sie bei ihren Unternehmungen duldeten: „Er hat Intuition und Geist." Ihre Begeisterung hielt sie allerdings nicht davon ab, mich hin und wieder mitfühlend zu mustern und mir ins Ohr zu tuscheln: „Pass bloß auf, du weißt ja, Männer wollen immer nur „das Eine", am Ende stehst du allein im Regen."

Nur die Rastis warfen ab und zu waidwunde Blicke in meine Richtung. Einmal sagte Uli zu mir: „Du machst Dan nicht wirklich glücklich. Ich spüre das."

Und Tim fügte hinzu: „Bei euch fehlt die Leidenschaft, und Schuld daran bist du. Du bist zu verkrampft. Du bist unterkühlt. Viel zu verkopft."

„Was geht das euch an?", knurrte ich.

„Wir meinen es ja nur gut", verteidigte sich Uli. „Aber so kann eure Beziehung nicht lange laufen."

„Genau. Du musst mehr Gefühle zeigen!", verlangte Tim.

Ich dachte drei Sekunden über diesen Vorschlag nach, bevor ich ihn verwarf. Meine Gefühle zu zeigen wäre der größte Fehler, denn meine Prognose hatte sich leider bewahrheitet, zumindest was mich betraf: Ich war schon längst mit allen Fasern in Dan verliebt – rette mich, wer kann.

Ob er meine Gefühle teilte? Ich wagte nicht darüber nachzudenken. Die Enttäuschung hätte zu bitter geschmeckt. Deshalb nahm ich jeden Tag hin, wie er mir geschenkt wurde, und verdrängte alle Gedanken an Morgen, an die Zukunft.

Das Semester ging zu Ende. Nach der letzten Vorlesung gingen wir alle in ein Studentencafé.

Die meisten von uns wollten über die Weihnachtstage nach Hause fahren. Uli und Tim und ein paar von den anderen Rastis hatten nur wenig Kontakt zu ihren Familien und wollten dableiben.

„Und was machst du?", fragten sie Dan. „Besuchst du deinen Onkel? Oder gehst du zu *ihr*?"

Damit war ich gemeint.

Dan lächelte sie freundlich an und sagte: „Das haben wir noch nicht endgültig entschieden. Aber ich bin versorgt, vielen Dank."

Über eine solche Möglichkeit hatten wir noch nie gesprochen, weil ich bisher nicht auf die Idee gekommen war, er könnte meine „Dienste" auch in den Ferien benötigen. Die

Abschiedsworte flogen noch eine Weile hin und her, dann zerstreute sich die Gruppe.

Auf dem Heimweg kratzte ich meinen Mut zusammen und sagte: „Daniel, magst du über die Weihnachtstage mit mir nach Karlsruhe fahren? Zu meinen Eltern? Ich meine bloß – falls du noch nichts anderes vorhast." Dabei klopfte mir das Herz bis in den Hals.

Er sah mich an, und seine Augen wurden groß. Dann lächelte er. „Wirklich? Das wäre – das wäre herrlich!", rief er. „Bei meinen Verwandten bin ich doch nur das fünfte Rad am Wagen, und Weihnachten so ganz allein . . ."

„Na ja, wenn du hier bliebst, wärst du vielleicht nicht ganz allein", wagte ich zu bemerken.

„Hör mir auf mit Tim und Uli!", sagte er. „Ich mag die beiden, aber ihre ständigen Angebote gehen mir auf den Geist. So was ist nichts für mich. Wann fährst du?"

„Morgen gegen Mittag."

„Am 23. schon?"

„Ja, da sind die Züge noch nicht so voll wie am 24."

„Geht in Ordnung. Hast du schon einen Zug rausgesucht?"

Natürlich hatte ich. Wir verabredeten Zeit und Treffpunkt und verabschiedeten uns mit Handschlag. Bildete ich es mir ein? Oder hielt er meine Hand wirklich etwas länger als üblich? Seine Hand war eine warme Höhle, ein Nest.

Als wäre ich zu Hause angekommen.

Achterbahn

In dieser Nacht machte ich kein Auge zu. Meine Gefühle fuhren Achterbahn. Einerseits war ich außer mir vor Glück, dass Dan mitfahren wollte. War meine Voraussage eingetroffen? Hatte sich durch den engen Kontakt wirklich eine enge seelische Bindung zwischen uns entwickelt, die sich allmählich zur Liebe mauserte? Ich versuchte mir vorzustellen, wie das wäre: ein Tag nach dem anderen Tag mit Daniel. Morgens aufwachen und als Erstes seinen Wuschelkopf sehen. Sein Grübchen. Seine Stimme, anfangs noch verschlafen. Seine Hand in meinem Haar, auf meinem Arm. Mittags für ihn kochen. Den Tisch decken mit Kerzen und Blüten. Gemeinsam essen. Und am Abend ein Spaziergang, bis der Tag schlafen geht und wir mit ihm. Und dann ... aber das wollte ich mir lieber nicht so genau vorstellen, denn mir wurde heiß. Und ich fragte mich: Ist er vielleicht *der Mann* für mich? Auf den ich gewartet, um den ich gebetet habe, seit ich ein kleines Mädchen war? Dann fiel mir ein, dass er so ganz anders über das Leben dachte als ich, und mein Mut sank.

Doch Dan war offen und ohne Vorurteile. Er hatte mir immer aufmerksam zugehört, wenn ich ihm von meiner Sicht der Dinge erzählte. Vielleicht ließ er sich überzeugen, dass es mehr gab als nur das Heute? Vielleicht fand er in der Bibel Antworten, die ihm innerlich Frieden brachten, so wie ich es immer wieder erlebte? Aber dafür gab es keine Garantie. Ich musste Geduld haben und abwarten. Es wäre dumm, wenn ich meinen Gefühlen einfach nachgäbe und mich Hals über Kopf in diese Verliebtheit hineinfallen ließe wie in einen Waldweiher nach einer anstrengenden Wanderung.

Andererseits hatte ich Zweifel, ob Dan von meinen Eltern mit offenen Armen empfangen würde. Ich hatte Mutter kurz am Telefon informiert, dass ich einen Gast mitbrächte. „Ist er – dein Freund? Seid ihr zusammen?", fragte sie.

„Nicht direkt", wich ich aus. „Er ist ein guter Kamerad, und er hat keine Eltern."

Ich hörte sie am anderen Ende atmen. „Na, da bin ich gespannt", sagte sie schließlich. „Du kennst ja deinen Vater."

O ja, mein Vater! Er war felsenfest davon überzeugt, dass ich einen ganz besonderen Mann heiraten würde: klug wie Einstein, stark wie Schwarzenegger, geschäftstüchtig wie Rockefeller und attraktiv wie Daniel de Lewis (hier stimmte wenigstens der Vorname). Alle, die unterhalb dieser Leitlinie rangierten, waren für ihn arme Würstchen und kamen als Bewerber gar nicht erst in Frage. Während meiner Schulzeit hatte Vater mit seiner überhöhten Messlatte meine Freunde restlos vergrault. Sie hatten eine Todesangst vor ihm. Keiner kam zum zweiten Mal, und auch um mich machten sie einen Bogen, als wäre so eine Anspruchshaltung ansteckend. Und vielleicht war sie das ja auch. Dabei glaubte ich kein bisschen, dass ich einen solch kostbaren Wunderknaben *verdiente*, wie Vater ihn sich für mich erträumte – und trotzdem ... ich hatte auch meine festen Vorstellungen.

Wie würde Daniel in den Augen meines Vaters abschneiden? Wahrscheinlich würde Pa ihn gleich bei der Begrüßung durch die Mangel drehen. Nicht dass ich Angst hatte, Daniel könnte durchs Examen durchfallen; ich fürchtete eher eine peinliche Szene, bei der sich *mein Vater* blamieren würde. Dann wäre ich zwischen zwei Loyalitäten hin- und hergerissen, denn ich hänge sehr an meinem Pa.

Am nächsten Morgen schaute mir ein bleiches, zerquältes Mondgesicht aus dem Spiegel entgegen. Die schwarzen Schatten unter den Augen ließen sich halbwegs überdecken, aber sonst sah ich aus wie ein Schluck Wasser. Es half nichts. Ich warf meine Toilettensachen in den Rucksack, goss die Topfpflanze ein letztes Mal in diesem Jahr und schloss die Zimmertür ab. Auf dem dritten Treppenabsatz kehrte meine Zuversicht zurück. Immerhin hatte ich einiges zu bieten: innere Werte.

&

Dan überquerte gerade die Straße, als ich aus der Tür trat, und hob grüßend die Hand. Darin trug er einen riesigen Blumenstrauß, der in Zellophan verpackt war. Ich bewunderte die weißen Weihnachtssternblüten und das Tannengrün. Er sagte: „Ich möchte deiner Mutter eine Freude machen."

„Das wird dir sicher gelingen", meinte ich, „sie mag Blumen über alles."

„Dacht ich mir", sagte er.

„Wieso? Manche Frauen mögen lieber Taschenbücher oder Parfüm oder anderen Kram."

Er zuckte die Achseln. „Ich kenne dich, und das erlaubt Rückschlüsse auf deine Mutter."

„Aber sie ist ganz anders als ich!"

„Sicher ist sie das. Und trotzdem schätze ich sie so ein, dass sie Blumen noch mehr schätzt als Taschenbücher. Sie schwärmt für Sonnenuntergänge. Und sie liebt Klaviermusik von Ravel und Debussy. Und impressionistische Maler. Das spüre ich. Hab ich Recht?"

„Schon ... irgendwie ...", murmelte ich. Es passte mir überhaupt nicht, dass er den Allwissenden spielte. Es machte mir sogar ein bisschen Angst. Als wäre ich ihm ausgeliefert. Wer weiß, was er noch alles „spürte". Während wir zum Bahnhof pilgerten, überlegte ich, wann ich diese Dinge wohl ausgeplaudert hatte. Denn so was konnte man doch unmöglich durch reine Intuition rauskriegen?

Oder doch?

Heimreise

Der Schnellzug war überfüllt, wir bekamen mit Müh und Not zwei Stehplätze im Gang, zum Glück hatten wir nur unsere Rucksäcke dabei. Eine ältere Dame schimpfte laut, weil sie keinen Platz für ihren überdimensionierten Koffer fand: Für die Gepäckablage war er zu schwer, und im Abteil saßen außer ihr fünf junge Männer mit langen Beinen. Im Gang konnte der Koffer auch nicht stehen bleiben, weil dauernd jemand vorbeiging. „Jaja", brummelte Dan, „genießen wir das Leben in vollen Zügen." Aber von solchen Kleinigkeiten ließ er sich die Stimmung nicht verderben. Das mochte ich so an ihm: Er ließ sich durch widrige Umstände selten aus dem Tritt bringen. Er sagte immer: „Das Leben ist viel zu kurz, um sich über so was zu ärgern. Ich heb mir den Ärger für die Katastrophen auf."

Und er behielt auch noch die gute Laune, als der Zug im nächsten Bahnhof wegen Triebwerkschaden stehen blieb. Wir fuhren erst nach einer guten Stunde weiter, und unser Anschlusszug war natürlich längst fort. Deshalb mussten wir in einem schlecht gelüfteten Wartesaal auf den nächsten warten.

Dieser war ein „Stadtexpress", also ein Bummelzug, der in jedem Kuhdorf hielt. Es war schon dunkel, als wir endlich ausstiegen und in die Straßenbahn stiegen, die gütigerweise direkt bis zum Haus meiner Eltern fuhr. Wieder einmal dankte ich meinem Vater in Gedanken für seine weise Voraussicht bei der Wahl seiner Wohnung! Auf den letzten Metern bis zur Haustür erwischte uns ein Regenschauer, der wohl absichtlich gewartet hatte, bis wir aus der Tram ausstiegen. Ich wollte mich dafür entschuldigen, aber Dan lachte mich aus. „Fröhliche Weihnachten!", rief er mir zu. „Es ist die Jahreszeit der Freude. Die lassen wir uns durch nichts verderben, oder?"

Und er strahlte immer noch wie eine 300-Watt-Birne, als

die Türe aufging und meine Mutter ihrem unsichtbaren Hintergrundspublikum zurief: „Sie sind da!"

Artig überreichte er seinen Blumenstrauß und schlüpfte schon an der Tür aus den durchnässten Schuhen, wofür ihn meine Mutter 100 Jahre lang lieben würde, das war klar. Doch Mutter war sowieso kein Problem, sie nahm die Menschen, wie sie waren.

„Wo ist Pa?", fragte ich.

Sie deutete mit dem Kopf zur Wohnzimmertür. Leise ging ich hinüber und drückte die Klinke, schob die Türe auf. Vater saß mit dem Rücken zur Tür im Sessel und las ein Buch. Das heißt, er tat so, als läse er, denn er konnte unmöglich überhört haben, dass wir angekommen waren.

Ich schlich mich von hinten an und legte ihm die Hände über die Augen. Das war ein altes Spiel aus der Kinderzeit. Vielleicht konnte ich ihn damit gnädig stimmen?

„Ich wette, das ist Christoph." Er schnupperte. „Nein, es ist eine Frau. Vielleicht Beatrice? Nein, die war schon gestern da." Er tastete meine Finger ab. „Kein Zweifel, das muss Johanna sein. Kein Mensch sonst hat so kurze Fingernägel." Ich ließ ihn los, und er drehte sich um, musterte mich von Kopf bis Fuß und brummte: „So. Bist du wieder mal da. Und wie ich höre, hast du Besuch mitgebracht."

„Ja. Er heißt Daniel. Wir studieren zusammen."

„Und was – studiert ihr zusammen?" Das kam spitz, die Augenbrauen hochgezogen, blaue Blitze aus den Augen.

„Das weißt du doch, Vater. Germanistik und Geschichte auf Lehramt", seufzte ich. Ich hoffte, dass Mutter meinen Gast so lange aus der Schusslinie hielt, bis ich ein paar deutliche Worte mit Pa gesprochen hatte. „Bitte sei höflich zu Daniel. Ich habe ihn eingeladen, weil er so ziemlich allein auf der Welt dasteht. Er wird euch keine Umstände machen, er ist ein sehr angenehmer Mensch."

„Soooo?" Immer noch die Augenbrauen hochgezogen.

„Und bitte kein Examen. Verschone ihn und uns mit deinen Quizfragen."

„Warum? Ich muss doch meinem potenziellen Schwiegersohn auf den Zahn fühlen. Oder ist das neuerdings verboten?"

Ich wurde laut. „Ja. Das ist verboten. Außerdem ist von Schwiegersohn noch keine Rede, und wenn du eine Bemerkung machst, die in diese Richtung geht, dann kriegst du von mir nichts zu Weihnachten!"

Das war in unserer Familie die schlimmste Drohung von allen und ein deutliches Signal: „Keinen Schritt weiter!"

Er stand auf und ging zum Schrank, wühlte in einer Schublade und kam mit einem grünen Seidenschal zurück. „Hier. Verbinde mir die Augen und am besten gleich den Mund, damit ich dein sensibles Jüngelchen nicht verschrecke."

Ich seufzte. „Ach Pa, musst du immer gleich übertreiben? Kannst du nicht ganz normal reagieren und deine Beobachtungen so unauffällig machen, dass es keiner merkt? Du hast mir schon so viele Verehrer verjagt – bestimmt werde ich als alte Jungfer enden."

„Ha!", triumphierte er. „Also doch ein Verehrer!"

„Nein!", rief ich. „Oder vielleicht ein bisschen – möglicherweise."

Plötzlich wurden seine Augen sanft. „Also so stehen die Aktien", flüsterte er. „Du bist in ihn verliebt, aber er nicht in dich, stimmt's?" Er rieb sich vergnügt die Hände. „Ich sehe schon, das wird ein amüsantes Fest."

„Pa, lass bloß nichts merken!", beschwor ich ihn.

Da zog er mich in die Arme und drückte mich kurz an sich. „Du kannst dich auf mich verlassen."

Daran hatte ich starke Zweifel, aber immerhin wollte er sich Mühe geben. Das war schon was . . .

Daniel hatte sich inzwischen mit meiner Mutter angefreundet. Sie duzten sich bereits und diskutierten gerade über Monet und Renoir. Der Sinn für die Impressionisten geht mir ziemlich ab, mir liegen eher die alten Maler, aber Dan kann sich für diese Künste begeistern, und da hat er in meiner Mutter eine verwandte Seele gefunden. Ich bin gespannt, ob sie schon vor dem Abendessen den Flügel aufklappen oder erst danach . . .

Der Tisch im Esszimmer war festlich gedeckt – ein silbrig schimmerndes Tischtuch mit Silberkerzen und silbergrauen Servietten – es wirkte sehr elegant. Daniels Blumenstrauß hatte sich mittlerweile in vier kunstvolle Gestecke verwandelt, die verschiedene Tische in der Wohnung schmückten. Ich hätte gern Dans Gesicht gesehen, als Mutter die langen Stängel ratzfatz absäbelte und das Bukett auseinander dröselte! Sie mag nämlich keine Riesensträuße, die den Tisch voll stellen, das hält sie für Verschwendung von Platz und Material.

Aus der Küche duftete es verheißungsvoll. Während ich den Walldorf-Salat in kleine Glasschalen füllte, balancierte Daniel die Platte mit den dampfenden Knödeln hinüber. „Hoffentlich ist die Sauce nicht zu scharf", grübelte Mutter. Sie ist der strengste Kritiker ihrer eigenen Kochkunst, dabei kenne ich keinen, der so begnadet kochen kann – ihre Festessen sind in der ganzen Verwandtschaft berühmt, weil sie gut schmecken, aber nicht belasten.

Endlich stand alles auf dem Tisch. Vater kam aus dem Wohnzimmer herüber und stellte sich Daniel mit einer knappen Verbeugung vor. Dan erwiderte sie mit todernster Miene. Hätte er auch nur mit einem Mundwinkel gezuckt, dann wäre er wahrscheinlich bei Pa „unten durch" gewesen. Zum Glück blieb das an diesem ersten Abend die einzige Prüfung. Das Essen verlief harmonisch, Vater kleckerte nur ein Mal und Dan tat, als sähe er's nicht. Wir unterhielten uns über dies und das und lobten das Essen. Mutter war begeistert, dass sie endlich einen Menschen gefunden hatte, der ihre Leidenschaft für die Impressionisten teilte – oder zumindest so tat als ob. Inzwischen kenne ich Dan ganz gut, doch selbst ich fand nicht heraus, ob er es wirklich so meinte. Vielleicht wollte er ihr auch nur eine Freude machen.

Eigentlich ist dies das Einzige, was mir an Dan missfällt: Er spielt gern Theater. Ich entschuldige ihn damit, dass er die Gefühle der anderen schonen will, und das ist doch ein netter

Charakterzug, oder? Doch wenn ich ehrlich darüber nachdenke, könnte eine Portion Eigennutz dahinter stecken. Warum will er denn jedermann gefallen? Wahrscheinlich bringt es ihm Vorteile. Aber habe ich das Recht, ihn deshalb zu verurteilen?

Nach dem Essen räumten wir zu viert den Tisch ab – Pa ist nämlich der Ansicht, dass ein emanzipierter Mann auch diese Techniken beherrschen müsse – dann setzten wir uns ins Wohnzimmer. Mutter klappte den Flügel auf und wühlte in dem Stapel Notenhefte, bis sie ein vierhändiges Stück von Ravel gefunden hatte. „Ma Mère L'Oye", heißt es, „Meine Mutter, die Ente". Vater öffnete den Mund, und ich warf ihm einen warnenden Blick zu, weil er sicher eine witzige Anspielung auf Lager hatte – zum Glück begriff er sofort und schluckte seine Bemerkung ungesagt hinunter.

Daniel spielte den unteren Part. Das war früher meine Aufgabe gewesen; zu meiner grenzenlosen Erleichterung verlor Mutter kein Wort über mein Klavierspiel. Sie prahlt nie damit, dass ich als 16-Jährige bei einem Landeswettbewerb den 1. Preis gewonnen habe und regelmäßig bei Schulkonzerten vorspielen musste. Damals machte mir das Klavierspielen großen Spaß, aber das Lampenfieber quälte mich schrecklich. Deshalb sträubte ich mich mit allen Vieren dagegen, ein Musik-Profi zu werden, obwohl das immer Mutters Traum für mich gewesen war. Glücklicherweise ließen mich die Eltern selbst entscheiden, was ich werden wollte. Seither hatte ich nur noch in den Semesterferien ab und zu Klavier gespielt. Meine Geläufigkeit war dahin, und ich war heilfroh, dass ich bei dieser Gelegenheit nicht „vorgeführt" wurde.

Daniel machte das wohl nichts aus, im Gegenteil, er lief zur Hochform auf. Nach dem vierhändigen Stück räumte Mutter den Klavierhocker, und er intonierte „Claire de Lune", das absolute Lieblingsstück meiner Mutter. Danach spielte er einige Walzer von Chopin und schloss sein Repertoire mit der Mondscheinsonate. Wir applaudierten ihm, und er stand auf und verbeugte sich so tief, als hätte er gerade in der Mailänder Scala gespielt.

„Großartig – wirklich, ich bin beeindruckt!", hauchte Mutter.

„Darauf müssen wir trinken", meinte Pa und holte langstielige Gläser und einen edlen Traubensaft aus der Küche, Mutter deckte kleine Schalen mit Nüssen und Knabberzeug auf. Wir plauderten über dies und das, bis Vater zum dritten Mal gähnte. Mutter sagte: „Wir gehen schlafen. Es war ein anstrengender Tag. Ihr könnt euch sicher auch allein unterhalten." Ich warf ihr einen dankbaren Blick zu.

Endlich hatte ich Dan für mich alleine!

Familiengeschichten

Als meine Eltern aus dem Zimmer gegangen sind, zieht sich Daniel die Schale mit den unverschämt teuren Macadamia-Nüssen heran und beginnt zu futtern. Bisher hat er nur ab und zu mit spitzen Pianistenfingern eine Nuss genommen. Aber jetzt greift er mit der ganzen Hand hinein und schüttet sich die Nüsse in den offenen Mund. „Hmm!", grunzt er. „Köstlich!"

Dann lockert er die Krawatte und lässt sich das Sakko von den Schultern rutschen. Er rückt einen Stuhl heran und legt die Füße hoch. „Jetzt wird's gemütlich", murmelt er. „So hab ich's gern."

Ich staune über diese Verwandlung. Als hätte er meine Gedanken erraten, deklamiert er: „Zwei Seelen wohnen – ach – in meiner Brust."

„Und welcher ist der wirkliche Dan?", frage ich.

Er zuckt die Achseln. „Beides. Ich bin eben eine vielschichtige Persönlichkeit."

Ich ziehe die Beine auf die Couch und rücke näher zu ihm hin. „Erzähl mir ein bisschen von dir", bettle ich. „Von früher."

„Ach, da gibt's nicht viel zu sagen", winkt er ab.

„Du bist mit deinen Cousins aufgewachsen. Wie waren sie?"

„Du würdest sie wahrscheinlich Bauerntrampel nennen", sagt Dan. „Die hatten keinen Sinn für Kultur. Waren den ganzen Tag draußen, spielten Cowboy und Indianer. Meine Tante hatte extra ein Klavier gekauft, aber die vier Jungs hatten keine Lust zum Üben."

„Du aber wohl . . .", murmele ich.

Er lächelt milde. „Ich konnte bei ihren Raufereien nicht mithalten. Sie waren mir körperlich überlegen. Also musste ich eine andere Strategie wählen. Ich passte in der Schule gut auf. Ich wurde ein Musterschüler, aber kein Streber. Denn das hatte ich schon in der 1. Klasse begriffen: Streber sind unbeliebt."

„Und du wolltest beliebt sein", sage ich leise.

„Klar. Wer will das nicht? Mir ist das sehr wichtig." Er dreht sich ein wenig zu mir hin und beugt sich vor. „Für mich war das die einzige Chance. Meine Cousins machten Kampfsport. Ich war ihr Punchingball. In den ersten Jahren haben sie mich fast täglich verprügelt. Nicht so doll, dass man Spuren sah, aber es hat doch sehr wehgetan."

„Warum hast du das deinem Onkel nicht gemeldet?"

„Mein Onkel lebte nach dem Motto: Gelobt sei, was hart macht! Er hätte mich ausgelacht."

„Und die Tante?"

„Warum sollte sie sich über ihre ungeratenen Söhne noch mehr grämen, als sie es ohnehin schon tat? Und dann womöglich ihre schlechten Gefühle noch mit mir in Verbindung bringen? Außerdem hätten sich die Jungs doch an mir gerächt."

„Und so hast du eben stumm gelitten . . .", murmele ich.

Er grinst und zieht ein Lausbubengesicht. „Gelitten? Wie kommst du denn darauf? Nein, ich hab's ihnen heimgezahlt, mit Zins und Zinseszins. Dabei haben sie's nicht mal gemerkt. Sie kamen einfach nicht drauf, dass *ich* ihnen den Fehler in ihre Matheaufgaben gemacht haben könnte. Und wenn ein paar Seiten im Vokabelheft fehlten oder das Englisch-Buch Eselsohren und Tintenkleckse hatte, verdächtigten sie sich gegenseitig."

„Wie lange ging denn das?"

„Och, ein paar Monate. Dann probierte ich eine neue Taktik, die hat noch besser funktioniert. Ich machte mich bei der Familie unentbehrlich. Mein ältester Cousin Rainer konnte mit Geld nicht umgehen. Er ließ seine Münzen und Scheine überall herumliegen, und dann fehlten sie ihm. Ich steckte sie ein und schenkte sie ihm zurück, wenn er wieder mal pleite war."

„Raffiniert!"

„Ja, gell?", schmunzelt Dan. „Rainer hörte schon bald auf, mich zu schlagen. Luis und Sven, die Zwillinge, machten ihm sowieso alles nach und waren von da an verträglich. Nur Walter, der zweitälteste Cousin, tyrannisierte mich weiter. Den musste ich ein klein wenig erpressen."

„Du hast ihn erpresst???"

„Keine Sorge, Jo, nichts Schlimmes. Ich fand eines Tages Pornohefte in seinem Schulrucksack, und zwar solche mit Männermodels. Walter hat eine Neigung zur Homosexualität. Und eine panische Angst vor seinem Vater, denn Gnade ihm, wenn sein Vater das erfahren hätte. Na ja, und da haben wir eben einen Handel abgeschlossen. Anfangs wollte ich nur erreichen, dass Walter mit dem Quälen aufhörte. Aber als ich merkte, wie schnell er zahm wurde, habe ich mir noch ein paar andere Vorteile ausgehandelt. Dass er meine Schuhe putzt, zum Beispiel. Oder meine Portion Rosenkohl aufisst. Solche Sachen eben."

Ich seufze, als hätte man mir einen Sack Kohlen vom Rücken genommen. Keine kriminellen Akte – einfache Jungenstreiche. Es hätte mein Bild von Dan bös verzerrt, wenn er wirklich ein Erpresser gewesen wäre.

„Ach so war das . . . Und als Walter Ruhe gab, hattest du endlich Frieden."

„Ja. Das war eine gute Zeit. Ich habe mir damals viel Mühe gemacht, die Menschen in meiner Umgebung zu studieren, vor allem meine Tante. Sie war eine unglückliche Frau, die sich vom Leben betrogen fühlte. Sie ist fast 20 Jahre jünger als mein Onkel und meint wohl, sie hätte was versäumt. Immer wieder litt sie unter Migräne-Anfällen und war auch sonst sehr reizbar. Sie hatte resigniert und kümmerte sich wenig um ihre Söhne. Umso mehr Zeit nahm sie sich für mich. Und ich brachte sie nie zum Weinen. Ich tat alles, damit sie mit mir zufrieden war. Das war ein guter Ausgleich für sie. Wahrscheinlich hatte sie mich schon bald lieber als ihre eigenen Kinder."

„Gibt's das?", wundere ich mich.

„Natürlich. Ihre Söhne machten ihr Schande, ich machte ihr Freude. Ich gab ihr oft genug einen Anlass zum Stolz. Dann wurde ihr Gesicht richtig schön und jung . . ." Dan verliert sich in Träumereien.

Schließlich frage ich, nur um etwas zu sagen: „Und wie ging es weiter mit deinen Cousins?"

Er hebt die Hände, lässt sie wieder sinken. „Leider haben sie sich gar nicht gut entwickelt. Rainer wurde der Boss einer Schülerbande, die heimlich in Supermärkten Süßigkeiten und Zigaretten klauten. Manchmal ließen sie auch CD's mitgehen. Da sie bei ihren Raubzügen nie erwischt wurden, wurden sie dreister. Sie stahlen Kleidung in den Kaufhäusern – Jeans, Lederjacken, Pullis, Markenshirts und so was. Die haben sie dann an einen Secondhand-Laden verscherbelt und ganz gut daran verdient. Aber das Geld fühlte sich bei Rainer einfach nicht wohl. Er begann, an Automaten zu spielen. Manchmal gewann er eine Kleinigkeit, meistens verlor er. Und dann kam er zu mir und pumpte sich Geld. Wenn ich welches hatte – seine verschlampten Geldscheine oder auch mein Taschengeld, dann gab ich es ihm. Er schrieb mir dafür Schuldscheine. Weil er sich kaum um die Schule kümmerte, fiel er beim Abitur durch. Er machte dann eine Ausbildung als Automechaniker, brach sie ab, suchte einen Aushilfsjob in einer Fabrik, verschuldete sich über beide Ohren, hatte einige Frauengeschichten mit Folgen –"

„Was für Folgen?"

„Na ja, er musste Alimente zahlen. Als die dritte Freundin schwanger wurde, setzte er sich ab. Wir haben seither nichts mehr von ihm gehört."

„Puh . . . Wie schrecklich für die Eltern . . . Und was wurde aus Walter?"

„Walter machte die mittlere Reife. Nach der Schule zog er mit einem Freund zusammen. Beide arbeiten als Kellner in einer Bar. Als mein Onkel das erfuhr, war er entsetzt und änderte sein Testament."

„Heißt das, er enterbte ihn?"

Daniel nickt. „Natürlich kriegt er seinen Pflichtanteil, aber sonst nichts."

„Woher weißt du das?"

„Der Onkel hat mich ins Vertrauen gezogen, als er auch noch von den Zwillingen enttäuscht wurde. Luis hat sich nämlich in die Neo-Nazi-Szene begeben und Sven war stinkfaul."

„Was ist daran so schlimm?"

„In einer Familie, wo die Leistung hoch bewertet wird, ist es eine Katastrophe, wenn der jüngste Sohn das Gymnasium verlassen muss und nicht mal die Realschule schafft. Er verließ die Schule mit 19 – ohne Hauptschulabschluss. Seither gammelt er in den Tag hinein. Er hat keine Hobbys außer Kickboxen und Computerspielen. Er verdient keinen Pfennig Geld. Allerdings verbraucht er auch nicht viel, denn er rappelt sich erst am späten Nachmittag aus dem Bett, futtert eine Portion Cornflakes, trainiert eine halbe Stunde am Punching-Ball. Dann taumelt er unter die Dusche und schleppt sich anschließend zum Computer. Irgendwann in der Nacht lässt er sich wieder ins Bett plumpsen. Und so macht er es jeden Tag, außer am Mittwoch und Freitag. Da geht er abends in den Boxclub zum Training."

„Also sind alle vier Söhne danebengeraten."

„So könnte man es ausdrücken", nickt Dan. Er gießt sich noch etwas Traubensaft ein und lutscht ihn genießerisch. „Ja. Das ist traurig. Aber zum Glück bin ich auch noch da. Ich versuchte, all das zu sein, was ihre Söhne eben nicht waren. Deshalb ist es kein Wunder, dass sie mich bevorzugen. Sie haben mir das Haus vererbt und die Ferienwohnung in Spanien, weil sie wissen, dass ich damit gut umgehen werde."

„Moment mal – sind sie schon gestorben?"

„Nein. Sie haben mich adoptiert, und dann haben sie mir das Haus und die Wohnung überschrieben wegen der Steuer. Sie haben natürlich Wohnrecht auf Lebenszeit, ist ja klar. Und dafür habe ich mich verpflichtet, für sie zu sorgen, wenn sie Hilfe brauchen. Geht auf Gegenseitigkeit."

"Wissen das deine Cousins?"

"Ja. Mein Pflegevater hat es ihnen unter die Nase gerieben. Nur Rainer weiß es nicht, zu dem haben wir keinen Kontakt."

"Wie – wie haben sie das aufgenommen?"

Dan presst die Lippen zusammen. "Unterschiedlich. Walter war stinksauer und wollte seinen Vater verklagen. Hatte aber bei Gericht keine Chance. Sven hat bloß den Kopf geschüttelt, dreimal laut gerülpst und ist zu seinem Computerspiel getrottet. Ich glaube, ihm ist alles egal, solange er nur genügend Cornflakes hat und in Ruhe gelassen wird. Er wird seinen Eltern auf der Tasche liegen, solange sie leben. Aber den größten Ärger macht Luis. Er wollte mit dem Geld der Eltern die Aktionen finanzieren, die sie in der Neonazi-Gruppe planen. Er hat Gift und Galle gespuckt und wollte mir gleich an den Kragen. Zum Glück habe ich etwas gegen ihn in der Hand, sonst wäre ich heute vielleicht schon um einen Kopf kürzer."

Unwillkürlich ziehe ich die Schultern hoch. "Bedroht er dich? Das ist ja schrecklich!"

"Er weiß genau, dass er noch heute in den Knast wandert, wenn er auch nur die Hand gegen mich hebt. Er hat nämlich vor ein paar Jahren einen Polizisten umgelegt. Ich habe Fotos, die ihn und seinen ganzen Trupp schwer belasten. Das Beweismaterial ist sicher bei meinem Anwalt untergebracht. Da kommt er nicht ran."

"Huh, das hört sich sehr ungemütlich an!"

"So ist das Leben", meint er. "Aber ich lasse mir deswegen den Spaß an der Freude nicht nehmen. Bisher habe ich immer Glück gehabt."

Er lächelt mir in die Augen. "Auch mit dir, liebe Jo. Du bist der beste Freund, den ich je hatte."

Ich erwidere seinen Blick, und er wird ernst, forschend. Als wäre er ein Archäologe und ich ein Trümmerfeld, voll gestopft mit alter Keramik. Nach einer Weile schließt er die Augen, schüttelt den Kopf, räuspert sich, als müsste er etwas vertreiben: "Ich habe doch tatsächlich den ganzen Abend nur über mich geredet. Das war rücksichtslos." Er lächelt unsicher. „Erzähl doch mal von dir – von deiner Kinderzeit."

Ich lehne mich auf der Couch zurück und überlege. „Meine Eltern sind oft umgezogen. Vater hat als Lebensberater und Seelsorger gearbeitet und wurde immer wieder in eine andere Stadt versetzt. Ich musste mich immer wieder an neue Lehrer und neue Klassen gewöhnen."

„Deshalb bist du auch so ein Einzelgänger", sagt Dan.

„Bin ich das?"

Er nickt. „Wahrscheinlich hast du aus der Not eine Tugend gemacht. Du musstest allein zurechtkommen, und da bist du eben allein zurechtgekommen."

„Na ja, so ganz allein war ich nicht. Meine jüngere Schwester war auch noch da."

„Du hast eine Schwester?"

„Sie heißt Claire, und drei Mal darfst du raten, warum Mutter sie so nannte", lache ich.

Daniel denkt eine Weile nach, dann sagt er: „Claire de Lune – Mondschein."

„Bingo. Und der Name passt zu ihr. Sie ist ein ätherisches Geschöpf, fast zu schön für diese Welt."

„Wie alt ist sie?"

„Fünf Jahre jünger als ich. Trotzdem haben wir viel Zeit miteinander verbracht. Meine Mutter war damals ziemlich eingespannt, weil sie sich sehr stark für die Obdachlosen und die Krebskranken engagierte."

„Habt ihr euch gut verstanden?"

„Ja. Ich war sozusagen ihre Ersatzmutti, hab mich immer für sie verantwortlich gefühlt. Und ich war mächtig stolz auf sie, wenn sie von den Leuten bewundert wurde."

„Sie war wohl schon als Kind sehr hübsch?"

„Ein kleines Mädchen wie aus dem Märchenbuch. Auf der Straße drehten sich die Leute nach ihr um. Sie war als Vierjährige ein Fotomodel für Kindermoden. Das hatte natürlich Nebenwirkungen. Sie entwickelte Starallüren. Meine Mutter kam überhaupt nicht mit Claire zurecht, aber ich konnte sie einigermaßen in Zaum halten. Ihr hat es überhaupt nichts ausgemacht, dass wir so oft umziehen mussten, im Gegenteil. Sie findet es langweilig, länger als ein Jahr in einer Stadt zu wohnen. Sie wechselt die Freunde im Takt der Saison."

„Ah . . . und was macht sie beruflich?"

„Sie hat eine Ausbildung als Modezeichnerin begonnen, landete aber auf dem Laufsteg. Zur Zeit lebt sie in Kalifornien bei ihrem – ihrem Entdecker."

„Ich könnte mir vorstellen, dass ihr nicht allzu viel gemeinsam habt", murmelt Dan.

„Da triffst du ins Schwarze. Sie ist ein ganz anderer Mensch als ich. Wahrscheinlich findet sie mich todlangweilig, und mir geht ihr Tempo auf die Nerven. Aber davon abgesehen mag ich sie sehr. Schade, dass sie so weit weg ist."

„Sei froh, dass du eine Schwester hast", seufzt Dan. „Ich habe meine Cousins nie vermisst, im Gegenteil. Aber du bist in einer so harmonischen Familie aufgewachsen. Deine Eltern sind einfach großartig."

„Wirklich?"

„Ja. Sie geben mir das Gefühl, willkommen zu sein. So was kannte ich bisher nicht."

Wir schweigen eine Weile, und ich spüre, dass er mich beobachtet. Schließlich sagt er: „Und sonst, Johanna? Wie geht es dir? Was fühlst du? Bist du – glücklich?"

Er beugt sich vor, bringt sein Gesicht nah an meins, als könne er meine Gedanken hören. Und auch ich horche in mich hinein: Ist es Glück, was ich empfinde? Ich habe eher ein Gefühl wie nach einem Schnakenstich. Es juckt und ich kratze, das Kratzen tut gut, aber es schmerzt gleichzeitig, und man weiß, hinterher wird alles schlimmer, und trotzdem kann man nicht mit dem Kratzen aufhören.

Dan wartet auf Antwort. Soll ich ihn mit einer Phrase abspeisen? Oder kann ich ihm mein Herz öffnen?

Ich trau mich nicht.

Weihnachtsfreuden

Nach dem Frühstück helfe ich Mutter in der Küche. Während wir Salat waschen und das Gemüse für das Weihnachtsessen putzen, erzähle ich ihr vom Studium. Sie berichtet über die Benefiz-Konzerte im letzten Monat und die Tombolas und Flohmärkte zugunsten der Stiftung, die sie gegründet hat. Das Geld kommt Straßenkindern in Rumänien zugute. Dann erzählt sie von Vater. „Seit er in Pension ging, hat er auch nicht mehr Zeit als früher", meint sie. „Dauernd rufen Leute an und bitten ihn um Hilfe. Der einzige Unterschied ist, dass er jetzt nicht mehr für seine Arbeit bezahlt wird."

Aber sie klagt nicht. Sie weiß ihn zu nehmen und hat sich schon daran gewöhnt, dass Helfen nicht nur sein Beruf, sondern auch sein Hobby ist. Während ich die Salatsauce mixe, fühle ich plötzlich, wie mir die Brust eng wird vor Freude, und ich werfe Mutter die Arme um den Hals und sage: „Ich bin so stolz auf euch!"

Meine Eltern sind ganz besondere Menschen. Sie leben nicht nur für sich und ihr Vergnügen. Sie haben offene Augen. An Mutters Tür hat noch kein Tramp vergeblich geklingelt. Sie kriegen zwar kein Geld, aber etwas zu essen oder die Erlaubnis, bei uns zu duschen. Mutter steckt ihnen ein Paar neue Socken zu oder eine regendichte Jacke. Vater bietet ihnen an, einen Job für sie zu suchen, und drei Mal hat es auch geklappt, drei Obdachlose haben ihren Platz unter der Stadtbrücke mit einem Dachzimmer mit Heizung vertauscht und können sich heute wieder selbst versorgen.

Die Kirchengemeinde, in der meine Eltern sich engagieren, hat auch dieses Jahr wieder alle Einsamen und Stadtstreicher zu einem Abendessen eingeladen. Mutter organisierte die Vorarbeiten – Einkauf, Deko, kleine Geschenke für jeden. Das bedeutet eine ganze Woche Schwerarbeit, aber heute nimmt sie sich frei. Sie sagt: „Ich wollte doch zu Hause sein, wenn du kommst und noch dazu mit Besuch. Das ist mir wichtig."

Mittags fahren wir auf ein paar Stunden in den Schwarzwald und wandern. Auf den Hügeln liegt ein Hauch von Schnee, und wir kommen mit roten Nasen und einem gesunden Hunger zurück. Vater legt sich eine Weile aufs Ohr, Mutter will noch die letzten Handgriffe in der Küche erledigen und schickt mich ins Wohnzimmer, damit ich mich dem „Besuch" widmen kann.

Inzwischen sieht das Wohnzimmer schon sehr weihnachtlich aus. Vater hat die Blautanne vom Balkon hereingeholt, bevor er schlafen ging. Darunter liegen die Päckchen bereit – liebevoll verpackt. Keine großen, teuren Präsente, eher nützlicher Kleinkram, von dem jeder weiß, dass ihn der andere brauchen kann. Weihnachten ist bei uns zu Hause noch nicht zum Konsumrausch verkommen. Mein Vater hat immer dafür gesorgt, dass das Eigentliche, das unfassbar große Geschenk im Mittelpunkt dieser Tage steht: Gott verschenkte seinen Sohn an eine rebellische, abtrünnige und undankbare Welt. Darüber reden und staunen wir jedes Jahr neu. Auch wenn ich das von klein auf weiß, packt es mich immer wieder, nicht nur in der Wintersaison. Und manche der alten Weihnachtslieder würde ich am liebsten auch im Sommer singen, weil sie so gut ausdrücken, was ich empfinde:

> „Ich steh an deiner Krippe hier,
> o Jesu, du mein Leben,
> Ich komme, bring und schenke dir,
> was du mir hast gegeben . . .
> Ich sehe dich mit Freuden an
> und kann nicht satt mich sehen,
> und weil ich nun nichts weiter kann,
> bleib ich anbetend stehen.
> O dass mein Sinn ein Abgrund wär
> und meine Seel ein weites Meer,
> dass ich dich möchte fassen."

Solche Gedanken kann ich natürlich mit meinen Kommilitonen an der Uni nicht teilen. Sie würden mich wahrscheinlich für spinnert halten, denn heutzutage kann man zwar gerne religiös sein und an irgendwelche Yings und Yangs glauben, Edelsteinarmbänder tragen und stundenlang in der Lotusstellung „Ommmm" summen, aber bitte doch nichts von Jesus erzählen! Wenn ich es ab und zu trotzdem tue, dann stoße ich auf ungläubige Augen und Schulterzucken. Nur Dan hat mich nie deswegen ausgelacht. Ich wüsste gern, wie er über Weihnachten denkt.

Vorhin hat er diskret drei Päckchen unter den Baum gesteckt. Wie nett! Ich bin gespannt, was er für mich ausgesucht hat. Ich habe auch etwas für ihn – einen silberfarbenen Füllhalter. Dan hat eine hübsche Handschrift, fast zu ordentlich für einen Mann. Er schreibt viel mit der Hand, er führt sogar regelmäßig Tagebuch.

Ob er darin auch etwas über mich schreibt? Das könnte ich leicht herausfinden, denn er sitzt am Wohnzimmertisch und hat den Kopf über das Buch gebeugt. Wenn ich ihm über die Schulter schaue, kann ich einen kurzen Blick –

In diesem Augenblick dreht er mir das Gesicht zu und lächelt. „Neugierig, Jo?"

Mir schießt die Röte in die Wangen. Schuldbewusst fahre ich zurück, aber Dan schiebt mir das Buch zu und sagt: „Lies ruhig. Ich hab keine Geheimnisse vor dir."

Ich setze mich neben ihn und überfliege den letzten Absatz. Da steht: „Jo hat mich zu ihrer Familie eingeladen, und ich habe gerne zugesagt. Fühle mich willkommen. Jo's Mutter ist eine Künstlernatur, ein wenig kapriziös, aber nicht zu sehr. Der Vater hat mehr Bodenhaftung. Ein Realist durch und durch, aber durchaus mit Herz. Er taxiert mich, wenn er meint, ich sehe es nicht. Ich fühle mich hier sehr wohl. Noch nie habe ich eine solche Harmonie erlebt, einen solchen Frieden wie in diesem Haus. Jo und ihre Eltern vertrauen sich auf eine seltsame Art, und sie verstehen einander so gut, als wären sie die besten Freunde. Da ist mehr als Rücksicht, mehr als Höflichkeit oder dem-anderen-gefallen-wollen. Woher kommt das? Vielleicht ist doch etwas dran an diesem Jesus. Ich möchte dafür offen sein, weil ich ahne, dass diese Reise kein Zufall ist. Deshalb will ich heute Abend mit in den Weihnachtsgottesdienst gehen. Für Jo und ihre Familie ist Gott sehr wichtig. Wenn es ihn wirklich gibt, dann will ich ihn entdecken. Vielleicht hat er ein paar Antworten für mich."

„Und? Zufrieden?", fragt er, als ich ihm das Buch zurückgebe. Ich nicke. Meine Überraschung ist zu groß für Worte.

Im Stillen sage ich zu Jesus: „Bitte sprich zu ihm. Hilf ihm glauben."

Geschenke

Wir essen gegen vier. Es gibt gebratenen Lachs und Kräuterkartoffeln und feines Buttergemüse aus Erbsen und Karotten und Mais mit Chicoree-Salat. Als Dessert ein Schoko-Mousse mit Kokosraspeln. „Du hast dich wieder mal selbst übertroffen", sagt Vater, als er die Serviette von der Hemdbrust pflückt und sich den Mund abwischt. Danach tätschelt er Mutter die Hand. Es gefällt mir, dass er Mutters Dienste nicht als Selbstverständlichkeit hinnimmt, sondern dafür dankt. Sie strahlt ihn an, und ich sehe die Liebe in ihren Augen und fühle einen haarfeinen Schmerz in meinem Innern – ist es Neid, ist es Sehnsucht? Dabei kann ich mich doch mitfreuen!

Dan ist ziemlich still, aber nicht geistesabwesend, im Gegenteil: Sein Blick ist wach, er hört und sieht und schmeckt und schnuppert, und wahrscheinlich werden sich all diese Beobachtungen zu Worten formen und das Tagebuch Seite um Seite füllen. Ich hoffe nur, dass ihm keiner von uns im Weg steht. Ich habe mir fest vorgenommen, mein Herz zu zügeln. Daniel soll nicht von seinem Ziel abgelenkt werden. Meine Gefühle sind nicht so wichtig wie seine Suche nach Gott. Das sage ich mir immer vor, und eines Tages werde ich es vielleicht auch glauben.

Denn in mir steckt ein kleiner Zwerg, der aufmüpfig mit dem Fuß aufstampft und schreit: „Wieso? Warum kann ich ihn nicht erobern? Weshalb muss ich in der Ecke stehen und abwarten, bis er seine Seele gefüttert hat? Ich könnte die günstige Stunde nutzen und seinen Hunger stillen mit einer ganz irdischen Liebe. Und dann nehme ich ihn an der Hand und führe ihn zur Krippe. Wird es ihm dann nicht leichter fallen, sein Herz für den Himmel zu öffnen, wenn er meine Wärme spürt und weiß: Ich bin geliebt – ich bin nicht mehr allein?"

Vater liest die Weihnachtsgeschichte vor und spricht ein kurzes Gebet. Dan hat die Augen weit geöffnet, als wollte er nichts verpassen. Dann geht Mutter zum Weihnachtsbaum hinüber und sagt: „Hier liegt ein Päckchen für Vater." Sie bringt es ihm und wir schauen zu, wie er es auspackt: ein neuer Terminkalender im DIN-A 5 Format. Stolz zeigt er ihn herum und weist ausdrücklich darauf hin, dass für jeden Tag eine ganze Seite reserviert ist, und zwar beginnend mit Stunde 7.00 bis 23.00 Uhr. Ich weiß nicht, was daran so toll sein soll, auch noch den Feierabend zu verplanen, aber ihm gefällt's.

Mutter hat ein Handy von ihm gekriegt, damit sie immer erreichbar ist, und sie vertieft sich sofort in die Gebrauchsanleitung. Sie ist die Einzige in der Familie, die so was liest – wir anderen sind zu faul und fragen immer *sie*, wenn etwas nicht funktioniert.

Ich ziehe langsam, sehr langsam die Klebstreifen von meinem Einwickelpapier, um die Vorfreude noch ein wenig auszudehnen. Eine CD von Bach mit der Johannespassion. Wie schön – die hatte ich noch nicht! Mutter schenkte mir einen Stabmixer, damit ich mir in meiner Studentenbude besser helfen kann. Sehr praktisch.

Von Daniel bekomme ich einen Teelichthalter aus Salzkristall. Der soll für ein gutes Raumklima sorgen und gibt ein weiches, romantisches Licht. Romantisch? Er lächelt, als er meinen fragenden Blick spürt, und sagt: „Das passt doch zu deiner Lieblingsmusik, oder nicht? Vielleicht hören wir uns deine neue CD einmal zusammen an."

Meine Eltern wechseln Blicke. Schon wieder werde ich rot. Ich sage: „Ich wusste gar nicht, dass du Bach magst."

Er sagt: „Ich habe einen sehr vielseitigen Geschmack."

Und ich denke: Ja, und du willst es allen recht machen. Andererseits – warum rege ich mich darüber auf, dass er etwas mir zu Gefallen tut? Ist das so schlimm? Ist es nicht genau das, was ich insgeheim erhoffe?

Daniel zeigt Begeisterung, als er seine Geschenke auspackt. Meine Eltern haben ihm eine Goethe-Biografie geschenkt – für einen Germanisten durchaus angebracht. Der Füller von mir scheint ihm echte Freude zu bereiten, er probiert ihn gleich aus, indem er auf das Einwickelpapier zehnmal „Johanna" schreibt. Mein Vater zieht die Augenbrauen hoch, als er das sieht, aber er schweigt, und ich bin ihm dafür mehr als dankbar.

Mein Vater hat von Dan ein Teeglas und eine besondere Teemischung bekommen, und Mutter hält einen Kunstkartenkalender hoch: natürlich Impressionisten. Alle sind wir zufrieden und nippen am heißen Weihnachtspunsch. Es duftet nach Zimt und Nelken. Draußen stürzen sich ein paar unerschrockene Schneeflocken vom Himmel.

Dann schlägt die Uhr, Vater seufzt und stemmt sich aus seinem Sessel. „Zeit für die Weihnachtsfeier. Wer kommt mit?" Wir stehen auf und drängen in den Flur, suchen unsere Mäntel, Schals, die warmen Schuhe. Auf dem Weg zur Kirche hakt sich Mutter bei Vater ein. Der Bürgersteig ist zu schmal für vier Leute, also trotten wir hinterher. An einer besonders engen Stelle legt Daniel den Arm um meine Schultern und lässt ihn dort liegen. Mein Herz klopft einen Tango.

Die Kirche ist schon fast voll, als wir hineingehen. Wir finden nur noch an der Seite einen Platz und quetschen uns zu zweit in die Bank. Ich habe noch nie so dicht neben einem Mann gesessen, meinen Vater ausgenommen. Ich spüre Daniels Wärme, ich rieche sein Rasierwasser – ein angenehmer Duft.

Es fällt mir schwer, dem Pastor zuzuhören, und auch der Text der geliebten Weihnachtslieder lässt mich beinah unberührt, denn meine Gedanken wimmeln umher wie Ameisen und mein Puls jagt.

Ich schließe die Augen und sage im Stillen: „Herr, ich möchte gern an dich denken, aber es geht nicht. Bin wie verzaubert, wie behext. Ist das die Liebe? Ist es das, was du erfunden, was du geschaffen hast? Ist das dein Geschenk an mich?"

Ich höre keine Antwort, ich bleibe allein mit meiner Verwirrung, aber nachdem wir den ersten Choral gesungen haben, werde ich ruhig.

Kann wieder durchatmen.

Wendepunkt

Wir gehen nach dem Gottesdienst schweigend nach Hause. Mutter sagt: „Wir könnten ein paar Lebkuchen knabbern und eine Tasse Tee trinken", aber Dan schüttelt den Kopf. „Ich möchte nicht unhöflich erscheinen, aber ich würde lieber in Ruhe nachdenken", sagt er. „Es sind so viele Gedanken in mir geweckt worden. Ich will sie nicht einfach wieder zuschütten – ich möchte ihnen nachgehen."

Vater wechselt einen Blick mit mir, der sollte wohl heißen: „Lass ihn jetzt bloß in Frieden!"

Wir sagen Daniel „Gute Nacht" und setzen uns dann zu dritt ins Wohnzimmer. Mutter legt eine ruhige CD auf und bringt die Lebkuchen. Während sie das Teewasser kocht, kuschele ich mich neben Pa auf die Couch. „Nun sag schon – wie gefällt er dir?"

„Willst du eine höfliche Antwort oder eine ehrliche?", will Vater wissen.

„Vielleicht eine Kreuzung aus beidem?", schlage ich vor.

„Hm . . . also ich halte diesen jungen Mann für durchaus passabel, vorausgesetzt, er entwickelt etwas Biss."

„Was meinst du damit?"

„Ich habe den Eindruck, er redet jedem nach dem Mund. Du brauchst einen Mann mit Rückgrat, der weiß, was er will, sonst hast du keinen echten Halt an ihm."

Ich hole tief Luft, denn das ist mir auch schon aufgefallen, aber ich habe Dans Diplomatie bisher nicht als Todsünde eingestuft. „Ist das alles, was dir missfällt?"

„Nun ja – ich hoffe, dass er sich öffnet und auf Gott hört. Eine Ehe mit einem Menschen der auf diesem Gebiet ganz anders denkt, wird immer belastet und schwierig sein, von den praktischen Problemen mal abgesehen."

„Aber ich denke doch gar nicht an Ehe oder so was!", rufe ich. „Ich weiß noch nicht einmal, ob er mich *liebt*."

Vater legt mir die Hand auf den Arm und sieht mich nachdenklich an. „Johanna, ich habe Angst um dich. Ich fürchte sehr, dass du dich an diesem Mann wund reiben wirst. Er wird dein Leben zerstören, wenn du nicht Acht gibst."

„Das ist wieder typisch für dich!", brause ich auf. „Dir ist keiner gut genug für mich."

„Stimmt genau", bestätigt er. „Aber denk an meine Worte und sieh dich vor. Schütze dein Herz, so gut es geht, denn wenn du es verlierst, bist du arm dran."

Als ich eine Stunde später im Bett liege, gehen mir diese Worte wie ein Mühlrad im Kopf herum. Ich würde sie gern als Eifersuchtsanfall eines betriebsblinden Vaters einstufen und achselzuckend ignorieren, aber das gelingt mir nicht. Mein Vater hat viel Lebenserfahrung und außerdem liebt er mich.

Am nächsten Tag ist Daniel in sich gekehrt und wandert mit grübelndem Blick durch die Zimmer, als wären wir Nebelfetzen oder Irrlichter. So habe ich ihn noch nie erlebt. Vater stupst mich an und flüstert: „Es arbeitet in ihm, bin mal gespannt, was dabei herauskommt." Abgesehen von den Mahlzeiten, bei denen er sich höflicherweise am Tisch einfindet, wenn er auch kaum etwas isst, verkriecht er sich ins Gästezimmer. Keine Ahnung, was er dort macht – einmal höre ich ihn laut vor sich hinreden. Oder ist es ein Gebet?

In der Nacht schneit es mächtig. Am nächsten Morgen sehen die Straßen überzuckert aus, und die Trambahn kriecht im Schneckentempo über die Gleise. Wir ziehen dicke Stiefel über und wühlen in der Handschuh-Kiste, und diesmal lässt sich Dan aus seiner Einsiedelei herauslocken und begleitet uns in den Park. Dort ist die Schneefläche noch unberührt, wir sind die Ersten, die durch unsere Stapfen ihre Unschuld zerstören.

Beim Spaziergang hängt sich Dan an meinen Vater und verwickelt ihn in hoch philosophische Gespräche. Sie reden und reden – auch beim Mittagessen und danach. Und gegen Abend flieht Daniel wieder ins Gästezimmer, kommt auch zum Abendbrot nicht mehr heraus und brummt nur durch die Tür: „Lasst mir Zeit. Ich muss etwas klären!"

Mutter sagt: „Da hast du aber einen ziemlich ungeselligen Burschen aufgegabelt."

„Du bist ungerecht", widerspreche ich. „Am ersten Abend hast du ihn gleich zum Flügel geschleppt und warst hellauf begeistert von ihm."

„Ja, aber was ist denn jetzt mit ihm los?"

„Wahrscheinlich muss er über sein Leben nachdenken. Das ist doch wichtiger als Ravel und Debussy, oder?"

Da ist Mutter eingeschnappt und geht wortlos aus dem Zimmer.

Ich sage zu Vater: „Es tut mir Leid, dass sich Dan so zurückzieht. Das kenne ich gar nicht an ihm."

Vater legt mir den Arm um die Schultern und sagt: „Mach dir keine Sorgen. Dein Freund brütet was aus, und ich glaube, etwas sehr Gutes. Er hat in den letzten Tagen das Johannes-Evangelium gelesen. Das hat sein Weltbild auf den Kopf gestellt. Er muss sich neu orientieren. Am besten lassen wir ihn in Ruhe."

In der Nacht kann ich nicht schlafen vor Spannung und Unruhe. Ich hatte mir diese Weihnachtszeit ganz anders vorgestellt, sozusagen als Vorzimmer zum Himmel: den ganzen Tag mit Dan verbringen, seine warme Stimme hören, sein edel geschnittenes Gesicht anschauen und mit ihm sprechen, ja unter einem Dach mit ihm schlafen!

Und jetzt hat sich dieser Traum erfüllt und bringt mir auch nicht ein Fitzelchen Glück, denn ich spüre, dass Dan weiter von mir entfernt ist als je. All die prickelnden Momente – kurze Blicke voller Leben, seine zärtliche Art, „Jo", zu sagen, seine Hand auf meiner Schulter – sind nur noch Erinnerungen, die von Tag zu Tag verblassen. Ich hätte sie am liebsten mit Lack besprüht und in eine Vitrine gestellt, damit sie mir nicht ganz verloren gehen. Hab ich mir seine Zuneigung vielleicht nur eingebildet? Steckt nichts anderes dahinter als die Sympathie eines guten Kameraden?

Ich stehe auf und schleiche in die Küche, gieße ein Glas lauwarmen Kamillentee ein und trinke ihn in kleinen Schlucken aus – vielleicht lässt sich mein Magen dadurch besänftigen. Dann wandere ich langsam durch den Flur. Aus dem Schlafzimmer meiner Eltern hörte ich leises Schnarchen. Die Wohnzimmertür steht offen, ein müder Mond wirft halbherzig ein paar Strahlen über den Teppich.

Unter Dans Zimmertür blitzt ein Streifen Licht hervor: Er ist also noch wach. Auf Zehenspitzen tripple ich zur Tür und lege das Ohr ans Holz – fahre zurück: Dan weint. Er schluchzt und stöhnt und stößt verzweifelte Laute aus. Was soll ich tun?

Vielleicht sehnt er sich gerade jetzt nach einem Menschen, der ihm Trost spenden kann? Oder fühlt er sich in seinem Stolz verletzt, wenn ich ihn so hilflos weinen sehe? Während ich noch hin und her überlege, steigert sich das Weinen. Da kann ich mich nicht mehr bremsen. Ich klopfe leise an, und als keine Antwort kommt, drücke ich die Klinke, schiebe die Türe auf.

Daniel kniet vor einem Stuhl und hat den Kopf in die Arme gebettet. Er schluchzt heftig. Ich mache „Ähmhm", damit er mich bemerkt, und sage leise: „Daniel, ich bin hier. Kann ich etwas für dich tun?"

Das Schluchzen verstummt, wahrscheinlich versucht er, das Weinen zu unterdrücken. Sein Rücken bebt wie im Krampf. Ich lege ihm sachte die Hand auf die Schulter und sage: „Du musst hier nicht den starken Mann markieren. Weinen ist erlaubt und nicht die Spur unmännlich. Ich bring dir ein Taschentuch."

Während ich im Bad eine Schachtel Papiertaschentücher hole, werfe ich einen Blick in den Spiegel. Ich sehe aus wie eine Gewitterhexe – die Locken zerwühlt, die Augen schwarz umschattet. Na egal, ein verheulter Mann wird schon nicht so anspruchsvoll sein. Trotzdem schütte ich mir eine Hand voll Wasser ins Gesicht und bürste ein paar Mal durchs Haar.

Als ich wieder ins Gästezimmer komme, sitzt Dan am Tisch

und hat beide Hände vors Gesicht geschlagen. Ich stelle die Taschentücher vor ihn hin und setze mich neben ihn. „Dan, möchtest du darüber reden?", frage ich. Er stöhnt und murmelt vor sich hin. Nach einer Weile hat er seine Stimme wieder im Griff, doch er fischt nach Worten wie ein frustrierter Angler, der die falschen Würmer am Haken hat.

Nach einer mühsamen halben Stunde weiß ich endlich, warum Dan so traurig ist. Die Berichte über Jesus und seine Worte und Taten haben sein Denken völlig umgepflügt. Plötzlich spürte er, dass die Bibel nicht nur von Menschen erzählt, die vor langer Zeit gelebt haben, sondern von Gott. Aber nicht von dem rachsüchtigen Richter, auch nicht vom senilen Greis mit weißem Bart. Dan entdeckte in den Zeilen des Johannes-Evangeliums den genialen Designer und die unendliche Intelligenz, die unsere Welt ins Leben gerufen hat, und was ihn am meisten bewegte, war der Gedanke, dass der Herrscher des Universums an jedem seiner Geschöpfe Anteil nimmt und sich den Menschen in Liebe und Geduld zuwendet.

„Jo, stimmt es wirklich, dass Gott mich adoptieren möchte? Trotz meiner Fehler? Ich kann es nicht glauben", sagt er zum Schluss.

„Gott verzeiht uns alles, was wir getan haben, auch unsere schlechten Eigenschaften. Sein Sohn Jesus hat die Strafe für unsere Schuld auf sich genommen. Wir sind begnadigt und werden von Gott so behandelt, als hätten wir nie etwas falsch gemacht."

„Und ich muss nichts dafür tun? Kann es so einfach sein?"

„Ja. Das Angebot gilt jedem. Du brauchst es nur anzunehmen."

„Kann ich einfach so mit Gott reden, als wäre er hier im Raum?"

„Ja. Du kannst ihm alles sagen, was dich bewegt. Er versteht dich. Und er hat dich lieb."

Dan seufzt, dann beginnt er sein Gebet. Er leert seinen Sack bis auf den Grund. Es ist eine lange, eine bewegende Beichte, und ich darf dabei sein und alles mit anhören. Ich kann förmlich sehen, wie ein Mensch als Gottes Kind „geboren" wird.

Nach einer langen Zeit hebt Daniel den Kopf und lächelt unter Tränen, und ich meine, jeden Augenblick müsste in seinen Augen ein Regenbogen auftauchen. Er steht auf und streckt die Arme nach mir aus, und ich werfe mich ohne Zögern hinein. Wie eine goldene Kordel legt sich diese Stunde um mein Herz und bindet es mit einem festen Knoten an Daniel. Er hält mich lange an sich gedrückt, sein Gesicht in meinem Haar verborgen. Als er mich loslässt, geschieht es langsam, als würde er es bedauern. Wir setzen uns wieder an den Tisch, und er zieht meinen Stuhl noch dichter an den seinen und nimmt meine Hand. Mein Glück ist zu groß für Worte, und er braucht keine. Immer wieder schaut er mir in die Augen und streicht mit dem Zeigefinger über meine Hand.

Die Uhr schlägt vier, als er sagt: „Jo, ich kann es noch kaum glauben. Und du warst bei mir, als es geschah. Das hat uns auf ewig zusammengeschmiedet. Ich werde diese Nacht nie vergessen. Ich danke dir. Meine Schwester . . ." Er nimmt mein Gesicht in beide Hände und küsst mich sachte auf die Stirn. Dann schiebt er mich ein Stück weg. „Jetzt sollten wir noch eine Weile schlafen, findest du nicht auch?"

Ich bliebe zwar lieber neben ihm sitzen, aber er hat natürlich Recht.

„Gute Nacht, Dan", sage ich leise und stehe auf.

„Gute Nacht, Schwesterchen", flüstert er und hält mich mit seinen Augen lange fest. Ich muss mich richtig von ihm losreißen.

Als ich im Bett liege und noch einmal über alles nachdenke, legt sich der Friede über mich wie eine warme, flauschige Decke. „Danke, Gott, dass ich Dan finden durfte. Er ist genau der Richtige für mich", seufze ich. Für mich ist der Himmel sonnig-blau, wenn auch am Horizont meiner Gedanken eine düstere Schwalbe vorüberfegt mit dem heiseren Schrei:

„Bist *du* denn auch die Richtige für *ihn*?"

Neujahrsüberraschung

Am nächsten Morgen lacht die Sonne durch die Fenster. Der Schnee glitzert und lädt jedermann zu einem Spaziergang ein. Dan kommt fröhlich aus seinem Zimmer und begrüßt meine Eltern derart herzlich, dass sie ihm seine Miesepetrigkeit der letzten Tage auf Anhieb verzeihen. Als er ihnen erzählt, was in der letzten Nacht geschehen ist, bekommt Mutter feuchte Augen, und Vater klopft ihm auf den Rücken und sagt: „Das war die beste Entscheidung, die du treffen konntest. Wir könnten jetzt eigentlich du zueinander sagen." Daraus schließe ich, dass Vater ihn endlich akzeptiert hat.

Die nächsten Tage sind bis an den Rand gefüllt mit ernsten Gesprächen über Gott und die Welt, mit Lachen und viel Musik. Ich tänzle durch die Stunden und fühle mich leicht, als würden meine Sohlen den Boden kaum berühren. Umso öfter genieße ich Daniels sanfte Hände auf meiner Schulter, auf meinem Arm, in meinem Nacken. Es liegt nichts Forderndes darin, keine Leidenschaft, und mir ist es recht so. Zumindest für den Anfang. Bisher hat er nicht von Liebe gesprochen, aber muss er das? Spüre ich nicht auch ohne Worte, was er empfindet? Ist es doch ein Echo dessen, was ich fühle!

Eines Abends sagt Mutter: „Jo, pass auf, dass du dich nicht verlierst."

„Warum soll ich vorsichtig sein? Ich bin so glücklich wie noch nie!", lächele ich.

Aber sie gibt das Lächeln nicht zurück. Sie sagt: „Ich möchte dich nur vor einer Enttäuschung bewahren. Halte dir noch etwas in Reserve. Wirf dich nicht ganz in deine Liebe hinein."

„Halbheiten hasse ich, das weißt du. Entweder ganz oder gar nicht", sage ich.

Sie wiegt den Kopf und meint: „Lern ihn erst besser kennen. Warte noch ein bisschen ab."

Aber ich bin schon viel zu lange vernünftig gewesen. Jetzt will ich endlich aus dem Vollen schöpfen und meine Verliebtheit genießen: die Hummeln im Bauch, wenn er mir in die Augen sieht, die plötzliche Wärme, die den ganzen Körper durchflutet, wenn er meinen Namen so zärtlich ausspricht, das Prickeln und Kribbeln, wenn er seine Hand in meine legt. Das will ich nicht hinterfragen, darauf will ich nie mehr verzichten! Und so pflücke ich jeden Tag und jede Stunde wie eine frische Rosenknospe und atme ihren Duft.

Am Silvesterabend sitzen wir gerade bei der Suppe, als es draußen klingelt. „Wer kann das sein?", fragt Vater und sieht Mutter vorwurfsvoll an, als wäre es ihre Schuld.

„Ich gehe schon", sage ich mit vollem Mund und laufe zur Tür. Draußen steht eine junge Frau im Nerz, über und über bepackt mit vielen kleinen Päckchen und einer Reisetasche.

„Überraschung!", ruft sie.

Ich werfe ihr die Arme um den Hals, und sie lässt alles fallen, was sie in den Händen hält und hebt mich ein Stückchen hoch.

„Es ist Claire!", keuche ich, als ich endlich wieder Luft kriege, „Claire ist gekommen!"

Mutter und Vater drängen sich gleichzeitig durch die Tür und versuchen Claire stereo zu umarmen. Es gibt ein kleines Gerangel, weil die Arme im Weg sind, und unter Prusten, Lachen und Rufen holen wir ihr Gepäck herein und schälen sie aus dem Wintermantel.

„Schreckliches Wetter habt ihr bestellt", sagt sie, und bei den L's rollt sie ein klein wenig die Zunge wie es sich für einen ordentlichen Amerikaner gehört. „Aber es ist gut, wieder zu Hause zu sein." Sie spricht auch die R's amerikanisch aus. Dabei war sie nicht mal 2 Jahre in Kalifornien. So schnell kann man doch seine Muttersprache nicht vergessen? Claire kann.

Claire schwebt ins Badezimmer und Mutter holt ein fünftes Gedeck aus der Küche. Ich laufe ins Esszimmer und sage zu Dan, der am Tisch sitzt wie bestellt und nicht abgeholt und nachdenklich in seiner Suppe rührt: „Stell dir vor, meine Schwester ist da! Aus Kalifornien!"

Er lächelt. „Wie schön für dich. Für euch alle!"

„Ja. Du wirst sie mögen, das verspreche ich dir", sage ich und setze mich so, dass ich sein Gesicht beobachten kann. Neugierig schaut er zur Tür. Zuerst kommt Vater herein, dann Mutter mit Tellern und Besteck, und dann endlich . . .

Meine Schwester geht nicht, sie schreitet. Mit ihren langen Beinen erobert sie den Raum, dabei wippen ihre mehr als schulterlangen seidig-glatten Haare auf und nieder. Ihr Gesicht gleicht einer griechischen Statue: eine gerade Nase, zart geschwungene Brauen über dunkelblauen Augen und ein Mund, der nicht zu breit und nicht zu schmal geraten ist. Hier kann man nichts verbessern, und wenn sich Claire nicht hin und wieder die blonden Haare etwas aufhellen würde, könnte keine Kosmetikfirma der Welt auch nur einen Cent an ihr verdienen. Ich könnte Claire stundenlang anschauen, ohne mich dabei zu langweilen.

Ein Blick ins Dans Gesicht zeigt, dass er ähnlich empfindet, und ich freue mich darüber, bin stolz auf meine kleine Schwester, als hätte ich sie höchstpersönlich erfunden. Jetzt erst ist mein Glück vollkommen, denn von einer Liebe hat man nur halb so viel, wenn man sie geheim halten muss. Die ganze Nacht werde ich mit Claire flüstern und ihr von Dan vorschwärmen, und nur ganz im Hintergrund der Szene huscht wie eine diskrete Zugehfrau die leise Angst hin und her: dass Claire etwas Schlechtes über meinen Liebsten sagen könnte. Sie hatte schon immer eine scharfe Zunge. Obwohl sie sich häufig und rasch verliebt, können nur wenige Männer auf Dauer vor ihrem Urteil bestehen.

Doch vorerst sieht es so aus, als bräuchte ich mir da keine Sorgen machen: Claire ist von Daniel genauso angetan wie umgekehrt. Sie genießt seine bewundernden Blicke und wie immer, wenn sie Publikum hat, wächst sie über sich selbst hinaus. Dabei ist Claire ohnehin groß mit ihren 1,78 m und den überlangen Beinen, aber wenn sie dann noch erzählen kann und im Mittelpunkt steht, ist sie der Prototyp einer Königin.

Auf ihr Geheiß holt Vater die vielen Päckchen herein, und sie verteilt ihre Weihnachtspräsente, huldvoll und großzügig. Mit einem raschen Augenzwinkern vergewissert sie sich, dass Pa nicht beleidigt ist, wenn sie eins von „seinen" Geschenken für Dan abzweigt. Wir packen aus und sagen „Ah" und „Oh", wie es sich gehört, und sie erzählt inzwischen von Kalifornien. Hin und wieder wirft Mutter eine Frage ein wie: „Weshalb bist du eigentlich so Hals über Kopf nach Haus gekommen?" Oder „Ist Bob auch dabei?" Oder „Wie lange bleibst du?" Aber dies sind wohl die Requisiten für eine spätere Szene.

„Nur Geduld", sagt Claire. „Das ist nämlich eine lange Geschichte."

Und sie behält Recht: Claires Erzählung ist ein abendfüllendes Programm. Beinahe hätten wir vor lauter Zuhören die Mitternacht verpasst, aber die lauten Kracher und Böller von draußen erinnern uns, dass nach der üblichen Zeitrechnung ein neues Jahr begonnen hat. Vater spricht ein Gebet und bittet Gott um seinen Schutz und seine Gegenwart auch im Neuen Jahr. Dann wünschen wir uns gegenseitig alles Gute und umarmen uns. Daniel drückt mich kurz, und dann nimmt er Claire in den Arm, sehr vorsichtig, als könnte er etwas an ihr zerbrechen, wenn er sie zu heftig an sich zöge.

Nach meinem Geschmack hält er sie zehn Sekunden zu lange fest, aber er kann ja nicht wissen, dass Claire lange Umarmungen hasst, weil sie sich dabei in ihrer Freiheit eingeschränkt fühlt. Immerhin ist sie heute höflich genug, ihm das noch nicht gleich zu sagen, und ich bin froh, dass sie sich zusammennimmt und diesen harmonischen Abend nicht durch eine spitze Bemerkung stört.

Mutter holt heißen Früchtetee und Weihnachtsplätzchen, und wir setzen uns wieder hin, damit Claire weiter erzählen kann. Und wie sie erzählt! Man wird regelrecht in die Szene hineinkatapultiert, so lebhaft beschreibt Claire das weiße Haus am Hügel. Man hört die leichte Brise in den Palmwedeln rascheln, man riecht das glitzerklare Wasser im Pool, man sieht das mexikanische Hausmädchen und den bernsteinäugigen irischen Setter, der sich sachte an die Beine der Hausherrin schmiegt, während sie ihren Eistee schlürft.

„Bob hat mir die Wünsche von den Augen abgelesen", seufzt Claire. „Aber ich habe es trotzdem nicht mehr bei ihm ausgehalten."

„Warum?", fragt Mutter. Ich glaube, sie hat es bis heute nicht ganz verdaut, dass ihre Jüngste, ihre Prinzessin, mit einem verheirateten Mann durchgebrannt ist und mit ihm zusammenlebt.

„Er hält mich wie einen Vogel im goldenen Käfig. Ich kriege alles, was ich will, nur meine Freiheit nicht. Ich muss ihm zur Verfügung stehen, Tag und Nacht. Und er denkt nicht im Traum an Scheidung."

„Und seine Frau? Wie wird sie damit fertig?", bohrt Vater.

Claire nimmt sich einen Dominostein und dreht ihn zwischen den Fingern, als wollte sie abwägen, welche Seite die schönste wäre. „Seine Frau ist daran gewöhnt", murmelt sie dann. „Ich war ja nicht die Erste."

Darauf möchte keiner von uns etwas sagen. Stille senkt sich über uns wie ein grauer Schleier, jeder hängt seinen eigenen Gedanken nach.

Dann holt Claire tief Luft und sagt: „Dieses Kapitel ist abgeschlossen." Sie wirft einen Blick auf ihre diamantbesetzte Armbanduhr. „Inzwischen wird er meinen Brief gefunden haben. Wahrscheinlich ruft er demnächst an und jammert mir die Ohren voll. Aber ich will ihn nie mehr sprechen, nie mehr sehen. Für mich ist dieser Mann tot."

„Du hast dich nicht mal von ihm verabschiedet?", wundert sich Mutter. Höfliche Umgangsformen sind ihr das A und O.

Claire schüttelt den Kopf, dass ihre blonden Haare fliegen. „Wo denkst du hin? Er hätte mich doch gar nicht fortgelassen. Ich habe dem Hausmädchen gesagt, dass ich einkaufen fahre.

War nicht mal gelogen, hab ja eure Geschenke besorgt. Dann bin ich zu unserem Juwelier gegangen und habe meinen Schmuck verkauft. Mit dem Geld habe ich einen Last-Minute-Flug ergattert. Es hat sogar noch fürs Taxi gereicht."

Sie gießt sich frischen Tee ein und faltet die Hände um den Teebecher. Sie sind immer noch so grazil und gepflegt wie früher, mit langen, ovalen Nägeln. Ich werfe einen Blick auf meine kurzen Stumpen und verstecke sie schnell unter dem Pulli. Daniel muss mich dabei beobachtet haben, er unterdrückt ein Grinsen, und sein Grübchen vertieft sich.

Das Telefon klingelt. Vater steht auf und geht hinaus. Wir hören, wie er Englisch antwortet. Dann steht er mit dem Handapparat in der Tür und sagt: „Claire, es ist Bob." Sie runzelt die Brauen und sagt: „Sag ihm, dass es aus ist."

„Und deine Sachen? Was soll damit geschehen?"

„Er kann sie meiner Nachfolgerin vererben", knurrt sie. „Oder in die Kleidersammlung geben."

Vater spricht eine Weile, dann hängt er ein und kommt zurück.

„Bob wollte wissen, ob du ihm noch eine Chance gibst, aber ich nehme an, dein Entschluss ist endgültig."

„Sicher. Sonst wäre ich nicht hier", sagt Claire. „Und jetzt können wir über ein anderes Thema reden."

Ich bin froh darüber, denn es war mir schon sehr peinlich, dass sie ihre Privatsachen so offen vor uns allen ausgebreitet hat. Andererseits gehört Dan schon irgendwie zur Familie. Er sieht nicht so aus, als würde es ihn stören. Nach wenigen Sätzen hat er sie in ein Gespräch über Fotografie verwickelt – ich wusste gar nicht, dass er auch auf diesem Gebiet Bescheid weiß.

Es ist zwei Uhr früh, als wir uns verabschieden. Vater hilft mir, eine Matratze vom Speicher zu holen, Mutter reicht die Bettwäsche heraus, und während Claire im Badezimmer herumplätschert und dabei eine Arie aus Aida schmettert, räume ich ihr mein Bett und mache mir ein Lager auf dem Boden zurecht – sie muss ja ihren Jetlag auskurieren.

Und das tut sie auch. Ich hatte zwar gehofft, noch eine Weile mit ihr zu klönen, aber als sie hereinkommt, schwankt sie wie eine Greisin, lässt sich ins Bett plumpsen und stöhnt: „My, bin ich müüüde . . .", zieht die Decke über die Ohren und dreht mir den Rücken zu.

Was hat Dan neulich zu mir gesagt? „Sei froh, dass du eine Schwester hast!"

Schwesterherz

Ursprünglich wollten wir am Neujahrstag wieder zurückfahren, doch Mutter widersprach.

„Warum wollt ihr denn so schnell wieder fort? Wir haben es gerade so gemütlich."

Und Vater meinte: „Bleibt noch ein paar Tage! Es ist schön, euch alle dazuhaben." Sein Blick schloss auch Daniel ein.

„Überredet!", sagte Dan und lächelte. „Ich fühle mich hier schon richtig zu Hause."

Mutter sagte: „Vielleicht können wir noch mal miteinander musizieren, ich habe herrliche Noten von Debussy."

„Darauf bin ich gespannt", sagte Dan und legte mir den Arm auf die Schulter. „Ich würde auch Jo gern mal spielen hören." Wahrscheinlich hat Mutter doch gepetzt . . .

„Das wird aber kein ungetrübter Kunstgenuss", wandte ich ein. „Hab schon lang nicht mehr geübt."

„Ja, aber trotzdem. Ich finde, man lernt den anderen von einer neuen Seite kennen, wenn man hört, wie er Klavier spielt oder singt."

Mir stieg die Wärme in den Hals. Er wollte mehr von mir entdecken! Er interessierte sich für mich! Und er war so freundlich, auch Claire einzuschließen, denn er fragte: „Spielt deine Schwester auch ein Instrument?"

„Sie hat eine Gesangsausbildung hinter sich", antwortete Mutter an meiner Stelle. „Für die Oper reicht es nicht, aber für den Hausgebrauch – ganz ordentlich."

„Dann könnten wir heute einen Musikabend veranstalten", schlug Vater vor.

Wir übten am Nachmittag zwei Stunden lang und hatten viel Spaß dabei. Es war zauberhaft, so dicht neben Dan zu sitzen, wenn wir vierhändig spielten. Ab und zu berührten sich unsere Finger, das gab mir jedes Mal einen kleinen, berauschenden Ruck. Dans Gesicht blieb unbewegt, wahrscheinlich bedeutete ihm so was nicht halb so viel wie mir.

Als Claire ausgeschlafen hatte, gesellte sie sich zu uns und kramte in den Noten. Fand Schuberts Lieder und ein paar Arien von Händel. Sie wollte aber nicht von mir begleitet werden, sondern von Dan. Ich räumte den Klaviersessel und hörte zu. Natürlich bewunderte Dan ihre Stimme, wie es sich gehörte, und er bat mich, ein kleines Programm zusammenzustellen. Nach dem Abendessen führten wir die eingeübten Stücke vor. Mutter war begeistert!

Nach dem Hauskonzert zogen sich die Eltern zurück, und wir bewaffneten uns mit Lebkuchen und heißem Tee und schmökerten in uralten Fotoalben. Claire machte die Szenen lebendig – sie spielte sie nach und war wie immer Mittelpunkt. Mit Dan ging sie so vertraut um, als wären sie seit Jahrzehnten miteinander bekannt. Ich konnte nur staunen, wie schnell das bei ihr ging – vor allem nach der Trennung von Bob. Als ich sie einmal darauf ansprach, wedelte sie abwehrend mit den Händen, als wäre Bob eine ansteckende Krankheit: „Hör mir bloß auf mit Bob!"

„Aber du hast ihn doch geliebt! Ich weiß noch wie heute, was du zu mir sagtest: Man muss der großen Liebe folgen, auch bis ans Ende der Welt."

„Sentimentaler Quatsch war das", fand Claire. „Ich war damals auch noch viel zu jung und unerfahren. Heute würde ich mich nie mehr an einen Mann binden, den ich nicht mindestens zwei Jahre kenne."

Das waren ganz neue Töne, und Dan, der so tat, als hätte er sich in ein Buch vertieft, dabei aber die Ohren ziemlich spitz hatte, blickte überrascht von seiner Lektüre auf: „Zwei Jahre sind eine lange Zeit."

„Ja, aber so lange braucht man mindestens, bis man sich wirklich kennt", behauptete Claire.

Er runzelte die Stirn. „Glaubst du nicht, dass man auch schneller herausfinden kann, ob man zueinander passt?"

„Wenn man über beide Ohren verliebt ist, dann malt man sich selbst ein Bild vom anderen, das mit der Wirklichkeit nicht viel zu tun hat", meinte Claire.

„Aber wenn man den anderen gut beobachtet und etwas Menschenkenntnis hat?", mischte ich mich ein. „Ich merke im Allgemeinen schnell, wo andere ihre Stärken und ihre Schwächen haben", sagte ich.

„Das hört sich an wie ein Geschäft, bei dem man kalkuliert, die Vor- und Nachteile abwägt und dann im Kopf entscheidet", sagte Dan. „Hat das überhaupt noch etwas mit Liebe zu tun?"

„Liebe macht blind!", dozierte meine schöne Schwester.

„Ich sehe das anders", sagte Dan und sah auf seine Hände. „Wenn ich mich zu einem Menschen hingezogen fühle, dann denke ich nicht darüber nach, ob es was bringt oder wie viel es mich kostet. Ich liebe mit allem, was ich bin und habe."

Ein süßer Schauer fuhr mir über den Rücken. Meinte er – mich?

Claire schüttelte die honigblonde Mähne, sortierte ihre Beine und stand auf. Dann verkündete sie: „Wahrscheinlich muss man erst eine Menge Lehrgeld bezahlen, bevor man vernünftig wird", und stakste aus dem Zimmer.

Dan sah auf die Tür, die sich hinter ihr geschlossen hatte. „Lehrgeld bezahlen", murmelte er, dann zuckte er die Achseln. „Und wenn schon. Das Risiko geh ich ein."

Mein Herz zuckte, weil ich mich an den Abend erinnerte, an dem er diesen Satz schon einmal gesagt hatte. Ich hätte ihn gern gefragt, wie er inzwischen über unser „Arrangement" dachte – ob er mich immer noch als bloßes „Alibi" betrachtete, das ihm Ruhe vor anderen Mädchen verschaffte. Doch die Worte wollten mir nicht über die Lippen. War es Stolz? Oder Angst, er könnte denken, ich wollte ihn unter Druck setzen? Ihm eine Liebeserklärung aus den Rippen leiern, obwohl er nur kameradschaftliche Gefühle für mich hegte? Oberpeinlich!

Ich überlegte mir im Stillen ein Orakel: *Wenn Dan mich durch ein Wort, eine Geste irgendwie ermutigt, dann werde ich ihm meine Liebe gestehen.*

Aber Dan sagte gar nichts. Er betrachtete mich aufmerksam – und schwieg. Nach einer Weile konnte ich die Spannung nicht mehr ertragen. Ich gähnte und sagte: „Ich glaube, es ist Zeit zum Schlafengehen, was meinst du?"

Er nickte stumm.

„Also dann – Gute Nacht!", sagte ich und streckte ihm die Hand entgegen. Er reichte mir seine – sie war kalt und schlaff.

Als hätte ich einen toten Fisch berührt.

Klärungsbedarf

Am nächsten Morgen ging mir Dan aus dem Weg. Dafür unterhielt er sich dauernd mit Vater. Ich dachte, er hätte wahrscheinlich noch einiges zu klären und in seinem Kopf gerade zu rücken, und ließ ihn in Ruhe. Claire verschlief den Tag. Wir wollten sie nicht stören, deshalb machten wir alle zusammen eine lange Schneewanderung und kehrten einigermaßen müde zurück. Wir lungerten im Wohnzimmer herum, als Claire gegen Abend auftauchte.

Sie steckte voller Tatendrang. „Ah", sagte sie. „Ich hab Ameisen in den Füßen. Ich muss unbedingt an die frische Luft. Auf, Leute, gehen wir ein bisschen! Einmal um den Block!"

„Ohne mich", sagte ich, „mein Bedarf an Fortbewegung ist gedeckt. Außerdem habe ich Mutter versprochen, dass ich ihr jetzt in der Küche helfe. Wir haben nämlich Hunger."

„Was ist mit Pa?", fragte Claire.

„Er hängt wieder mal am Telefon. Es ist Frau Siebert, die vor einer Woche ihren Mann verloren hat. Das kann dauern", meinte Mutter.

„Wenn keiner von euch mit will, dann gehe ich eben allein!", rief Claire und marschierte in den Flur, um ihren Mantel zu holen. „Jo, kann ich deine Stiefel ausleihen?"

„Klar, wenn sie dir passen", sagte ich.

Dan hatte die Stirn gerunzelt und die ganze Zeit von einem zum anderen geschaut. Schließlich sagte er: „Es wird schon dunkel. Ist es nicht ein bisschen gefährlich, wenn Claire ganz allein da draußen herumläuft?"

Ich sagte: „Du hast ja Recht, aber ich bin wirklich müde. Außerdem braucht Mutter meine Hilfe, und Claire braucht meine Schuhe."

„Weißt du was, dann opfere ich mich und begleite sie", sagte Dan. „Hier bin ich ohnehin im Weg. Da kann ich mich wenigstens auf diese Weise nützlich machen."

Ich wäre ihm am liebsten um den Hals gefallen, weil er so hilfsbereit war! Aber sein Blick verbot es mir.

Der Block musste ziemlich groß gewesen sein, den Claire und Dan umrundeten, jedenfalls kamen sie erst zwei Stunden später wieder zurück. Die Kartoffeln waren inzwischen verkocht, das Gemüse zermatscht und der Salat sah aus, als hätte man ihn nicht nur extra lange geschleudert, sondern auch gleich gemangelt.

Mutter war leicht angesäuert, Vater hatte schon vorher gegessen, weil er es vor Hunger nicht mehr aushalten konnte – dabei hatte er uns die ganze Kinderzeit hindurch mit seinen Kurzpredigten über die Tugend der Selbstbeherrschung malträtiert.

Dan sagte zerknirscht: „Wir haben uns ein bisschen verlaufen, und dann stießen wir auf einen ganz verwunschenen Weg im Park, den mussten wir unbedingt erkunden."

Claire lächelte dazu und sagte im Verschwörerton: „Dort haben wir ein Geheimnis entdeckt. Wird aber nicht verraten."

Ich fühlte mich ausgeschlossen. Aber ich konnte Claire nicht böse sein, niemand konnte das für längere Zeit.

Allmählich wurde ich mürbe wie ein Spekulatius, der zu lang in der Blechdose gelegen hat. Ich wollte endlich wissen, woran ich war. Blicke, zarte Gesten und das Empfinden, mit Dan zusammen auf ein Cello gespannt zu sein, Saite an Saite, das war auf Dauer nicht genug, zumal er mich heute ziemlich kühl behandelt hatte, als sei ich ihm fremd. Ich sehnte mich nach einem Wort, einem Satz, einer Erklärung, die mir Sicherheit gab. Aber wie sollte ich das einfädeln, wenn er jedem Gespräch auswich?

Ich ging früh zu Bett und wälzte mich schlaflos hin und her. Wo blieb Claire so lange? Wahrscheinlich hockte sie im Wohnzimmer und nervte Dan mit endlosen Erzählungen über Kalifornien und ihre beispiellosen Erfolge als Foto-Model. Lange nach Mitternacht kam sie endlich in unser Zimmer und musste natürlich die große Festbeleuchtung einschalten, sonst hätte sie nicht ins Bett gefunden.

Ziemlich zerknittert und schlecht gelaunt kroch ich am nächsten Morgen von der Matratze und schlich ins Bad. Die heiße Dusche brachte mich halbwegs ins Lot. Als ich in der Küche die Haferflocken in den Müsliteller schüttete, kam Dan herein und schob leise die Tür hinter sich ins Schloss.
„Jo, wir müssen reden."

Ich stellte die Haferflockenbox ab und drehte mich um. Mein Puls begann einen wilden Galopp, als er einen Schritt auf mich zukam und sagte: „Ich muss dir etwas gestehen."

Ich schloss die Augen. Der große Augenblick war da. Mir wurde feierlich zu Mute.

„Also ich – ich habe mich verliebt, aber das hast du bestimmt schon gemerkt."

Schnell riss ich die Augen wieder auf, weil ich sein Gesicht sehen wollte. Aber er schaute mich nicht an. Er starrte auf den Fliesenboden, als müsste er die nächsten Worte dort aufklauben.

„Zwei Jahre kann ich unmöglich warten – mein Herz hat gesprochen, ich – ich kann nicht anders . . ."

Ja! Ja! jubelte ich innerlich. *Herr im Himmel, ich danke dir!*

„Und da wollte ich dich um Hilfe bitten", sagte Dan und tupfte mit dem Zeigefinger eine Delle in mein Müsli. Er betrachtete seinen Zeigefinger, als wäre er ein Requisit aus Tut-Ench-Amuns Grabhöhle.

„Um Hilfe . . ."

„Ja. Ich möchte nämlich nicht, dass sich Claire über mich lustig macht."

„Warum sollte sie das?"

„Weißt du, ich möchte keinen Korb riskieren."

„Wieso Korb?"

„Meine Güte, Jo, du bist aber heute schwer von Begriff", sagte Dan, und sah mich endlich an. In seinen sturmgrünen Augen züngelte die Ungeduld. „Könntest du mal dezent vorfühlen, ob ich überhaupt eine Chance bei ihr habe?"

Endlich hatte ich verstanden. Mit einem Ruck drehte ich mich um ging zum Fenster, weil mir das Wasser in die Augen schoss. Während ich an meinen Tränen schluckte und versuchte, dabei kein Geräusch zu machen, wanderte Dan in der schmalen Küche auf und ab und deklamierte: „Durch dich habe ich die Frau gefunden, von der ich immer geträumt habe. Sie ist eine wahre Augenweide! Ich glaube, ich werde sie Tag und Nacht anschauen, wenn sie erst meine Frau ist. . . . Aber ihr fröhliches Wesen, ihre bezaubernde Art! Wie lebendig sie ist! Ich höre sie so gern erzählen. Ihre Stimme klingt wie ein Abendgesang, nein – eher wie ein Morgenlied."

Bei dieser Lobeshymne wurde mir übel. Ich fühlte mich wie auf einer Achterbahn bei der Abwärtsfahrt, hätte gern aufgeschrien, getobt, um mich geschlagen. Aber das durfte ich nicht, das hätte alles verdorben. Ich klammerte mich an die Gardine und starrte auf die herzlose Schneefläche da draußen, konzentrierte mich mit aller Macht auf den nächsten Atemzug, den übernächsten, den dritten. Ja, so ging es. So konnte ich doch weiterleben.

Irgendwie.

Heiratspläne

Durch ein Wunder gelang es mir, ruhig zu bleiben, als mir Dan seine Liebe in glühenden Farben vor Augen malte. Er merkte nicht einmal, dass er mir mit seinen überschwänglichen Beteuerungen ein Messer nach dem anderen in die Seele jagte. Ich konnte ihm keinen Vorwurf machen. Ich selbst war zu tadeln, hatte aus all diesen kleinen harmlosen Fäden einen Märchen-Teppich zusammengeknüpft, der meine Träume nicht tragen konnte – und die Wirklichkeit schon gar nicht. Doch als er von mir verlangte, ich solle den Fürsprecher machen und Claire für ihn gewinnen, platzte mir der Kragen. Das war zu viel!

Ich sagte: „Dan, das ist Männersache. Wenn du so eine panische Angst vor einer Abfuhr hast, dann ist Claire bestimmt nicht die Richtige für dich. Ich kenne dich gar nicht mehr wieder. Früher warst du überall der Hahn im Korb. Mann! Wo ist dein Selbstbewusstsein geblieben?"

Er ließ den Kopf hängen. „Ehrlich gesagt war das alles nur Show", gab er zu. „Ich habe immer so getan, als wäre ich selbstsicher und mutig. In Wirklichkeit bin ich so klein . . ." – er zeigte es mit Daumen und Zeigefinger.

„Aber du bist doch jetzt Gottes Kind. Der König des Universums hat dich adoptiert", erinnerte ich ihn. „Du bist sozusagen ein Prinz. Du hast allen Grund der Welt, den Kopf zu heben und die Schultern zurückzunehmen."

„Theoretisch weiß ich das, aber das ist alles noch so neu für mich . . .", murmelte er. Nach kurzem Schweigen sagte er: „Jo, ich bin völlig durcheinander. Ich weiß nur eins: Ich will Claire, ich muss sie haben!"

„Dann sag es ihr so schnell wie möglich", sagte ich, und meine Stimme bekam allmählich wieder Farbe, denn nun sah ich Licht am Horizont. So wie Claire dahergeredet hatte, wollte sie zunächst keine feste Beziehung. Wahrscheinlich hatte sie erst mal die Nase voll von Männern und würde Dan abblitzen lassen. Hoffentlich! Das war meine Chance. Großmütig würde ich Dan verzeihen: „Reden wir nicht mehr drüber, jeder macht Fehler . . ." oder so ähnlich. Ich wollte ihm nach seiner Enttäuschung allen Trost der Welt spenden – zugegeben: nicht ganz uneigennützig –, nach einiger Zeit würde er sicher einsehen, dass er mit mir weitaus besser bedient war als mit Claire – zumindest was die inneren Werte betraf.

Claire und Dan, das konnte einfach nicht gut gehen. Meine Schwester war so was von unfromm, dass sie sich über alles, was nach Gott oder Glaube roch, herzhaft mokierte. Sicher würde sie Dan schon bald von dem wegziehen, was er in diesen Tagen als richtig erkannt hatte. Daniel war leicht zu beeinflussen, und wenn er sich nun dermaßen in sie verguckt hatte, würde er ihr zuliebe *alles* tun.

Ich besprach das Problem mit Gott und zählte 7 Gründe auf, die eindeutig gegen diese Verbindung sprachen, erwähnte 9 gut durchdachte Argumente und schloss mit der wohl berechtigten Warnung: „Wenn du nicht verhinderst, dass Dan und Claire zusammenkommen, dann wird mit Sicherheit dies und das passieren . . .". Darüber hinaus hatte ich mir 3 praktische Lösusungs-Vorschläge überlegt, und zeigte Gott die Konsequenzen auf, die Plan A oder B oder C jeweils nach sich ziehen würden. Mein Gebet war klar gegliedert und logisch einwandfrei – Gott konnte gar nicht anders, als mir zuzustimmen und sich für einen meiner Pläne zu entscheiden!

Den ganzen Tag über erinnerte ich Gott daran, dass er bitteschön! einzugreifen hatte, um die Katastrophe zu verhindern. Wahrscheinlich hatte ich noch nie so oft gebetet wie an diesem Tag. Dabei verlief er ganz unauffällig. Zumindest äußerlich. Als ich abends zu Bett ging, war noch nichts geschehen. Aber es würde passieren – bald!

Es musste!

Absturz

Gegen neun wurde ich wach und stand auf. Als ich Zähne putzte, kam Claire zu mir ins Badezimmer. Sie gähnte und reckte genüsslich die Arme und murmelte: „Ach übrigens, du kannst mir gratulieren. Ich habe mich gestern Abend verlobt."

Man kann es mir nicht verdenken, dass ich mich am Gurgelwasser verschluckte. Claire schlug mir kräftig auf den Rücken und sagte: „Dich kann das ja nicht überraschen. Dan und du, ihr seid ja ein Herz und eine Seele, er hat dir bestimmt davon erzählt. Freust du dich?"

Ich beugte mich übers Waschbecken, damit sie meine Tränen nicht sah.

Claire beäugte sich kritisch im Spiegel und war mit dem Ergebnis hoch zufrieden. Sie sieht immer gut aus, sogar morgens nach dem Aufstehen – kein bisschen zerknittert wie andere Sterbliche, und sie leidet nicht mal unter Zahnbelag oder Mundgeruch.

„Und? Was sagst du dazu?", wollte sie wissen.

„Also, ich finde es ein bisschen plötzlich", sagte ich beklommen. „Schließlich kennst du ihn doch erst ein paar Tage."

„Na und? *Du* kennst ihn, und du hättest ihn niemals nach Hause gebracht, wenn er eine Niete wäre. Du hattest schon immer ein gutes Händchen für Menschen."

Innerlich schrie ich auf, aber ich zwang mich, ruhig zu bleiben und sagte nur: „Vielen Dank."

„Tja, ich gebe zu, dass es ein schneller Entschluss war, aber ich bin diesmal so sicher wie noch nie."

Diesen Satz hatte ich von Claire schon oft gehört, und ich überlegte, ob ich sie an die letzten 14 Male erinnern sollte. Oder ob ich ihre Lebensweisheit von den „mindestens zwei Jahren Kennenlernzeit" zitieren sollte. Ich setzte etwas zaghaft damit an, doch sie hörte überhaupt nicht zu. Sie trällerte vor sich hin – eine Melodie aus „West Side Story", und ich schlich aus dem Bad, als hätte man mich gerade kalt geduscht.

Beim Frühstück richtete sich Dan plötzlich auf und klopfte mit dem Kaffeelöffel an seine Tasse. Er räusperte sich und sagte: „Ich habe der Familie eine Mitteilung zu machen. Claire und ich haben entdeckt, dass wir uns lieben."

Pa hob die Augenbrauen und warf mir einen fragenden Blick zu. Ich stupste ihn unter dem Tisch sachte gegen das Schienbein, und zum Glück verstand er sofort und senkte die Augen.

Mutter runzelte die Stirn und murmelte: „Aber ihr kennt euch doch noch gar nicht."

Claire lächelte bezaubernd. „So was merkt man intuitiv. Schon beim ersten Blick spürte ich, dass Dan der Richtige für mich ist. Und Dan hat es ganz genauso empfunden."

Er nickte verlegen.

Mutter, die neben ihrer Künstlerseele auch eine praktische Seite hat, fragte: „Und wie stellt ihr euch das vor? Daniel hat noch ein paar Jahre Studium vor sich, und du hast damals deine Ausbildung abgebrochen. Wovon wollt ihr leben?"

„Ach Mam, du bist heute so prosaisch", seufzte Claire. „Das ist doch jetzt nicht so wichtig. Irgendwie werden wir schon zurechtkommen. Wir sind so glücklich – freut ihr euch denn gar kein bisschen?"

Vater brummte: „Versteh mich nicht falsch, Dan, du bist mir schon recht als Schwiegersohn, aber warum so plötzlich? Ihr braucht es doch nicht zu überstürzen."

Claire zwitscherte: „Wir können doch hier bei euch wohnen. Dann kostet es uns nichts. Und Mam kocht sowieso immer zu viel und ist froh, wenn sie Besuch hat."

Mutter öffnete den Mund und klappte ihn gleich wieder zu, denn Vater hatte sich zur vollen Größe erhoben.

„Das kommt überhaupt nicht in Frage!", donnerte er. „Wenn ihr heiraten wollt, meinetwegen, aber dann müsst ihr die Verantwortung für euer Leben selbst übernehmen. Hotel Mama, das gibt's nur über meine Leiche!"

Claire schluchzte auf und rannte aus dem Zimmer. Die Tür knallte hinter ihr ins Schloss.

Daniel wollte hinterherlaufen, aber Mutter hielt ihn am Ärmel zurück. „Bleib hier! Das hat sie öfter. Und es geht am schnellsten wieder vorbei, wenn man ihren Trotzanfall gar nicht beachtet."

Bei dem Wort „Trotzanfall", wurde Daniel ein wenig blass um die Nase. Davon hatte ihm die viel gerühmte Intuition wahrscheinlich noch nichts verraten. Meine schöne Schwester hat nämlich nebst ihren vielen Vorzügen auch ihre Charakterschwächen, zum Beispiel einen unübersehbaren Dickkopf.

Aber Daniel straffte die Schultern und sagte zu Vater: „Ich möchte in aller Form um die Hand deiner Tochter anhalten."

„Um welche Hand welcher Tochter?", fragte Vater und machte ein harmloses Gesicht.

Ich finde, er hätte mir diese Mätzchen ersparen sollen, denn die Antwort traf mich wie ein Peitschenhieb: „Um Claires rechte Hand."

Hätte sie doch zwei linke Hände!

Weiterleben

Am Mittag packte ich meine Tasche und murmelte etwas von „Examensarbeit durchsehen ... noch viele Korrekturen nötig", und Vater nickte. Mutter sammelte eine Baumwolltasche voll Obst und Vollkornbrot zusammen und sagte: „Komm bald wieder, meine Kleine." Das meinte sie nicht mal ironisch, aber mich erinnerte es wieder an meine Einmetersechzig, und ich fühlte mich mehr denn je als Looser. Claire hauchte mir ein flüchtiges Bussi auf die Wange, wobei sie mit den Gedanken ganz woanders war, und leider wusste ich nur zu gut, wo.

Dann musste ich mich von Dan verabschieden. Er lächelte nicht, als er mir die Hand gab, drückte sie lange und fest und sagte: „Leb wohl, Johanna." Ich war froh, als ich endlich die Treppe hinuntergehen konnte und nicht mehr die unverdrossene Kameradin spielen musste. Ich schaute unten an der Haustür noch einmal zurück, aber die Wohnungstür war schon zugefallen – wahrscheinlich würde mich keiner vermissen.

Nie hab ich eine trübsinnigere Fahrt erlebt als die Rückreise! Ich nahm mich halbwegs zusammen, bis ich meine Zimmertür aufgesperrt hatte. Dann ließ ich den Tränen freien Lauf. Mein Kissen war nass, als ich endlich leer geweint war, und als ich mich im Spiegel betrachtete, erschrak ich und dachte, ich hätte mir die Masern gefangen, so rot verquollen sah es aus.

In den Wochen bis zum 1. Staatsexamen schlug ich mich mit meinem Liebeskummer herum und schalt mich drei Mal täglich eine dumme Gans, weil ich mir etwas eingebildet hatte, was absolut unrealistisch war. Anfangs konnte ich mich auf nichts anderes konzentrieren, aber als ein Tag nach dem anderen verging, sackte der Schmerz eine Etage tiefer, und ich konnte auch wieder an andere Themen denken als nur „Dan & Claire, Claire & Dan."

Trotzdem ging ich mit weichen Knien zur Prüfung und studierte die Listen am Schwarzen Brett. Dans Name war nicht darunter. Die Hochschulsekretärin sagte: „Daniel Stern hat sich nicht zur Prüfung angemeldet. Er hat auch kein Urlaubssemester beantragt. Nach meinen Unterlagen hat er sich exmatrikuliert. Tut mir Leid, mehr kann ich Ihnen nicht sagen." War ich enttäuscht? Erleichtert?

Aber nun gab es wichtigere Probleme zu lösen! Ich zwang mein Hirn zur Konzentration und bestand die Prüfung mit einer glatten Zwei.

Als ich das Ergebnis hatte, rief ich zu Hause an. „Ich hab das 1. Staatsexamen hinter mir!"

Mutter gratulierte herzlich und schickte einen dicken Brief. Darin erzählte sie, was inzwischen geschehen war: Claire konnte wieder als Model arbeiten und hatte schon viele Termine. Daniel fand durch Vaters gute Beziehungen eine Stelle bei der Zeitung. Sie hatten sich eine Wohnung gemietet und waren dabei, alles nach Claires Geschmack einzurichten – („Claires Geschmack" ist ein anderes Wort für „teuer"). Hochzeitstermin war der Pfingstmontag. Zwischen den Zeilen meinte ich Mutter seufzen zu hören. Sie hatte vor Jahren eine Aussteuerversicherung für uns Mädchen abgeschlossen, aber Claire hatte sicher anderes im Sinn als eine Standard-Hochzeit.

Der Schluss des Briefes trieb mir Tränen in die Augen. Da stand: „Dan tut mir Leid, er weiß noch nicht, worauf er sich eingelassen hat, und er lässt sich auch nicht raten. Er ist ein reizender Mensch, doch sehr leicht zu beeinflussen. Ich fürchte, dass er an Format verliert. Claire wickelt ihn schon jetzt um den Finger, und er ist zu verliebt, um ihr vernünftige Grenzen zu setzen. Ach, wärst doch du die glückliche Braut! Dann hätt ich weniger Sorgen!"

Solche Briefe waren nicht gerade dazu angetan, meinen Seelenfrieden zu vertiefen. Als ich nach stundenlangem hin-

und-her-Wälzen mein Bett in das Himalaya-Gebirge verwandelt hatte, schlief ich endlich ein und träumte wirres Zeug, erwachte viel zu früh mit heftigen Kieferschmerzen.

Das war ja auch zum Zähneknirschen!

Partyzauber

Claire hatte die geniale Idee, die Organisation der Hochzeitsparty in meine ungeübten Hände zu legen. Sie ließ mir keine Zeit zum Widerspruch, und da ich merkte, dass Mutter mit vielen anderen Aufgaben belastet war, sagte ich zu. Vielleicht würde Arbeit die grauen Nebelschleier zerreißen, die sich auf mein Gemüt gelegt hatten. Das Leben ging weiter. Außerdem durfte ich mir nicht anmerken lassen, wie sehr ich immer noch litt.

„Damit es für die Eltern nicht so teuer wird, feiern wir im evangelischen Gemeindehaus", kündete Claire an. „Wir haben 90 Leute eingeladen. Es gibt nach der Trauung Kaffee und Kuchen und etwas später warmes Essen."

„Aha", machte ich, um Zeit zu gewinnen. „Und wer wird dieses Essen zubereiten?"

„Mutter hat ein paar Frauen aus ihrem Wohltätigkeitsclub dafür gewonnen. Sie stellt schon das Menü zusammen. Das geht in Ordnung. Für den Kuchen müssen wir aber selber sorgen, könntest du vielleicht –"

„Beim Kuchenbacken streike ich, so was liegt mir nicht", sagte ich streng.

Sie schnaufte in den Telefonhörer, dann sagte sie: „Schade. Ich hatte fest mit deiner Hilfe gerechnet."

Ich spürte, wie der Zorn in mir hochstieg, aber durfte ich sie dafür bestrafen, dass sie mir meinen Liebsten gestohlen hatte? Sie wusste ja nichts von meiner Enttäuschung. Nein, sie traf keine Schuld, und trotzdem ... Ich schluckte, dann sagte ich: „Claire, für mich bleibt noch genügend Arbeit übrig. Wer kümmert sich um die Dekoration der Tafel?"

„Hmm ... ich dachte, das machst du. In Aprikot und Silber. Wir möchten auf der Wiese feiern – unter blühenden Bäumen."

Ich bezweifelte, dass sich Anfang Juni noch irgendwo ein blühender Baum auftreiben ließ, aber solche Details liegen unter Claires Niveau.

„Hast du daran gedacht, dass einige Gäste nach der Hochzeit vielleicht übernachten wollen?"

„Das soll Dan organisieren", meinte sie. „Er verschickt auch die Einladungen. Und Paps macht das Programm für die Trauung."

„Wer dekoriert die Kirche?"

„Für Deko bist du zuständig", erinnerte Claire.

„Das ist ziemlich viel. Ich weiß nicht, ob ich das alles schaffe. Kannst du dich nicht selbst darum kümmern?"

„Wo denkst du hin? Ich habe so viel um die Ohren. Aber du machst das schon, Schwesterherz. Auf dich war immer Verlass. Ich bin dir ja so dankbar! Ich wüsste nicht, was ich ohne dich anfangen sollte", flötete sie. „Wenn ich dir einen Wunsch erfüllen kann, dann lass es mich wissen."

Ich hatte einen Wunsch, einen großen sogar, aber den verriet ich ihr nicht: *Lass die Finger von Dan und verschwinde für 500 Jahre nach Kalifornien!*

In den kommenden Wochen pilgerte ich mit meinem großen Wanderrucksack von einem Deko-Laden zum nächsten und kaufte: Servietten, Kerzen, Papieruntersetzer für die Kaffeetassen, kilometerweise aprikot-farbene Schleifen mit Drahteinlage, versilberte Efeuranken und jede Menge Silberspray. Ich musste Vater um einen Zuschuss bitten, denn mein Studentenbudget ist äußerst knapp bemessen, und das Zeug war teuer! In den Osterfeiertagen fuhr ich nicht nach Hause, und es schien mich auch keiner zu vermissen. Ich nutzte die Zeit zum Lernen. Ich war wieder „Gruppe 3", alles war wie gehabt, als hätte es einen Dan nie gegeben.

Und doch war etwas anders geworden. Ich hatte das Gefühl, nur noch ein halber Mensch zu sein, etwas Wichtiges fehlte mir, und das tat weh. In all den Monaten des neuen Jahres hatte ich mich gegen jeden Kontakt mit Dan gesperrt, obwohl er mich häufig grüßen ließ. Einmal schickte er mir sogar einen Brief. Ich drehte ihn drei Stunden in den Händen hin und her, bis ich den Mut fand, ihn zu öffnen. Darin lag ein Zeitungsartikel, den er verfasst hatte. Darin bezog er sich auf unser gemeinsames Studienprojekt. Er hatte einen Zettel dazugeheftet, darauf stand: „Diese Zeit bleibt unvergessen. Danke für alles. Bitte melde dich mal wieder, du fehlst mir. Dein Dan."

Ich knüllte den Zettel zusammen und schleuderte ihn auf den Boden. Was für ein Hohn! Aber nach 2 $^1/_2$ nass geweinten Tempotaschentüchern hob ich ihn wieder auf und strich ihn sorgfältig glatt.

Hatte ich ein Recht, so sauer zu sein? Er wusste ja nichts von meinen Träumen. Und wenn ich ihn vorher liebenswert und sympathisch gefunden hatte, dann machte es keinen Sinn, wenn ich ihn jetzt mied wie einen Pestkranken.

Ich schrieb ihm einen kurzen Brief, in dem ich den neusten Uni-Tratsch skizzierte, nur Smalltalk, ein bisschen witzig. Er antwortete postwendend: „Ich bin so froh, dass du geschrieben hast, denn die Gespräche mit dir haben mir immer viel bedeutet. Inzwischen habe ich das Buch Hiob durchgelesen und hier viele Antworten gefunden. Aber meine wichtigste Frage ist immer noch offen geblieben: Warum? Vielleicht können wir darüber reden, wenn du an Pfingsten kommst. Dein Vater war mir in der Weihnachtszeit bei diesen Überlegungen eine große Hilfe. Allerdings ist er neuerdings kurz angebunden. Ich fürchte, er nimmt mir übel, dass ich Claire heiraten möchte. Ob er eifersüchtig ist? Hältst du das für möglich? Bitte schreib mir bald, es ist wichtig. Wie immer dein Dan."

Ich schrieb zurück: „Wahrscheinlich werden wir an Pfingsten andere Gesprächsthemen haben als die Leiden des armen Hiob, immerhin feiern wir deine Hochzeit. Oder siehst du da einen Zusammenhang? Dass mein Vater dir gegenüber zugeknöpft ist, könnte durchaus mit einer gewissen Eifersucht zusammenhängen. Damit müssen wir leben – es lässt sich nicht ändern. Viele Grüße, deine Jo."

Dieser Briefwechsel war nicht unbedingt dazu angetan, meine seelische Balance zu stärken. Ich kam mir dabei vor wie ein Diabetiker, der in einer Schokoladenfabrik arbeiten muss – noch dazu in der Qualitätskontrolle!

Es war qualvoll und entzückend zugleich.

Teamarbeit

Pfingsten kam schneller, als mir lieb war! Ich reiste am Donnerstagabend an, damit ich genügend Zeit für alle Einkäufe hatte. Vater öffnete die Tür und nahm mich fester als sonst in die Arme und brummte dabei etwas Unverständliches. Dann verkroch er sich in sein Studierzimmer.

Mutter zappelte am Telefon herum und gab einem unsichtbaren Kochteam hektische Kommandos. Ich warf meinen Koffer aufs Bett und sagte: „Ich fahr mal eben rüber zur Kirche und schau mir alles an." Mutter wedelte zur Bestätigung mit den Händen. Ich holte mein altes Rad aus dem Keller und fuhr hinüber zur Kirche. Die Frau des Küsters schloss mir die Räume auf und zeigte mir Tische und Stühle, die große Küche. Ich öffnete die Hängeschränke und prallte zurück: dicker Staub auf allen Regalbrettern, viele Tassen angeschlagen, ohne Henkel. In der Besteckschublade sah es nicht besser aus: die Gabelzinken verbogen, die Messer angerostet, von den kleinen Löffeln gab es nur 20. Im Eckschrank fand ich ein paar klotzige Whiskybecher und eine Sammlung verschieden großer Wassergläser, deren Glas trübe geworden war. Große Töpfe gab es genügend, aber keine Schüsseln und schon gar keine Platten zum Warmhalten der Speisen. Die Wiese hinter dem Haus machte auch nicht viel Staat – der Rasen war vermoost und hatte große Glatzen. Entmutigt radelte ich nach Hause.

„Wir müssen Kriegsrat halten", kündete ich an. „Wie kann ich Claire und Dan erreichen?"

Mutter runzelte die Stirn. „Claire hat heute und morgen eine Modenschau, mit ihr ist nicht zu rechnen."

„Großartig", knurrte ich. „Dann also her mit dem Bräutigam. Er muss mir helfen, neues Geschirr zu besorgen. Für 90

Leute. Außerdem brauchen wir viel mehr Tische und Stühle. Woher bekomme ich Tischtücher?"

Dan kam nachmittags um fünf. Er fiel mir zur Begrüßung um den Hals und sah mir tief in die Augen, was meinen Blutdruck in die Höhe jagte. Er sah gut aus wie immer, und ich, die ich mir eingebildet hatte, für alle Zeiten von der Krankheit Dan geheilt zu sein, spürte mein Herz flattern. Nein, ich war kein bisschen frei, noch lange nicht! Aber darauf konnte ich jetzt keine Rücksicht nehmen.

„Dan", sagte ich, etwas außer Atem, „wir haben eine Menge Probleme. Ich habe eine Liste gemacht. Kannst du mir helfen?"

Er setzte sich auf die Couch und studierte die eng beschriebene DIN-A 4 Seite. Dann blickte er auf.

„Also gut. Da wär mal Geschirr, Besteck, Gläser, Stühle und Tische für 90 Leute. Mindestens zwei Mikrowellen, zwei Wasserkocher, zehn Warmhalteplatten, zehn große Schüsseln, Vorlegebesteck. Dann genügend Kaffee und Kuchen, Zucker und Sahne, Torten und Tee, Saft und Sprudel, Pappteller und Alufolie für die Reste – liebe Güte, wie viel braucht man überhaupt für 90 Leute?"

Wir rechneten eine gute Stunde lang hin und her, dann hatten wir alle Mengen aufgeschrieben.

„Was müssen wir kaufen, was können wir leihen?", fragte ich Mutter.

Sie stürzte mit der Liste zum Telefon und kam mit Siegermiene zurück. „Die Kirche an der nächsten Ecke hat gerade in dieser Woche neues Geschirr gekauft. Wir dürfen es ausborgen. Ihr könnt es heute Abend noch abholen. Auch die Wasserkocher und die Mikrowellengeräte."

„Großartig. Kann ich Vaters Wagen ausborgen?"

Pa streckte den Kopf aus der Tür und rief: „Aber bring ihn mir heil zurück!"

Ich weiß nicht warum, aber heute ärgerte mich seine Schulmeisterei nicht. Dieser Satz sprach mir aus dem Herzen, und ich hätte ihn am liebsten meiner Schwester Claire unter die elegante Nase gerieben . . . natürlich nicht auf den Wagen bezogen.

Die nächsten drei Stunden verflogen mit Kistenschleppen. Wir brachten das geborgte Geschirr gleich ins Gemeindehaus. Die Spülmaschine war defekt, zum Glück fanden wir genügend Tücher zum Abtrocknen. Nachdem wir Geschirr, Besteck und Gläser für 100 Personen abgewaschen hatten, sahen meine Hände so schrumpelig aus, als gehörten sie einer Mumie. Dan lachte: „Im ehrenvollen Dienst erworben!" und drückte mir einen Kuss in jede Handfläche.

„Lass das!", fauchte ich, aber es kam nicht besonders überzeugend. Mir zitterten die Knie – von der schweren Arbeit oder weshalb sonst?

Die Klapptische waren schwer und unhandlich. Gegen Mitternacht hatten wir sie gereinigt und in der Vorhalle aufeinander getürmt. „Die können wir erst am Montagvormittag aufstellen", sagte ich, „falls es inzwischen noch regnet. Wie wollt ihr sie haben? U-Form, T-Form, Karree-Form?"

Dan stöhnte. „Darüber haben wir noch gar nicht nachgedacht."

„Wahrscheinlich habt ihr auch noch keine Tischkarten geschrieben und keine Sitzordnung festgelegt."

Er fuhr auf. „Sitzordnung? Muss das sein?"

„Aber sicher! Der Erfolg eurer Feier hängt davon ab, dass die richtigen Leute zusammen sitzen."

„Ich hab die Gästeliste in der neuen Wohnung", murmelte Dan. „Komm, wir fahren rüber und schreiben sie dort."

Wir schlichen auf Zehenspitzen in den Flur, um Claire nicht zu stören, aber sie war noch gar nicht zurück.

„Vielleicht übernachtet sie in der Agentur", vermutete Dan. „Das macht sie öfter." Er stieß einige Türen auf. „Hier ist Claires Zimmer."

Ich erkannte es sofort an den vielen Kleidern, die über Stuhllehnen hingen und das Bett belagerten. Claire wollte ihre Sachen immer griffbereit um sich versammelt haben. Sie hasste Schränke, sie hasste Kleiderbügel und sie hasste das

Bügeleisen und bestand doch auf faltenlosen Kleidern – eine schlechte Kombination ...

Dans Zimmer wirkte im Vergleich zu Claires Kleiderlager wie eine kühle, frische Halle. Hier lag nichts auf dem Boden. Das schmale Bett war mit einer hellblauen Tagesdecke verhüllt, an der weißen Wand hing ein Aquarell – eine italienische Landschaft. Die Bücher waren nach Größe und Farbe ins Regal einsortiert.

„Ich wusste gar nicht, dass du so ordentlich bist", platzte ich heraus.

Dan lächelte. „Bis vor einiger Zeit war ich ein Chaot. Hab mich durch die Tage hindurchgeschlampert, mein Konto überzogen, kam oft zu spät. Aber ich habe ein neues Leben begonnen. Du weißt schon, was ich meine ... Ich habe entdeckt, dass ich meine Zeit und meine Sachen besser im Griff habe, wenn ich reduziere. Also habe ich nur das Notwendige behalten. Und ein, zwei Dinge für's Auge. Die Seele muss auch atmen."

Das Badezimmer trug wieder Claires Stempel, überall standen Tiegel und Cremetöpfchen herum. Ich musste mein Urteil revidieren: die Kosmetikfirmen verdienten *doch* an meiner Schwester, und nicht zu knapp. Obwohl sie das alles eigentlich nicht nötig hätte.

Die Küche war spartanisch eingerichtet: ein Herd, eine schmale Spüle, ein Geschirrschrank und ein paar Töpfe, denen man ansah, dass sie noch nie benutzt worden waren. „Claire ist nicht gerade das, was man eine typische Hausfrau nennt", grinste Dan.

Ich nickte. „Sie hat sich immer geweigert, in der Küche zu helfen. Sie kann nicht kochen."

„Das hab ich gemerkt. Wenn ich mal mehr Zeit habe, werde ich einen Kochkurs machen", sagte Dan. „Aber jetzt müssen wir erst mal die Hochzeit schaffen."

Ich schielte nach einer Tür, die er nicht geöffnet hatte. „Und da ist wahrscheinlich euer Schlafzimmer", sagte ich.

Er schüttelte den Kopf, und seine Augen wurden schmal und ihr Grün vertiefte sich. „Wir schlafen getrennt."

Warum machte mich diese Nachricht so froh? „War das deine Idee?", fragte ich.

Er hob die Schultern. „Ja und nein. Bis zur Hochzeit wollte ich schon noch warten."

„Und Claire ist damit einverstanden?"

Das hätte mich überrascht, denn wenn Claire verliebt ist, dann mit Haut und Haar. Da hat sie keine Hemmungen. Als Mutter uns beiden begreiflich machen wollte, dass Sex in die Ehe gehört und dass man dieses Geschenk für den Mann aufheben sollte, mit dem man immer zusammenbleibt, rannte sie prustend vor Lachen aus dem Zimmer – damals war sie längst keine Jungfrau mehr.

Mich hatten Mutters Argumente überzeugt. Allerdings war ich auch nie ernsthaft gefährdet gewesen – meine Freundschaften hatten sich eher im Kopf abgespielt als einige Etagen tiefer – dabei ging es mir stets mehr um „innere Werte" als um Lust und Leidenschaft. Obwohl ich ahnte, dass ich auch auf diesem Gebiet einiges zu bieten hatte, wenn ich nur wollte.

Dan scharrte mit dem Fuß auf dem Teppich herum, als wollte er sich einen Ausgang graben.

„Ehrlich gesagt verstehe ich Claire nicht ganz. Manchmal überfällt sie mich wie eine Raubkatze und bringt mich fast um den Verstand. Eine halbe Stunde später ist sie eiskalt und stößt mich weg."

Ich starrte ihn an. Dass Claire so sein konnte, hatte ich immer geahnt, aber die Bestätigung erschütterte mich, als wäre ihr Mangel an Wärme und Beständigkeit aus irgendeinem rätselhaften Grund eigentlich mein Verschulden. Ich musste gegen einen gewaltigen Kloß in meiner Kehle andrücken, um die Worte herauszupressen: „Aber du willst sie trotzdem heiraten..."

Er schaute mich bekümmert an. „Bleibt mir eine Wahl? Ich habe ihr mein Wort gegeben. Und außerdem..."

Was wollte er sagen? Vielleicht dies: „Außerdem ist schon alles arrangiert." Oder: „Außerdem würden mir deine Eltern diese Blamage nie verzeihen."

Aber das waren keine triftigen Gründe!

Warum war meine Zunge auf einmal so plump, warum waren meine Lippen so trocken? Warum wollten mir die Worte nicht aus dem Mund springen? Ich wollte sagen: „Aber Dan, du bist immer noch frei. Du kannst zurück. Wenn du unbedingt jetzt schon heiraten willst, dann nimm mich! Ich liebe dich doch auch – und mehr als tausend Claires!"

Ich öffnete den Mund, und in diesem Moment sagte Dan. „Und außerdem liebe ich sie."

Da klappte ich den Mund wieder zu. Mein Blick fiel auf ein Foto von Claire. Es war ein gelungenes Bild, es zeigte ihre kühle Schönheit, und ihre Augen, die in die Ferne schauten, als suchte sie etwas, was sie noch nie finden konnte. Dieser Blick passte nicht recht zu den mutwillig gekräuselten Lippen, und wieder einmal, wie so oft, fragte ich mich: Welche Claire ist die wirkliche Claire? Die raffinierte Verführerin? Oder das verlorene Kind?

Sie hatte die Gnade ausgeschlagen, die uns in der Bibel angeboten wird. Sie legte keinen Wert auf Verzeihung, weil sie sich immer gut fand, so wie sie war. Sie meinte, keinen Gott zu brauchen, und auf ein Leben nach dem Tod wollte sie gern verzichten. Wer konnte ihr denn noch helfen, wenn nicht ein Mensch, der sie von ganzem Herzen liebte? Durfte ich ihr die Chance rauben, sich zu finden? Heil zu werden?

Dan räusperte sich. „Du wolltest etwas sagen?"

Ich schreckte auf und stammelte: „Nein . . . nein, ich dachte nur . . . es ist schon gut so."

Aber es war ganz und gar nicht gut!

Als wir uns ins Dans Zimmer auf den Boden hockten, um die Sitzordnung aufzustellen, war ich mit den Gedanken weit fort. Nun wurde mir zu allem anderen auch noch der Schmerz aufgebürdet, dass Dan gar nicht wirklich glücklich war mit Claire. Er schenkte, und sie nahm. Und wenn sie gab, dann mit spitzen Krallen, die schmerzhafte Wunden rissen. Ich versuchte mir einzureden: „Geschieht ihm recht, sie verdienen einander!", aber das überzeugte mich nicht. Wüsste ich bloß eine Medizin, die mir diese starrsinnige Überzeugung aus dem Hirn treiben könnte, dass ich viel besser zu ihm passe als Claire!

Aber dann kam mir ein erschreckender Gedanke – gesetzt den Fall, es gäbe diese Medizin – würde ich sie schlucken?

Unglückstag

Der Hochzeitstag begann mit Donner und Blitz. Das Haus bebte von den schweren Schlägen und die Luft schwirrte von der aufgestauten Spannung. Wir saßen gerade beim Frühstück, als es in die Stromleitung einschlug. Der CD-Player verstummte mit einem schmachtenden „Huiiit", der Toaster wollte die beiden halb gerösteten Brotscheiben nicht mehr rausrücken, und wie wir bald darauf erfahren sollten, waren im gesamten Stadtviertel die Leitungen tot.

„Sauber!", meinte Vater. „Und das passiert ausgerechnet, wenn meine Tochter heiratet."

„Und noch dazu am Pfingstmontag, wo man keine Handwerker kriegt", sagte Mutter. Mit einem Blick auf mein düsteres Gesicht fügte sie hinzu: „Aber mach dir keine Sorgen, im Gemeindehaus gibt es auch einen Propangas-Kocher."

„Sehr witzig", knurrte ich. „Hoffentlich funktioniert die Orgel auch mit Gas."

„Orgel? . . . Orgel . . . da war doch was", grübelte Vater. Plötzlich hellte sich sein Gesicht auf. „Jetzt fällt mir's wieder ein. Ich hatte ganz vergessen, einen Orgelspieler zu engagieren. Könnte einer von euch beiden vielleicht am Flügel . . . –", er zwinkerte Mutter zu, dann mir, aber als er unsere bitterbösen Mienen sah, versteckte er sich schnell wieder hinter der Zeitung. „Ich dachte ja nur . . . schon gut, schon gut, ich sehe ein, die Idee war nicht so . . . Tja, was machen wir denn da?"

Draußen hagelte es inzwischen. Ich ging ans Fenster. Die Straße war handbreit überschwemmt. Kleine Zweige und Blätter trieben dahin. Die Straßenbahn stand hilflos an der Haltestelle. Aus der Ferne hörte man das Tatü-Tata der Feuerwehr. Oder war es die Polizei?

„Glaubt ihr wirklich, dass wir heute Nachmittag draußen feiern können?", fragte ich.

Vater trat neben mich, schaute in die Wolken. „Da müsste schon ein mittleres Wunder geschehen", stellte er fest.

„Sei doch nicht so pessimistisch!", rief Mutter mit zitteriger Stimme. Ihr wuchs das alles über den Kopf.

„Kind, du musst das realistisch sehen", redete ihr mein Vater zu. „Selbst wenn es in dieser Sekunde zu regnen aufhört, zweifle ich am Erfolg einer Gartenparty, denn die Wiese ist matschig. Da sinken die Stühle und die Tischbeine ein. Kannst du dir das Gewackel vorstellen? Wie dann die Kaffeetassen überschwappen? Und die Damen mit ihren langen Kleidern und den Stöckelschuhen." Er grinste vergnügt – Katastrophen machen ihm Spaß, solange er sie nicht selbst bewältigen muss.

„Also werden wir im Gemeindehaus feiern", seufzte ich. Die Lampions würden sich an den ehrwürdigen, mit dunklem Holz getäfelten Wänden etwas seltsam ausmachen. Wenn ich irgendwo ein paar Stoffbahnen organisieren könnte!

Auf Mutter war Verlass. Natürlich kannte sie jemanden, der jemanden kannte, der in der Stofffabrik arbeitete. Und natürlich rief sie sofort per Handy an und hatte innerhalb von zehn Minuten 50 Meter Silberstoff und 50 Meter aprikotfarbenen Georgette organisiert. Ich bezweifelte, ob das wirklich Reste waren, aber das sollte meine geringste Sorge sein.

Vater half mir beim Auto-Beladen. Immer noch warfen die Wolken ihre Wasserfracht ab. Wir waren nass bis auf die Haut, als wir alles verstaut hatten. In der Kirche erwartete uns eine Überraschung: Das untere Stockwerk stand knöcheltief unter Wasser. Unsere Vorräte, die wir unten in der Küche abgestellt hatten, waren durchweicht: der Zucker, die Teebeutel, die Biskuits und Tortenböden. Die 3 Kilo Erdbeeren, die ich am Freitag mühsamst gepflückt hatte, schwammen lustig herum, denn auch diese Pappkartons hatten sich aufgelöst.

Ich setzte mich auf die Treppe und rief Dan auf seinem Handy an. Nachdem ich ihm die Situation geschildert hatte, blieb es lange still. „Bist du noch dran?"

„Jaaa", kam es zögernd. „Aber ich weiß auch nicht . . ."

Mir stieg der Ärger hoch. „Menschenskind! Es ist *eure*

Hochzeit! Ihr müsst euch entscheiden! Was sagt denn Claire dazu?"

Er seufzte. „Mit Claire können wir nicht rechnen. Ihre Maskenbildnerin ist da, ihre Friseuse, du glaubst gar nicht, was hier los ist!"

Wütend brach ich das Gespräch ab. Was sollte das für eine Ehe werden, wenn das Brautpaar jetzt schon keine Verantwortung übernehmen wollte?

„Wir fahren heim. Vielleicht hat Mutter eine Idee", sagte ich.

Mutter war mit einem Pfarrer befreundet, der uns sofort seine Hilfe anbot, als er von unserer Notlage erfuhr. Wir konnten in seiner Kirche und den Gemeinderäumen feiern. Leider war dort nur Platz für 70 Personen, aber irgendwie würde es gehen. Wir holten die Vorräte, die noch zu retten waren, wir sammelten das Geschirr und die Geräte ein und fuhren alles hinüber in die neue Kirche. Dann riefen wir bei der Gärtnerei an, die uns die Blumen liefern sollte. Leider hatte es im Gewächshaus gebrannt, leider waren alle Rosen verkohlt, leider konnten sie uns nicht dienen.

Ich setzte mich ins Auto und klapperte sämtliche Gärtnereien der Stadt ab. Am Ende der Odyssee hatte ich ganze 30 Rosen ergattert. Das reichte noch nicht mal für die Tische.

Als ich Vater davon erzählte, schlug er vor: „Fahr doch mal zum Stadtpark. Oder sollen wir kurz durch den Friedhof . . .?"

Mutter sagte: „Dann heiratet Claire eben ohne großartigen Blumenschmuck. Ich hoffe, sie hat wenigstens an den Brautstrauß gedacht."

Hatte sie aber nicht, wie ich gleich darauf von Dan erfuhr. „Stimmt ja, das hatten wir ganz vergessen", murmelte er. „Was machen wir bloß?"

Ich griff nach einer Schere und schnitt 10 der langstieligen Rosen kurz, band sie mit Leukoplast zu einem handlichen Biedermeierstrauß zusammen. Eine Tortenspitze diente als Manschette, und etwas Alufolie als Griff. Eine Schleife verdeckte die Übergänge. „So! Und wenn sie damit nicht zufrieden ist, dann haue ich ihr den Brautstrauß höchstpersönlich um ihre preisgekrönten Ohren!", rief ich.

„Aber Jo", sagte Mutter ratlos. „Was ist denn in dich gefahren?"

Vater zwinkerte mir zu und grinste.

„Du könntest dich lieber nützlich machen", fauchte ich. „Mal uns ein Schild mit einer Wegbeschreibung, damit ich es an der alten Kirche aufhängen kann."

Vater fackelte nicht lange. Während ich noch Schere und Klebstreifen suchte, hatte er das Schild fertig. Ich raste zum Auto und fuhr zur alten Kirche, hängte das Schild auf, fuhr zur neuen Kirche.

Mutter hatte ihr Helferteam schon verständigt, und sie hatten glücklicherweise begonnen, die Tische zu decken. Wo war denn der Zettel mit der Sitzordnung geblieben? Dan!!!!

Aber Dans Handy war besetzt. Ich hieb eine SMS in die Tasten und rannte wieder zur Küche. Wir hatten zu wenig Kuchen. Mutter musste ihre Beziehungen ausfahren und von hier und dort etwas Kuchen zusammenschnorren, außerdem Kaffee, Teebeutel und Zucker. Die Sahne hatten wir retten können. Leider blieb keine Zeit mehr für die kunstvolle Dekoration, die ich mir ausgedacht hatte. Wir konnten froh sein, wenn wir bis zum Beginn der Trauung mit dem Tischdecken fertig würden.

Oben kamen schon die ersten Gäste an, schimpften über das Schmuddelwetter, klapperten mit Schirmen und kamen mit quietschnassen Schuhen die Treppe herunter. „Ist da jemand?"

Ich strich mir mit dem Oberarm die Locken aus dem Gesicht, denn meine Hände waren mit Sahne verschmiert.

„Noch ein bisschen Geduld, Onkel Eduard", sagte ich. „Schön, dass du da bist, Tante Hilde", und was man bei solchen Gelegenheiten eben so sagt.

Rasch die Finger abgespült, Vater angeklingelt. „Du musst unbedingt kommen. Die Gäste treffen gerade ein, jemand muss sie begrüßen", drängte ich.

„Aber ich bin noch nicht rasiert", widersprach er. „Kannst du das nicht machen?"

„Dich rasieren?"

„Nein, die Leute begrüßen!"

„Vater! Ich muss den Kaffee vorbereiten!"

„Also gut, ich komm ja schon. Mutter ist auch gleich fertig."

Dann probierte ich es bei Daniel. Besetzt. Immer noch. Egal. Dann gab es eben keine Sitzordnung. Schließlich war es nicht mein Fest.

Während ich die letzten Kuchen aufschnitt und inbrünstig darum betete, dass weniger Gäste kämen als eingeladen, hörte ich oben lautes Lachen und Johlen. Diese Stimmen kannte ich nicht. Ich schlich die Treppe hinauf und spitzte um die Ecke in die Garderobe. Ein ganzes Rudel von jungen Leuten wimmelte durcheinander – gepierct, tätowiert, mit blauen Haaren, mit Glatze, mit Irokesenschnitt. Wer – zum Henker – war das?

Inzwischen war Pa eingetroffen. Ich winkte ihn zu mir und bat: „Finde heraus, was das für Typen sind und was sie hier wollen." Er nickte und marschierte los. Nach einer Weile kam er zurück. „Es sind Berufskollegen von Claire."

„Waaas? Das glaub ich nicht."

„Doch. Sie arbeiten als Models für verschiedene Teenie-Modefirmen. Claire hat sie gestern spontan eingeladen." Er sah mich voller Mitleid an. „Es sind aber nur 15. Oder waren es 16? Ich muss noch einmal nachzählen."

Diesmal hörte ich selbst, wie ich mit den Zähnen knirschte.

Vater sagte: „Mach dir nichts draus. Models essen nicht viel. Sie sind magersüchtig und leben fast nur von Kokain und Ekstasy."

„Hoffentlich hast du Recht", grollte ich.

Als nächstes führte Pa Daniels Pflegeeltern die Treppe herunter, damit ich sie begrüßen konnte. Der Onkel schob einen stattlichen Bauch vor sich her und trompetete: „Wir freuen uns, dass Daniel so eine schöne Braut gefunden hat!"

An seinem Arm hing die Tante, blass und verhuscht in

einem grauen Seidenkleid. „Er hat uns Fotos von Claire geschickt", flüsterte sie. „Sie müssen sehr stolz auf Ihre Schwester sein."

Bevor ich antworten konnte, sagte Vater: „Natürlich – ein schönes Paar, nicht wahr? Aber wo haben Sie Ihre Söhne gelassen? Daniel erwähnte vier Cousins. Konnten sie nicht kommen?"

Onkels Gesicht rief blaurot an, Tante wurde noch blasser, und ich sagte: „Wahrscheinlich waren sie verhindert, das kommt vor." Dans Pflegemutter warf mir einen dankbaren Blick zu. Sie war nicht gerade das, was ich mir unter einer idealen Schwiegermutter vorstellte, aber in diesem Fall hätte ich nichts dagegen gehabt, wenn ...

„Wir gehen dann wieder nach oben", schlug Vater vor und geleitete Dans Verwandte die Treppe hinauf.

Als oben die Musik einsetzte – Vater hatte doch noch einen Orgelspieler aufgetrieben – waren wir unten beinahe fertig. Ich musste nur noch die Tischgestecke machen – 20 Rosen auf 10 Tische ...

Da ich sowieso keine Blumenvasen fand und auch keine Schalen zum Stecken, nahm ich 20 Gläser, füllte sie fingerbreit mit Sand und kleinen Kieseln, die ich draußen hinter der Kirche auf dem Spielplatz gefunden hatte. Dann kam in jedes Glas ein Rosenkopf hinein und ein paar Blätter.

„Originell", seufzte Mutter, und es war aus ihrem Tonfall nicht zu ersehen, ob sie das ironisch meinte.

„Willst du nicht nach oben gehen?", fragte ich sie.

„Ich muss ja wohl", sagte sie müde. „Und du?"

Da fiel mir ein, was ich vergessen hatte: mein Kleid. Ich trug noch immer Jeans und einen Schlabberpulli, Turnschuhe, und meine Haare sahen aus wie nach einem Tornado.

„Hast du mal eben die Schlüssel?", japste ich. „Mein Kleid hängt zu Hause." Sie nickte mechanisch, warf mir die Autoschlüssel zu und ging mit schleppenden Schritten zur Treppe. „Bis gleich dann."

Ich raste mit Feuerwehrgeschwindigkeit nach Hause,

streifte mir das Kleid über – natürlich klemmte der Reißverschluss! –, fuhr mit der Bürste durch die Haare, was nur wenig Wirkung zeigte. Ein Hauch Puder, ein Hauch Parfüm, wo sind die Nylons, die ich extra für die Hochzeit gekauft habe? Da unten in der Tasche. Mann o Mann, warum muss der Fingernagel ausgerechnet jetzt einreißen? Warum muss ich mir damit eine Laufmasche ziehen? Egal, es wird ohnehin keiner auf meine Beine gucken. Meine schwarzen Schuhe brauchen etwas Glanz, natürlich finde ich nirgendwo Schuhcreme, da endlich eine Tube – der Schraubdeckel klemmt, ich drücke, da fliegt der Deckel ab und ein Riesenbatzen schwarze Schuhpasta spritzt auf mein Kleid. Arghhh!!! Was jetzt? Fleckenwasser. Und wo? Im Bad nicht? Auch nicht in der Küche? Ah, im Flurschrank. Wunderbar . . . ich tupfe vorsichtig, ich reibe behutsam und juble, weil endlich etwas klappt, wie es soll, denn der Fleck wird heller und heller . . . und heller . . . leider auch die Umgebung. Ich hätte den Stoff vorher auf Farbechtheit testen sollen. Was nun? Eine Falte einnähen? Sieht bescheuert aus! Ich reiße das Kleid wieder herunter und suche im Schrank. Da wäre noch ein schwarzer Rock. Vielleicht finde ich bei Mutter noch eine Bluse oder ein Shirt . . . Endlich bin ich fertig.

Wo sind jetzt wieder diese Autoschlüssel? Eben waren sie noch hier!

Und so kam es, dass ich die feierliche Zeremonie verpasste, die meine Schwester mit meinem Liebsten verbandeln sollte, „. . . bis dass der Tod euch scheide". Vater erzählte mir später, dass Claire beim Niederknien mit dem Pfennigabsatz in den Saum geraten war. Als sie nach dem Gebet aufstand, riss der hintere Spitzeneinsatz ihres Kleides ab.

Und was war noch schief gegangen? Dan hatte beim Ringwechsel so gezittert, dass ihm der Ring aus der Hand fiel und kling-klong durch die Kirche rollte. Daraufhin rutschte die halbe Hochzeitsgesellschaft auf den Knien herum und suchte. Der Ring wurde nie gefunden.

Claire hakte sich gleich nach dem Ausmarsch vom Arm

ihres frisch getrauten Mannes los und eilte zu ihrer Clique. Sie musste dort wie der Kolibri im Spatzenschwarm gewirkt haben! Bevor sie wusste, was ihr geschah, hatten ihre „Freunde" sie in ein Auto gezerrt und eine Braut-Entführung inszeniert.

Einen Vorteil hatte das Ganze: der Kuchen reichte für alle, das Abendessen fiel aus, weil das Brautpaar nicht da war, Vater sammelte die Kuverts mit den Geldspenden ein, die sich Claire in aller Bescheidenheit gewünscht hatte und verabschiedete die Verwandten, Mutter entließ ihr Kochteam, nachdem wir alles wieder aufgeräumt hatten. Kurz vor Mitternacht waren wir wieder zu Hause, von Dan und Claire noch keine Spur, aber das war mir inzwischen ganz egal.

Es war vorüber.

Katzenjammer

Vielleicht war es der Stress, vielleicht auch mein Herzbluten – am nächsten Morgen hatte ich dicke Mandeln, einen hochroten Kopf und 40° Fieber. Der Hausarzt meiner Eltern kam, guckte mir in den Hals und verschrieb Antibiotika. Mutter attackierte mich mit Halsumschlägen aus eiskaltem Quark und wickelte mir die Waden in quatschnasse Handtücher. Vater lungerte stundenlang an meiner Bettkante herum und erzählte fröhliche Trivialitäten, um mich aufzuheitern. Ich vermute allerdings, dass er damit eher sich selbst ablenken wollte.

Über Claire sprach keiner, und fragen mochte ich nicht. Drei Tage später, als ich aufsitzen durfte und lauwarme Gemüsebrühe mit Schnittlaucheinlage schlürfte, schnappte ich ab und zu Satzfetzen auf und reimte mir die Geschichte zusammen: Die Brautentführung hatte so gut funktioniert, dass Daniel seine Claire erst am nächsten Morgen in einem Vorort im Bahnhofscafé aufgabelte. Die Entführer bestanden darauf, dass er ihnen ein deftiges Frühstück bezahlte – sozusagen als Schadensersatz für die verpassten Genüsse der Hochzeitsfeier. Zähneknirschend willigte er ein, dann fuhr er mit Claire in seine Wohnung. Die Stimmung war alles andere als romantisch – beide waren gereizt und überschütteten sich gegenseitig mit Vorwürfen. Am Ende rupfte sich Claire das teure Designer-Brautkleid herunter, schlüpfte in Jeans und Pulli und verließ türenknallend die Wohnung. Der frisch gebackene Ehemann hockte zwei Tage schmollend zu Hause, bis er sich dazu durchringen konnte, in ihrer Foto-Agentur anzurufen. Er erfuhr, dass sie ihre Termine wie geplant wahrnahm; sie wollte aber nicht mit ihm sprechen. In seiner Verzweiflung bat er Vater um Vermittlung.

So wie ich meinen Vater kenne, hätte er Claire am liebsten an beiden Ohren gepackt und kräftig durchgeschüttelt. Ob so oder anders – jedenfalls hatte seine Methode Erfolg, denn

Claire kehrte noch am gleichen Abend zu Daniel zurück, und dann fuhren die beiden für ein paar Tage in die Flitterwochen nach Ibiza. Ich wünschte ihnen eine Quallenplage, pro Nacht mindestens 35 Mückenstiche und Montezumas Rache an den Hals, aber der meine wurde davon nicht gesünder. Obwohl das Fieber gesunken war, fühlte ich mich klapperig wie ein altersschwacher Fiat, den man über den Brennerpass schindet. Der Doktor verschrieb Aufbau-Präparate, etwas für die Nerven – ja, er ist schlau, unser alter Hausarzt! – und eine Luftveränderung, und da buchten meine Eltern kurzentschlossen eine Woche Türkei für uns. Das Hotel lag in einem Blumenmeer direkt am Sandstrand, und das Abendbuffet hätte jeden Fall von Magersucht kurieren können, so viel Gutes gab es da. Ich war schon lange nicht mehr mit den Eltern in Urlaub gefahren und fühlte mich anfangs wie ein drittes Bein, aber die ständige Ablenkung half mir doch. So konnte ich nicht ständig herumgrübeln, was wäre, wenn ... Und schon gar nicht konnte ich mich ungestört meinem Kummer hingeben.

Als ich aus den Pfingstferien zurückkam, begann eine neue Phase meiner Ausbildung: das Referendariat. Ich hatte eine Stelle an meinem Studienort bekommen, so musste ich nicht umziehen. Die ersten drei Wochen waren hart. Ich hospitierte in verschiedenen Klassen und kritzelte viele Blöcke mit Notizen voll. Dann musste ich mich für die Fachlehrer entscheiden, von denen ich persönlich betreut werden wollte. An meiner Schule gab es einen Deutschlehrer, der von der Sprache so begeistert war, dass der Funke auf seine Schüler übersprang. Von ihm konnte ich viel lernen, deshalb wählte ich ihn.

Die Geschichtslehrer hatten weniger „Charisma", dafür einen undankbaren Job, doch ich fand einen, der seine Klassen durch Strenge und Konsequenz zur Disziplin erzogen hatte, sodass bei ihm immer eine angenehme Ruhe herrschte. Seine Methoden waren logisch und berechenbar, und die Schüler wussten genau, was sie erwartete, wenn sie in seinem

Unterricht herumlärmten oder die Hausaufgaben nicht machten. Er war bereit, mich unter seine pädagogischen Fittiche zu nehmen.

Ab der vierten Woche musste ich selbst Unterrichtsstunden halten, und brauchte zu Hause Ruhe zum Vorbereiten. Da hatte ich weder Zeit noch Kraft, an Dan und Claire zu denken. Ich beschloss, unter das Kapitel „Dan" einen energischen Schlussstrich zu ziehen. Da er wirklich und wahrhaftig verheiratet war, hatte ich keine Chance mehr und damit wollte ich mich endlich abfinden. Meine Gefühle waren oft anderer Meinung, aber sie wurden überstimmt: Gewissen plus Wille plus Vernunft hatten das Übergewicht.

Die Eltern verhielten sich überaus taktvoll und erwähnten Daniel fast nie und Claire nur selten – unterhielten sich mit mir über unverfängliche Themen und zeigten mir ihre Liebe durch Gesten und kleine Überraschungspäckchen: ein Notizblock, zwei Pralinen, drei Elisen-Lebkuchen.

Allmählich heilte die Wunde zu, und die Narbe schmerzte nur noch selten. Dazu half die Zeit, aber auch der feste Entschluss, nicht wieder von den bittersüßen Erinnerungen zu naschen. Aus eigener Kraft hätte ich das nie geschafft, aber ich wusste, wen ich um Hilfe bitten konnte. Der Herr des Universums kannte mich in- und auswendig, und ich nutzte sein Angebot, alle Sorgen und Lasten bei ihm abzugeben. Er fegte mir das Hirn sauber und putzte die klebrigen Spinnweben aus: den Zwang, an Dan zu denken und in bunten Bildern auszumalen, was hätte sein können, wenn ... Langsam bekam ich wieder einen freien Kopf und fand es gar nicht so übel, mich wieder als Single zu fühlen.

Und dann kam Harry.

Light-Version

Eigentlich heißt er Harald und sieht aus wie Daniels kleiner Bruder: Er ist ein bisschen kleiner, zierlicher, seine Haare sind hellbraun, aber er hat die selben grau-grünen Sturmaugen wie Dan. Noch dazu mit langen Wimpern, um die ihn jede Frau beneiden könnte, allerdings mit leichtem Silberblick, aber er sieht damit kein bisschen belämmert aus, sondern geheimnisumwittert. Auch seine Hände sind schlank, mit Elfenbeinfingern, die bestimmt noch nie in einem lehmigen Gartenbeet wühlen mussten.

Ich traf ihn in der Kantine der Uni-Bibliothek; er setzte sich an meinen Tisch, ohne lang zu fragen, und begann zu reden. Er studiert Medizin, steht kurz vor dem Physikum – später will er mal Kinderarzt werden. Wahrscheinlich sehe ich neuerdings wie eine Beichtmutter aus – jedenfalls erzählte er mir seine ganze tragische Lebensgeschichte, während er Kartoffeln und Bouletten in sich hineinschaufelte. Beim Vanillepudding fragte er nach meiner Telefonnummer und als das Schälchen ausgeschleckt war, meinte er, er würde mich am Wochenende gern mal treffen.

Na gut, dachte ich, ein Mediziner ist mal was Neues – außerdem wirkte er charmant und konnte gut erzählen. Ich wanderte wieder in die Bibliothek und vergrub mich in die Bücher und hatte ihn schon fast wieder vergessen, als um halb zehn abends das Handy klingelte. Er war dran: „Hast du Lust auf einen Abendspaziergang?"

Ich brütete gerade über einem Skript über die Sprachentwicklung in den letzten drei Jahrhunderten und war froh, dem trockenen Stoff für ein paar Minuten zu entkommen.

„Ja, klar", sagte ich. „Holst du mich ab?"

„Es ist besser, wir treffen uns", schlug er vor. „Vielleicht am Marktplatz neben der Kirche. Sagen wir in einer halben Stunde." Da hatte ich zwar gut 20 Minuten zu gehen, aber was soll's, es war ein milder Abend, warum nicht?

Als ich am Treffpunkt ankam, war er nirgends zu sehen, obwohl ich früh dran war. Ich schlenderte auf und ab. Als er schließlich auftauchte, war er zerzaust und ganz außer Atem und 40 Minuten zu spät.

„'tschuldige, aber ich wurde aufgehalten! Aber dafür hab ich dir was mitgebracht."

Er drückte mir eine zerfledderte Hortensienblüte in die Hand, wahrscheinlich hatte er sie irgendwo im Park beschlagnahmt. Trotzdem nett von ihm.

„Und jetzt gehen wir. Ich weiß einen herrlich romantischen Weg, am Mainufer entlang", sagte er, und schlug einen schnellen Schritt an. Ich jappte hinterher. Fiel ihm gar nicht auf, weil er unentwegt redete. Wir durcheilten den Anlagenring und kamen ans Mainufer. Der Weg führte durch einen Platanenhain, dann über Wiesen bis zu einer Gruppe von Trauerweiden, die mit ihren Zweigspitzen zärtliche Kreise ins Wasser malten. Harry hielt an und seufzte gedankenschwer. Lange Zeit starrte er aufs Wasser, als könnte er in der trüben Mainbrühe lesen. Nach einer langen Zeit hob er den Kopf. „Du sagst ja gar nichts!", beschwerte er sich.

Ich unterdrückte das Lachen. „Ich wollte dich nicht bei deiner Meditation stören."

„Ach du", seufzte er noch einmal. „Du hast so viel Verständnis. Du bist eine wunderbare Frau. Das habe ich gleich gespürt. Bei dir fühle ich mich wohl wie in einer Wolke von Seidenkissen. Du hast so viel Zärtlichkeit in dir."

Wieder musste ich den Lachreiz unterdrücken. „Woher willst du das wissen? Du kennst mich doch noch gar nicht."

„O, so was spüre ich", verkündete er feierlich. „Du weckst meine Künstlerseele. Da strömen Worte in mich hinein, die ich für die Nachwelt festhalten muss. Hast du zufällig Papier bei dir und einen Stift?"

Ich hatte nicht, das machte ihn nervös. „Ich muss das aufschreiben, sonst ist es wieder weg. Schnell, gehen wir!"

Und schon setzte er sich in Trab. Wenn ich nicht allein am Mainufer zurückbleiben wollte, musste ich ihm wohl oder übel nachlaufen. Und warum nicht? Dieser Harry war ein Original – die Frage war nur, ob er mit seiner Dichtkunst prahlte oder ob er wirklich ein Künstler war. Er wohnte gleich hinter dem Marktplatz in einem alten, würdevollen Jugendstilhaus.

„Komm mit rauf", drängte er, „sonst versiegt die Quelle der Inspiration. Ich muss dich beim Schreiben in meiner Nähe haben."

Sein Eifer war rührend. Wie mochte sein Zimmer aussehen? Wir keuchten die Treppen bis zum Dachgeschoss hinauf. Seine Mansarde war die erste auf dem Gang, die Türen der anderen Zimmer standen halb offen, und ich hörte Plaudern und leise Musik.

Harry stieß seine Tür auf – sie war unverschlossen! – und knipste das Licht an. Nach dem ersten Schritt prallte ich auf ein Hindernis: ein Holzbrett, das mir bis zur ersten Rippe reichte. Es war das Kopfteil eines altertümlichen Eichenbettes. Das Fußteil war fast genauso hoch und versperrte zur Hälfte das kleine Fenster.

„Ziehst du gerade um?", fragte ich, denn das Bett stand schräg mitten im Raum.

„Nö. Wie kommst du darauf?"

„Ich dachte, du wärst gerade beim Umbauen. Wie kommst du denn ans Fenster ran?"

„Gar nicht", sagte Harry. „Wenn ich lüften will, dann lass ich die Tür offen. Das machen hier alle so."

„Aber warum hast du das Bett mitten im Zimmer stehen? Wenn du an den Schrank gehen willst, musst du jedes Mal übers Bett klettern."

„Wasseradern", sagte er kurz. „Außerdem kann ich mit dem Kopf nur nach Norden schlafen."

„Ach?"

„Ich bin hypersensibel für so was", sagte er wichtig. „Meine Kreativität lässt nach, wenn ich anders als Nord-Süd liege."

„Ganz schön kompliziert, wenn man auf so was achten muss! Stößt du dich nicht dauernd, wenn du durchs Zimmer läufst?"

Er hob die Schultern. „Ich laufe nicht im Zimmer herum, ich wohne. Ich residiere auf diesem Bett, und von hier aus kann ich meinen Schreibtisch genauso gut erreichen wie den Schrank, ich muss dazu nicht mal aufstehen. Aber komm endlich rein, damit die Tür zugeht."

Dazu musste man übers Bett steigen. Dem Kissen sah man kaum noch an, dass es wohl einmal weiß gewesen war, und die Decke war zerwühlt wie das Atlasgebirge. Was waren das für schwarze kleine Pünktchen auf dem Laken? Etwa Flöhe oder Läuse? Doch als ich genau hinsah, waren es Staubkörner. Am Boden entdeckte ich eine Kakerlake, die bedächtig zu einer Ritze hinter dem Schrank pilgerte.

Harry hatte inzwischen vom Schreibtisch ein paar Bögen Papier genommen und einen Stift und thronte im Schneidersitz auf seinem Kopfkissen. Er betrachtete mich gedankenverloren, dann kritzelte er ein paar Zeilen, dann starrte er mich wieder an – wie ein Maler sein Model. Er hatte nichts von „Stillhalten" gesagt, deswegen guckte ich im Zimmer herum, studierte die Bilder, die an den Wänden hingen, zum Teil Postkarten, zum Teil Fotos oder Bilder, aus Zeitschriften ausgeschnitten und mit Reißzwecken auf die Tapete geheftet – ein einmaliger Mix aus widersprüchlichen Motiven. Da gab es keine innere Ordnung, auch kein System – Trauriges und Triviales, Lustiges und Hässliches hingen nebeneinander und bedeckten jeden Quadratzentimeter der Wände – von der Decke oben bis runter zum Boden.

„Darf ich was fragen?", sagte ich nach einer Weile.

Er hob die Augenbrauen, und die Meeresaugen lösten sich aus der Zauberwelt der Lyrik und kehrten widerwillig in die enge, muffige Mansarde zurück.

„Warum hast du hier so viele Bilder aufgehängt?", wollte ich wissen.

„Weiß nicht . . . wahrscheinlich fand ich die Tapete grässlich", sagte er.

„Du hättest ja eine andere darüber kleben können", meinte ich.

Er grunzte. „Was geht's dich an? Typisch Frau. Kaum gibt man einer von euch eine handbreit Boden, schon wollt ihr unsere ganze Welt auf den Kopf stellen."

Ich zog die Lippen ein. „Entschuldige. Ich wollte mich nicht in deine Privatsachen mischen. Ich dachte nur ..."

„Du *dachtest* nur ...", wiederholte er.

Er ließ seinen Blick über den einzigen Stuhl wandern, auf dem sich Shirts und Hosen türmten, über die zerkratzte Tischplatte, auf der sich Bücher stapelten und unter der drei Papierknäuel und vier Apfelgripse ein friedliches Dasein fristeten, bis zum winzigen Fenster, dessen trübe Scheiben durch einen vagen Lichtschein von draußen versilbert wurden. Er betrachtete die nackte Glühbirne, die über seinem Kopf baumelte, den windschiefen Schrank und die Kommode, deren Regalfächer schubladenlos ins Zimmer gähnten, aus ihrer Tiefe schimmerten zerbeulte Coladosen und fettige Pommes-Tüten. Die Augen schweiften durch diese seine Welt, und dabei verklärte sich seine Miene, als hätte er soeben in einen heiligen Schrein geschaut.

„Ich hasse kahle Räume", stellte er fest, „und noch mehr hasse ich Veränderungen." Damit senkte er den Blick auf seine Papierbögen und kritzelte weiter.

Mir grauste vor solchem Chaos. „Ich geh dann mal", sagte ich und fasste auf das Kopfteil des Bettes, damit ich leichter drüberklettern konnte.

In diesem Augenblick wurde Harrys Blick träumerisch, seine Augen groß. Langsam legte er den Kopf zurück, bis er meine Hand berührte. Sein Haar war weich und kühl, und mir schossen plötzlich die Schmeichelworte durch den Kopf, mit denen er mich vorhin am Mainufer geködert hatte: lächerlich, kitschig, aber mit Widerhaken. Sie weckten ein Echo in mir, einen vagen Hunger, die Erinnerung an Dan.

„Geh noch nicht", bat er. „Erst musst du mein Gedicht anhören."

„Also gut", sagte ich und installierte mich am Fußende. „Lies vor." Gehen konnte ich ja immer noch. Danach.

„Mach die Augen zu, sonst wirkt es nicht", sagte er eifrig.

„Also gut." Warum auch nicht? Seine Begeisterung machte mir Spaß.

Er las:

Es war, als hätt der Himmel
die Erde still geküsst,
dass sie im Blütenschimmer
von ihm nun träumen müsst.

Die Luft ging durch die Felder,
die Ähren wogten sacht,
es rauschten leis die Wälder,
so sternklar war die Nacht.

Und meine Seele spannte
weit ihre Flügel aus,
flog durch die stillen Lande,
als flöge sie nach Haus.

Er deklamierte sein Gedicht mit einer Stimme, die klang nach warmer Trink-Schokolade mit Sahnetuff. Als ich die Augen öffnete, sah er mich an wie ein Kind, das durchs Schlüsselloch einen Blick ins Weihnachtszimmer geworfen hat. „Es hat dir also gefallen", stellte er fest.

Ich schöpfte Atem. „Das – das hast du jetzt gerade geschrieben?"

„Du hast mich dazu inspiriert", sagte er feierlich und beugte sich vor, griff nach meiner Hand, zog sie an seine Wange. Ich wusste, dass ich vernünftigerweise meine Hand wegziehen und gehen sollte, aber plötzlich *wollte* ich unvernünftig zu sein. Dieser Harry war genial, und obendrein ein harmloser Spinner, und ich war neugierig, wie weit er gehen würde.

Er ging an diesem ersten Abend ziemlich weit, und es war mir kein bisschen unangenehm. Ich hatte meinen Appetit unterschätzt. So lange hatte ich mich nach Liebe gesehnt, mein Körper hungerte nach einer zärtlichen Hand, und Harry hatte zwei davon – außerdem ein feines Gefühl dafür, wie viel er sich erlauben durfte, ohne zurückgewiesen zu werden. Er streichelte mich eine Weile, dann hörte er auf und sah mir tief in die Augen, hauchte mir prächtige Liebesworte ins Ohr, die mir Krabbelkäfer in den Bauch jagten. Wenn er merkte, dass ich ihm ein Stück entgegenkam, streichelte er weiter. Das machte er bestimmt nicht zum ersten Mal – obwohl er beteuerte, ich wäre seine Premiere. Von mir aus hätte er ewig so weiterstreicheln können. Seine Hände waren überall und brachten mich zum Beben. Darüber vergaß ich das graue Kopfkissen, die verunstalteten Wände, den Müll überall, sogar die Kakerlaken.

Irgendwann nahm er seine Hände wieder zu sich, drückte mir einen Kuss auf die Stirn und seufzte meerestief. „Blümchen, jetzt ist es genug", sagte er.

Mir war es noch lange nicht genug, aber ich konnte immer noch einen Rauswurf als solchen erkennen. Also zupfte ich meinen Pulli zurecht und kletterte mit wackligen Beinen übers Bett zur Tür. Harry rollte sich auf den Bauch und sagte: „Unten ist abgeschlossen. Auf der Kommode liegt der Schlüssel für die Haustür. Du kannst ihn mitnehmen. Man sieht sich . . ."

Die Enttäuschung über diese Abfuhr und die kalte Nachtluft machten mir den Kopf wieder klar. Ich dachte an das schmuddelige Bett, auf dem wir uns gestreichelt hatten, und schämte mich. Was hatte mich derart bezaubert, dass ich meinen Verstand ausschalten konnte? War es das Kindliche in seinem Wesen, dieser verletzliche Blick? Oder die weichen Lippen, die so viel Zärtlichkeit versprachen? Oder hatte mich das Gedicht fasziniert? War mir mein Hang zur Lyrik in die Quere gekommen oder meine Neugier? Die Ähnlichkeit mit Dan? Oder war es einfach an der Zeit, dass ich dem Brausen der Hormone in meinem Blut nachgab und mich endlich „paarte"?

Aber mit diesem Chaoten???

Wechselbad

In den kommenden Wochen fühlte ich mich wie in einer Autowaschstraße. Harry zog mich immer stärker in seinen Bann, keine Ahnung, wie er das schaffte. Wahrscheinlich hatte er die Methode der Pferdeflüsterer studiert – advance and retreat, vielleicht war es das, was mich zähmte. An manchen Tagen behandelte er mich mit größtem Respekt, ja er betete mich förmlich an, und verwöhnte mich mit allem, was ihm einfiel: Blumen, Pralinen, zauberhaften Musikkassetten (aus dem Radio überspielt, warum auch nicht?), nur um mich einige Stunden später fortzuschicken wie man ein unartiges Kind auf sein Zimmer verbannt.

Warum? Wieso? Was hatte ich falsch gemacht? Hatte ich ihn zu stark eingeengt? Fühlte er sich von mir kontrolliert, überwacht, vereinnahmt? Darauf bekam ich keine Antwort. Harry erklärte nichts. Ich nahm mir vor, ihn so zu akzeptieren, wie er war. Immer wieder musste ich gegen mein Misstrauen kämpfen, erwischte mich manchmal dabei, dass ich seine Angaben heimlich überprüfte wie ein Detektiv – und hasste mich dafür. Warum konnte ich ihm nicht einfach blind vertrauen?

Gleichzeitig fieberte ich den gemeinsamen Stunden entgegen, verschlang seine Verse, seine Liebeserklärungen, verzehrte mich nach dem Spiel seiner Hände auf meinem Körper. Wenn er dann abbrach, geschah es immer abrupt und ohne einen anderen Grund, als dass er eben in diesem Augenblick aufhören *wollte*.

Einmal sagte ich: „Harry, ich fühle mich furchtbar, wenn du mitten im Streicheln abbrichst. Es macht mich verrückt. Warum tust du das?"

Er lächelte rätselhaft und strich mir mit einer großväterlichen Geste übers Haar. „Das ist besser so, glaub mir", versicherte er. Brachte seine Kleidung in Ordnung und ging. Und ich blieb allein zurück, biss mir auf die Unterlippe, drängte die Tränen zurück und schluckte tapfer.

Es gab viel zu schlucken mit Harry. Dass er mich regelmäßig versetzte – Stunden später kam oder erst am nächsten Tag – daran hatte ich mich zähneknirschend gewöhnen müssen. So manches Wochenende verbrachte ich als einsamer Bücherbrüter in meinem Zimmer, weil er überraschend weggefahren war – zu seinen Eltern, wie er mir dann hinterher versicherte.

Nach solchen Enttäuschungen nahm ich mir jedes Mal vor: Das war das letzte Mal. Jetzt mach ich Schluss! Ich bin doch nicht sein Teddy, den man zur Hand nimmt, wenn man schmusen will, und nach Gebrauch wieder im Regal verstaut – immer griffbereit.

Wenn er dann wieder auftauchte, benahm er sich extra süß und charmant und ich wurde weich wie frisch getropftes Kerzenwachs in seinen Händen. Erkannte mich selbst nicht wieder. Warum war ich auf diesen Kerl dermaßen fixiert? Weil er mich an Dan erinnerte?

Leider fanden wir immer weniger Zeit füreinander. Ich hatte außer den Unterrichtsstunden auch noch einmal in der Woche ein Fachseminar zu besuchen, wo alle Referendare zusammensaßen. Dazu kam das Seminar in Erziehungswissenschaften mit den Referendaren, die mit mir zusammen begonnen hatten. Was wir in diesen Seminaren lernten, mussten wir uns einprägen und in die Unterrichtsmethoden einfließen lassen. Als ob es nicht schon kompliziert genug gewesen wäre, die Namen der verschiedenen Schüler zu behalten! Anfangs verwechselte ich sie gnadenlos; erst mit der Zeit entwickelte ich ein System, um sie auseinander zu halten. Nach den Sommerferien würde ich dann meine eigenen Klassen bekommen, die ich zu unterrichten hatte, aber bis dahin musste ich noch an Souveränität zulegen. Vergeblich suchte ich auf den Etiketten der Nahrungsmittel die Zutat „Selbstsicherheit"; man konnte das auch in keiner Apotheke kaufen und nicht mal im Reformhaus. So manche Nacht erwachte ich durchgeschwitzt aus einem Albtraum – es war immer wieder derselbe: Ich suchte im ganzen Schulhaus nach meiner Klasse, öffnete eine Tür nach der anderen, überall fremde Gesichter. Als ich mit erfahrenen Kollegen darüber sprach, trösteten sie mich mit der Zusicherung, dass es noch schlimmere Albträume gäbe, und manchmal würden sie sogar Wirklichkeit.

Zum Ausgleich klammerte ich mich mehr denn je an Harry, zählte die Stunden bis zum nächsten Treffen, hätte das Ziffernblatt meiner Uhr am liebsten mit Sekundenkleber beschmiert, damit es die Zeiger festhielte. Allerdings konnten wir nur über ein Thema erschöpfend reden, und das waren Gedichte. Alle anderen Themen waren ihm zu banal. Diskussionen gingen ihm auf die Nerven, sie störten angeblich sein inneres Gleichgewicht. Er behauptete, dass man die wirklich wichtigen Dinge im Leben nicht durch Nachdenken ergründen könne, sondern „erfühlen" müsste.

„Nicht im Kopf leben, sondern im Bauch!", predigte er mir. Er konnte stundenlang vor sich hinstarren, und wehe mir, wenn ich ihn bei seiner Andacht störte! Andererseits brabbelte Harry ständig vor sich hin, wenn er lernte, und das konnte ich wiederum nicht ertragen – ich brauchte zur Unterrichtsvorbereitung absolute Ruhe. Dabei hatte ich ihn gern in meiner Nähe. Er war zärtlich und charmant und immer wieder für eine Überraschung gut. Mit ihm wurde es niemals langweilig . . .

Deshalb suchte ich eine größere Wohnung. Ich hatte mich so an Harry gewöhnt, dass ich mir ein Leben ohne ihn nicht mehr vorstellen konnte. Obwohl ich den medizinischen Fakten nach noch „Jungfrau" war, fühlte ich mich fest an ihn gebunden. Meinen Wohnungsplänen hörte er gutmütig lächelnd zu und meinte: „Ist gut, mach du mal."

Geld war für ihn kein Problem, den er hatte keins. Manchmal fragte ich mich, wie er überlebte. Er hatte nie Geld bei sich. Wenn wir essen gingen, was selten vorkam, dann musste ich bezahlen. Meistens kochte ich in meiner kleinen Nische einen Berg Spaghetti oder Reis mit Soße. Kartoffeln oder Gemüse waren ihm ein Gräuel. Obwohl er große Portionen verdrücken konnte, war er dünn, fast mager. Seine Rippen stachen hervor, und man hätte auf seinem Schulterblatt die Jacke aufhängen können. In seinem Zimmer gab es weder Teller noch Besteck, nur eine einsame Tasse ohne Henkel, die am Rand angeschlagen war. Wenn wir erst zusammenwohnten, könnte ich ihn gründlich aufpäppeln, dachte ich. Regelmäßige Mahlzeiten würden ihn vielleicht auch gefühlsmäßig stabilisieren, dachte ich. Überhaupt konnte unsere Beziehung durch die gemeinsame Wohnung nur gewinnen. Dachte ich.

Nach einigem Herumhorchen fand ich eine 2-Zimmer-Wohnung ganz in der Nähe der medizinischen Fakultät. Da hätte es Harry nicht weit; für mich bedeutete dies allerdings einen verlängerten Schulweg. Das nahm ich gern in Kauf, wenn Harry dadurch mehr Zeit zum Lernen fand. Leider hatte er das Physikum nicht geschafft – ob ich ihn zu stark abgelenkt hatte?

Das sollte nun alles anders werden.

Parallelveranstaltungen

Ich wollte Harry überraschen und verhandelte auf eigene Faust mit dem Vermieter, bekam eine mündliche Zusage. Der Mietvertrag sollte in den nächsten Tagen unterschrieben werden. Das musste Harry sofort hören! Ich lief hinüber zu seinem Haus, keuchte die Treppen bis ins Dachgeschoss hinauf und blieb schwer atmend vor seiner Tür stehen. *Erst mal das Seitenstechen loswerden . . . So, jetzt ist es gut, jetzt kann ich reden.*

Auf mein Klopfen kam keine Antwort, und als ich die Klinke drückte, blieb die Tür versperrt.

Huch? Warum denn das? Bisher hatte er seine Tür nie abgeschlossen, wenn er fortging – was hätte man bei ihm auch stehlen können? Ich klopfte bei seinem Nachbarn und fragte den Bernd, ob er wisse, wo Harry sein könnte.

Bernd sah mich nachdenklich an. Dann sagte er: „Wahrscheinlich wird er mir den Kopf abreißen, weil ich dir das verrate, aber er ist gar nicht weg – er ist in seinem Zimmer."

„Komisch . . . ich hab doch geklopft . . . Aber vielleicht will er nicht gestört werden", sagte ich. „Er muss doch so viel lernen!"

Bernd grinste schief und murmelte: „Ja zu beiden Punkten, allerdings bin ich nicht so sicher, *was* er gerade lernt . . . er ist nämlich nicht allein da drin."

Das Blut jagte mir in den Kopf. „Du meinst . . ."

„Na ja, wie soll ich's sagen . . . er legt gerade ein Mädchen flach."

„Waaaas?"

„Ich kenne sie, sie heißt Tina."

„Aber . . . was . . . wieso . . ."

Er schaute auf den Boden, dann hob er langsam den Blick und sagte: „Und leider ist Tina nicht die Einzige. Da läuft mindestens noch *eine* andere Beziehungskiste. Außerdem besucht er eine Frau in Friedberg. Sie ist verheiratet."

„Das kann ich nicht glauben!", stieß ich hervor.

„Es stimmt aber. Er hat sogar ein Kind mit ihr. Die Frau heißt Sybille Haber."

„Woher weißt du das?"

Er hob die Schultern. „Wände sind dünn, Ohren sind gut."

„O Mann! Dabei wollte ich mit ihm zusammenziehen!", rief ich, der Verzweiflung nahe. „Er liebt mich doch!"

„Genau das ist sein Problem," sagte Bernd. „Er liebt sie alle."

Ich holte tief Luft. „Vor einer halben Stunde habe ich eine Wohnung gemietet. Was soll ich jetzt machen?"

Er grinste schief. „Wenn du den Vertrag schon unterschrieben hast, kannst du ja *mich* einziehen lassen. Ich hab die Bude hier satt. Den ganzen Tag Krach und laute Musik, und zwischendurch das Gerammel von nebenan." Er zeigte auf die Wand, die an Harrys Zimmer grenzte. Ich schlich auf den Gang und legte mein Ohr an die Tür. Gurren, Grunzen, Keuchen – hatte sich das genauso angehört, wenn *ich* bei ihm war? Was musste Bernd von mir denken? Mutlos ging ich zurück in sein Zimmer.

Er sagte: „Mir ist schleierhaft, was ihr Mädels an so einem Kerl findet. Er schmarotzt sich ganz gemütlich durchs Leben, und jede meint, sie wäre die Einzige."

So naiv war ich auch gewesen – bis heute.

„Jemand müsste ihm die Ohren lang ziehen, vielleicht kuriert ihn das", grübelte Bernd. „Wenn du willst, dann helfe ich dir. Ich besorge dir die Namen und die Telefonnummern von seinen anderen Mädchen. Dann kannst du mit ihnen reden. Überlegt euch was. Ich ruf dich an, wenn ich die Daten habe."

„Warum tust du das?", fragte ich und schluckte an meinen Tränen.

Er grinste. „Vielleicht aus Schadenfreude?"

Das konnte ich gut verstehen.

Abschlussprüfung

Als Harry am Abend zu mir kam, konnte ich nur mit Mühe ruhig bleiben. Am liebsten hätte ich ihm das, was ich nun wusste, über den Kopf geleert wie einen Eimer Putzwasser. Aber was wäre damit gewonnen? Vermutlich hätte er alles abgestritten. Außerdem wollte ich ihm noch eine Chance geben. Tief in meinem Innern winselte eine Stimme: „Der Ärmste ist bestimmt ohne eigenes Verschulden da hineingeraten. Er hat sich verführen lassen. Er ist einfach schwach geworden. Vielleicht will er sich bessern." Und – hoffnungsvoll: „Vielleicht ist alles nur ein Missverständnis."

Ich wollte ihn auf die Probe stellen. Ich sagte: „Harry, endlich habe ich eine Zweizimmer-Wohnung für uns gefunden. Wir können sie gleich mal anschauen." Ich beobachtete ihn dabei scharf, so blieb mir nicht verborgen, dass sich sein Kinn straffte, die Pupillen ein wenig verengten. Früher hätte ich diese Reaktion als Vorfreude gedeutet, aber jetzt ahne ich, dass er schlicht und einfach alarmiert war.

Schnell kaschierte er es mit einem Lächeln. „Eine Wohnung für uns? Hier in der Nähe?"

„Nicht ganz", gab ich zu. „Es ist ein mittlerer Spaziergang, 40 Minuten für eine Strecke musst du schon einrechnen."

Er schaute auf die Uhr. „Heute hab ich leider nur ein Stündchen Zeit für dich, nicht länger, ich muss unbedingt noch lernen."

„Na, das wird knapp", gab ich zu.

„Vielleicht ein anderes Mal", sagte er. „Du weißt ja, ich muss das Physikum schaffen. Aber jetzt komm zu mir, nutzen wir diese kostbare Stunde. Ich habe Durst nach deinem Himbeermund."

Den Nachmittag hatte er mit Tina verbracht. Jetzt wollte er mit mir schmusen und – danach?

Mir wurde schlecht. Spätestens jetzt wusste ich, dass es ihm mit einer gemeinsamen Wohnung nie ernst gewesen war.

Ich entwand mich seiner Umarmung. „Nicht jetzt, Harry. Ich möchte lieber mit dir reden."

„Reden? Worüber denn?"

„Vielleicht darüber, wie du dir unsere Zukunft vorstellst."

„Ach, Blümchen, hör auf, Probleme zu wälzen, du weißt doch, wie mir solche Haarspaltereien auf die Nerven gehen!", lamentierte er. „So was ruiniert die Stimmung."

„Aber ich möchte doch gern wissen, wie es mit uns weitergehen soll", beharrte ich.

„Was meinst du mit „weitergehen"? Es ist doch schön so. Oder nicht?"

„Mir gefällt dieser Zwischenzustand überhaupt nicht."

Er räkelte sich genüsslich auf meiner Couch. „Kann ich nicht begreifen. Ich bin sehr glücklich mit dir. Du bist eine wunderbare Frau. Voller Verständnis und Lebensklugheit. Ich verehre dich, das sage ich dir doch jedes Mal, wenn wir uns sehen. Oder bist du etwa nicht zufrieden?"

Ich schüttelte den Kopf. „Nein. Ich fühle mich allein gelassen. Ich gebe dir meine Liebe, und du . . . du kommst mir vor wie ein Stück nasse Seife. Nie zu fassen."

„Aber, aber, musst du so zicken? Ich lasse mich nun mal nicht gern festnageln. Ich bin eine Persönlichkeit, ich brauche meine künstlerische Freiheit. Sonst bin ich unkreativ." Harry nahm mein Seidenkissen auf den Schoß und schmeichelte: „Komm her, meine Jadeblume, meine Einzige. Sei lieb zu mir. Ich habe mich schon so sehr nach dir gesehnt. Den ganzen Tag lernen und studieren, da raucht mir der Kopf. Ich brauche dich. Ich brauche deine Nähe. Sonst kann ich nicht arbeiten, nicht dichten, nichts leisten. Du bist meine Muse, das weißt du doch!"

Zum ersten Mal fiel mir auf, dass er mich noch nie mit Namen angesprochen hatte. Wahrscheinlich machte er das mit den anderen Mädchen genauso. Sehr weise, da gab es keine Verwechslungen.

„Meine Süße, komm her", gurrte er. „Komm zu mir . . ."

Mich würgte es im Hals. Ich wich einen Schritt zurück und sagte: „Ich mag nicht mehr."

Das war zwar nicht genau das, was ich fühlte – immer noch hatte ich große Sehnsucht nach ihm. Doch der letzte Rest an Selbstachtung, der mir noch geblieben war, diktierte mir die Worte. Ich wollte endlich aus dieser Umklammerung ausbrechen.

„Harry, ich glaube, es ist aus mit uns."

Sein Auftritt war bühnenreif. „Was sagst du da? Mein Herzblatt, meine Taube, meine Schönste? Du willst mich verlassen? Ist das dein Ernst? So kurz vor dem Physikum? Wie soll ich das ertragen? Wie soll ich damit fertig werden? Wie soll ich weiterleben – auch nur einen Tag – ohne dich? Du brichst mir das Herz." Er schlug die Hände vors Gesicht und ließ die Schultern sinken. Sie zuckten rhythmisch.

Ich ballte die Fäuste, um hart zu bleiben. Da ich nicht auf seinen Gefühlsausbruch einging, hob er nach einer Weile den Kopf. Seine Augen waren kein bisschen rot und wirkten staubtrocken. Alles nur Theater.

Aber es kam noch besser. Er beschwerte sich: „Du bist undankbar. Hab ich dir nicht jeden Wunsch von den Augen abgelesen? Kann ich dir nicht überirdische Wonne schenken? Hab ich dir nicht die schönsten Gedichte gewidmet, die Menschenohren je gehört haben? Und das wirfst du von dir? Willst du mich wirklich – verstoßen?" Seine Stimme brach mit einem rührenden Seufzer.

„Ja!", sagte ich um Diamantenhärten fester, als ich es fühlte.

„Ich hab's geahnt", stöhnte er. „Ich spürte es schon beim letzten Mal – du warst so anders, so fremd . . ."

„Tatsächlich? Das kann ich mir kaum vorstellen." Damals war ich ja noch bis in sämtliche Lockenwickler in ihn verknallt gewesen.

„Doch, doch, so was fühle ich sofort!", beharrte er und legte die Hand aufs Herz. „Hier drin. Glaubst du mir nicht? Ich kann es beweisen."

„Beweisen?"

„Jawohl. Ich habe nämlich letzte Nacht von dir geträumt.

Es war – es war ein schwerer Traum." Er stützte die Ellenbogen auf die Knie und zerwühlte sich die Haare. „Ja . . . ein ernster Traum. Ein schicksalhafter Traum. Mein Gesicht war in Tränen gebadet, als ich erwachte. Und dann schrieb ich ein Gedicht. Hier ist es . . ." Er zog ein verkrumpeltes Blatt aus der Jackentasche und glättete es auf seinem Knie.

„Lass mich selber lesen!", forderte ich; seine Samtstimme sollte mich nie mehr hypnotisieren. Ich nahm ihm das Blatt aus der Hand und las:

So ist mein scheuer Blick,
den schon die Ferne drängt,
noch in das Schmerzensglück
der Abschiedsnacht versenkt.

Dein blaues Auge steht –
ein dunkler See – vor mir,
dein Kuss, dein Hauch umweht,
dein Flüstern mich noch hier.

An deinem Hals begräbt
sich weinend mein Gesicht,
und Purpurschwärze webt
mir vor dem Auge dicht.

Die Sonne kommt; – sie scheucht
den Traum hinweg im Nu,
und von den Bergen streicht
ein Schauer auf mich zu.

Ich hob den Kopf und sah ihn an.

Er seufzte: „Gefällt's dir?" Dabei zeigte er das schüchterne Lächeln, das mich immer betört hatte. Doch der Zauber war gebrochen.

Ich sagte: „Mal abgesehen davon, dass meine Augen grau sind und nicht blau, mag ich Mörike sehr."

„Wie – Mörike?"

„Eduard Mörike. Von ihm stammt der Text, den du heute Nacht gedichtet hast. Ein seltener Fall von Gedankenübertragung – Jahrzehnte nach dem Tod des Dichters. Hochinteressant für die parapsychologische Forschung."

Er schluckte. Seine Augenlider flatterten.

„Und von wem war das zauberhafte Gedicht vom Himmel, der die Erde küsst?", fragte ich streng. „Das Gedicht, mit dem du mich am Anfang bezirzt hast?"

„Von mir, von wem denn sonst?" Er zog einen Flunsch.

„Ich glaube, du lügst!", sagte ich und ging zum Bücherbord, nahm den Band mit den Deutschen Gedichten heraus. „Also?"

Er stand auf. „Glaubst du mir nicht? Steht es so zwischen uns?" Er sah mich an mit einem Blick, der normalerweise Gold verflüssigt hätte. Aber ich hatte seine Schmachterei satt und drehte mich weg.

„Du hast mich tief gekränkt. So hat mich noch niemand beleidigt!", trumpfte er auf.

„Dann wird's höchste Zeit", sagte ich kurz.

„Weißt du, dass du soeben einen unverzeihlichen Fehler gemacht hast? Du trampelst auf meiner Seele herum. Du hast unserer Liebe den Glanz genommen . . .", verkündete er feierlich – Schiller hätte seine helle Freude an ihm gehabt.

„Ich werde dieses Haus sofort verlassen", dozierte er weiter. „Und ich kehre nie mehr hierher zurück." Mit hoch erhobenem Haupt schritt er zur Tür wie der Held in einer Wagner-Oper. Die Dramatik seines Abgangs wurde nur leicht lädiert, als er an der Schwelle stolperte und sich dabei den Kopf am Rahmen stieß. Umso lauter donnerte die Tür ins Schloss.

Als er fort war, blätterte ich den Gedichtband durch und stieß ziemlich bald auf das Himmel-Erde-Kuss-Gedicht. Es stammte von Joseph von Eichendorff. Schande über mich und mein Germanistikstudium! So leicht hatte ich mich einwickeln lassen!

Und dann zog ich ein Fazit. Ich war in Harry blind verliebt

gewesen, hatte etwas in ihm gesehen, was gar nicht da war, hatte versucht, den Wind zu fangen. Mein Hunger nach Zärtlichkeit und Liebe war der Stoff, aus dem Harry seine Träume webte, und dabei hatte unserer Beziehung das Wichtigste gefehlt: echte Liebe. Harry empfand Liebe nur für sich selbst, und bei dieser lebenslangen Romanze hatte er auch – wie Mark Twain einmal so treffend bemerkte – mit Sicherheit keinen Nebenbuhler zu befürchten.

Und auch ich hatte nicht wirklich geliebt, sonst hätte ich sein Wesen erfasst. Für mich war er immer ein Abklatsch von Dan gewesen; im Rückblick kam er mir sogar vor wie eine grobe Karikatur. Ich hatte mich an seiner versponnenen Art ergötzt, hatte seine Zärtlichkeiten vernascht und die Schuldgefühle mit einer großen Portion Fürsorge und Muttersorge zugekleistert. Immer hatte ich ihn beschützen wollen, als wäre er ein kleines Kind, für das ich Verantwortung trug.

Warum hatte ich das nicht früher bemerkt? Wie hatte Harry mich nur so verdrehen können, dass ich meinen Verstand ausgeschaltet und mich mit ihm eingelassen hatte? Oder *wollte* ich bloß nicht auf meine Vernunft hören? Und waren die anderen Mädchen genauso verblendet wie ich?

Auf einmal musste ich es wissen.

Recherche

Harry hatte vor seinem dramatischen Schlussakt erwähnt, dass er „leider nur eine Stunde Zeit" hätte. Ein Blick auf die Uhr zeigte, dass diese Frist beinahe verstrichen war. Ich schlüpfte in Laufschuhe und joggte zu seinem Haus. Mit dem Hausschlüssel, den ich immer noch besaß, sperrte ich auf und schlich nach oben, spähte durch den Flur. Harrys Tür war zu. Angeblich wollte er um diese Zeit „lernen" – wahrscheinlich musste er seine Kenntnisse der weiblichen Anatomie erweitern, womöglich füllte er den Begriff „Physikum" auch anders, als es allgemein üblich war.

Leise kratzte ich an Bernds Türe, die nur angelehnt war. Er öffnete und ich legte einen Finger auf die Lippen.

„Ich möchte Harry das nächste Date vermasseln", flüsterte ich.

Er nickte, als wäre das völlig normal, und kehrte an seinen Schreibtisch zurück.

Ich lauschte in den Flur. Nach einigen Minuten quietschte unten die Haustür, die Treppe knarzte. Ich huschte hinaus auf den Flur. Ein sportlich gekleidetes Mädchen mit rotem Pferdeschwanz kam herauf. Ich nahm sie am Arm und zog sie in den Tagesraum am Ende des Flurs. Bernd kam hinterher.

„Hey, was soll das?", rief sie.

Bernd beruhigte sie. „Keine Angst, wir wollen nur mit Ihnen reden. Sie wollen Harry besuchen, nicht wahr?"

„Ja, was dagegen?"

Bernd schüttelte den Kopf. „Nein. Ich möchte Sie nur informieren, dass Sie nicht die einzige Frau in Harrys Leben sind. Heute Nachmittag gegen fünf war Tina hier. Ich kann Ihnen versichern, dass die beiden nicht zum Studieren zusammen waren. Vor einer halben Stunde hatte er diese Dame hier besucht, sie heißt Jo. Mit ihr ist er schon seit vielen Monaten zusammen. Außerdem hat er eine gemeinsame Tochter mit einer Frau Sybille Haber in Friedberg."

Die Rothaarige wich einen Meter zurück. „Woher wissen Sie das?"

„Manchmal prahlt er damit", erklärte Bernd.

„Das glaub ich nicht. Vielleicht hat er ihnen Märchen erzählt", keuchte die junge Frau.

„Leider sind das keine Märchen. Ich wohne ja mit ihm Wand an Wand. Es könnte allerdings sein, dass er noch andere Freundinnen hat, mit denen er sich woanders trifft. Vielleicht kann ich das herausfinden."

Das Mädchen lehnte sich an die Wand. „Mir ist schlecht", japste sie. „Ich will nach Hause."

„Ich rufe Ihnen ein Taxi", meinte Bernd.

„Nein, es geht schon", sagte sie leise und wankte zur Tür.

„Ich begleite Sie ein Stück", bot ich an. Wieder nahm ich sie am Arm, und diesmal ließ sie sich willig führen.

Als wir das Haus verlassen hatten, brach sie in Tränen aus. „Wir wollten heiraten", schluchzte sie. „Er hat es mir versprochen."

Ich knirschte: „So ein Mistkerl! Wir sollten ihm die Suppe versalzen! Wie heißen Sie übrigens?"

„Steffi. Ich bin seit drei Monaten mit ihm zusammen."

„Und ich ein dreiviertel Jahr", murmelte ich.

Ich lieferte Steffi bei ihren Eltern ab und trottete nach Hause auf mein Zimmer. Eigentlich hatte ich jetzt keine Lust mehr auf die neue Wohnung. Ob sich der Vermieter noch mal erweichen ließ? Ich rief ihn an.

„Das ist kein Problem", sagte er. „Nach Ihnen kam einer, der hätte 100 Mark mehr gezahlt, aber ich wollte ihm nicht zusagen, immerhin waren Sie vorher da."

„Vielen Dank, das war großartig von Ihnen. Aber bei mir haben sich die Verhältnisse geändert, sodass ich Ihre Wohnung doch nicht mieten möchte. Ich bleibe in meinem alten Zimmer."

„Ist gut", sagte er und legte auf.

In dieser Nacht konnte ich nicht schlafen. Immer wieder sah ich Harry vor mir, meinte seine zärtlichen Hände zu spüren, seinen Mund in meinem Haar. Und dann wieder drängte sich Steffis Bild dazwischen und Bernds Stimme murmelte: „Da laufen noch andere Beziehungskisten."

Ich wollte keine Beziehungskiste sein! Schon gar nicht eine von vielen! Aber es half nichts. So wüst ich auch mit den Zähnen knirschte – die Tatsache blieb. Harry hatte mich an der Nase herumgeführt wie einen Tanzbären, und ich war willig mitgetrottet. Es konnte mich auch nicht trösten, dass es in diesem Jahr nie zum „Letzten" gekommen war. Und ich war so dumm gewesen und hatte ihm geglaubt, als er von „Ehre" und „Rücksicht" faselte, und meinte, er hätte um meinetwillen auf diese letzte Bindung verzichtet!

Ich weinte mein Kissen nass, bis der Tränenbrunnen leer war. Dann schlug ich meine Bibel auf. In all den Wochen und Monaten hatte ich nicht mehr darin gelesen, weil ich das Gefühl hatte, auf Kieselsteinen zu kauen. Ich dachte, diese frommen Worte und Sätze hatten nichts mit mir zu tun; sie konnten mir nicht weiterhelfen bei den Entscheidungen, die täglich auf mich einstürmten, so meinte ich. Aber in dieser Nacht griff ich zu diesem Buch wie ein Ertrinkender nach der Rettungsleine.

„Ich will dich mit meinen Augen leiten", stand da. (Psalm 32,8)

Wie oft hatte ich verzweifelt gebetet: „Jesus, sag mir doch, ob Harry der Mann fürs Leben ist. Warum hast du zugelassen, dass ich mich in einen Mann verliebt habe, der gar nichts von dir wissen will? Zeig mir, was ich tun soll!" und hatte doch die Antwort gar nicht hören wollen. Nun wusste ich sie.

Sie schmeckte bitter wie Hustensaft.

Strategie

Eine Woche später hatte ich meine Gefühle halbwegs wieder unter Kontrolle. Die schlimmste Trauer lag hinter mir, es tat nur noch leise weh, wenn ich in meiner Seele herumtastete, so wie man mit der Zunge die Zahnlücke befühlt, die ein jüngst gezogener Zahn hinterlassen hat.

Die „Aktion Harry" lief auf Hochtouren. Bernd hatte die Namen von zwei anderen Mädchen in Harrys Terminkalender entdeckt, auch die Telefonnummern. Ich rief sie an und verabredete mich mit ihnen im Café Herzog. Sie kamen alle vier: Tina, Steffi, Conny, Mira.

Zuerst waren sie misstrauisch und glaubten mir nicht. Erst als ich ihnen beschrieb, wie Harry zu schmusen pflegte, und als ich seine Schmeichelworte, seine Verse zitierte, wurden sie lebhaft.

„Das ist doch nicht zu fassen!", empörte sich Conny. „Er isst fast jeden Mittag bei uns, meine Mutter wäscht seine Wäsche, weil sie ihn schon als Schwiegersohn adoptiert hat. So ein Stronzo!" Sie schüttelte heftig den Kopf, als könnte sie dieses Wissen wieder aus ihrem Hirn herausbeuteln.

Steffi machte schmale Lippen und war kalkweiß geworden. „Wie ich diesen Kerl geliebt habe!", presste sie heraus. „Mein Sparkonto hab ich für ihn geplündert, damit er seine Miete zahlen konnte! 3.000 Mark! Und an Weihnachten hab ich eine Woche Mallorca gebucht für uns zwei."

„Was, an Weihnachten?", platzte Tina heraus. „Mir wollte er weismachen, dass er an Weihnachten leider nicht mit mir zusammen sein kann, weil er mit seinen Eltern nach USA fliegt, eine Tante besuchen!" Tina war die Jüngste von uns, knapp 18, mit langen blonden Haaren und Barbie-Beinen.

„Ich dachte, er hätte die Gedichte extra für mich geschrieben", seufzte Mira. „Ich war so stolz auf ihn – so ein berühmter Dichter, hab ich gedacht."

„Ich bin gespannt auf diese – wie heißt sie gleich? – Sybille

Haber aus Friedberg", sagte Steffi. Sie hatte sich wohl schon halbwegs an den Gedanken gewöhnt, dass man Harry abschreiben musste, wenn man sich im Spiegel noch in die Augen schauen wollte.

„Ja, genau, Sybille. Weiß sie schon was von ihrem Glück?", fragte Tina.

„Nein. Darüber wollte ich gerade mit euch sprechen", sagte ich. „Ist jemand von euch am nächsten Sonntag mit Harry verabredet?"

Tina sagte: „Nein. Er muss nach Köln fahren, zu einer Beerdigung. Sein Cousin oder so."

Steffi runzelte die Stirn: „Nein, er fährt nach München und trifft sich mit seinem Bruder."

Conny schüttelte den Kopf. „Mir sagte er, er wäre bei einer Hochzeit in Stuttgart eingeladen. Wollte sich dort Ideen holen für unser großes Fest."

Und Mira hob die Schultern: „Er hat gesagt: Am Sonntag kann ich dich leider nicht sehen, da muss ich den ganzen Tag lang lernen . . ."

Alle sahen mich an, erwartungsvoll. „Mir musste er keine Ausrede ins Ohr blasen, weil ich letzte Woche schon mit ihm Schluss gemacht habe."

Tina und Mira stand die Erleichterung so deutlich ins Gesicht geschrieben, dass es nur ein Maulwurf übersehen konnte. Aber dann wechselten sie Blicke und wurden düster. Die beiden meinten immer noch, man dürfe nicht zu hart mit dem armen Harry verfahren, Schuld wären nur diese mannstollen Weiber, die ihn erbarmungslos verfolgt hätten – womit sie uns meinten – und wenn man ihm bloß die Chance zu einem neuen Start gäbe, dann würde er sie unter Garantie nutzen. Der Gute.

Allerdings konnten sie sich nicht darauf einigen, *mit wem* Harry dieses „neue Leben" beginnen sollte – keine wollte zurücktreten; jede meinte, sie wäre die Einzige und genau Richtige, um Harry wieder auf den Weg der Tugend zu geleiten. Diese beiden hatten wohl auch noch was zu lernen . . .

„Also, halten wir fest: Harry will am Wochenende keine von uns treffen. Vielleicht ist am Sonntag wieder mal Frau Sybille an der Reihe. Wer hat Lust zu einem Überraschungsbesuch in Friedberg?"

„Gute Idee", meinte Conny. „Wir fahren mit meinem Auto. Hast du die genaue Adresse? Wann treffen wir uns?"

Ich bewunderte sie. Sie hatte als Erste erkannt, dass wir Komplizen waren und keine Gegner. Und sie wusste, was sie wollte.

„Vielleicht könnte eine von uns kontrollieren, ob er wirklich dorthin geht, damit wir keinen Reinfall erleben", überlegte Steffi.

„Du hast Recht", meinte Conny. „Am Ende hat er noch eine siebte Ehrenjungfrau im Sortiment, von der wir nichts wissen."

„Ja", stimmte Mira zu. „Stellt euch bloß mal vor – wir kreuzen bei dieser Sybille auf und er ist ganz woanders!"

„Peinlich! Das können wir nicht riskieren", sekundierte Tina. „Eine von uns muss das überprüfen."

„Aber wer?", fragte Conny.

Sie musterten sich gegenseitig, dann sahen sie mich alle an, wie auf ein Kommando. Damit hatten sie mich ohne große Zeremonie zu ihrer Führerin gewählt. Um auch noch die letzten Ängste zu zerstreuen, sagte ich: „Ihr könnt sicher sein, dass ich mit Harry fix und basta bin. Ich will ihm nur noch diesen Denkzettel verpassen, und das war's dann."

„Also wirst *du* ihn beschatten", sagte Conny. „Wir nehmen alle unser Handy mit und bleiben ständig in Kontakt. Und wenn er wirklich zu dieser Sybille fährt, dann statten wir ihr ein nettes „B'süchle" ab, wie wir Schwaben sagen."

„Ich weiß noch nicht genau, wie wir vorgehen", sagte ich. „Sybille ist eine verheiratete Frau mit Kindern. Die sollten nichts davon merken. Auch ihr Mann nicht. Ich möchte nicht daran schuld sein, dass eine Ehe zu Bruch geht."

„Da wäre auf jeden Fall ein anderer schuld", sagte Conny. „Aber ich weiß, was du meinst. Du hast Recht. Wir müssen uns gut überlegen, wie wir's machen, damit wir keinen Schaden anrichten."

„Klar", sagte Steffi, »Harry verdient es nicht, dass noch mehr Tränen fließen."

Wir tüftelten noch eine Weile an unseren Plänen herum, bis wir vier verschiedene Versionen hatten. Dann gingen wir auseinander. Ich muss gestehen, dass ich in dieser Nacht nicht schlafen konnte.

Rachsucht? Neugier? Vorfreude!

Komplott

Als ich Bernd von unserer Verschwörung erzählte, schloss er genießerisch die Augen und sagte: „Ahhh . . . Da möcht' ich Mäuschen spielen!"

„Wieso? Du hast doch in diesem Geschäft keine Aktien drin, oder?"

Er drehte sein Gesicht zur Seite und grunzte.

„Hast du doch? Raus mit der Sprache!"

„Na ja, eigentlich hat Harry die Tina durch mich kennen gelernt. Sie war damals mit mir befreundet. Noch nichts Ernstes, aber es hätte was werden können, und dann –"

„– hat Harry sie dir ausgespannt. Sauber. Ein echter Freundesdienst."

„Ja, gell?", sagte Bernd.

„Hättest du sie denn gern wieder zurück?"

„Keine Ahnung . . . weiß nicht, ob ich ihr noch mal vertrauen könnte", murmelte er.

„Du machst also aus purer Rachsucht mit?"

Er kratzte sich am Hinterkopf, dann sagte er: „Rachsucht ist das falsche Wort. Ich bin zornig auf Harry, und ich glaube, ich habe genauso Grund dazu wie ihr Mädels. Er muss endlich lernen, dass er so nicht weitermachen kann! Menschen sind nicht zum Spielen da!"

Ich übertrug Bernd die „Beschattung". Falls Harry ihn zufällig sehen sollte, war das unverfänglich. Er konnte sagen, er wollte sich mit Bekannten treffen und einen Besuch machen. Und das war die pure Wahrheit.

Am Sonntag um 10 Uhr rief Bernd an: „Harry steht unter der Dusche. Man riecht bis hierher, dass er ein Rendezvous hat. Im Flur stinkts wie bei Douglass!"

Diese teure Parfümerie kannte ich nur von außen, aber ich konnte mir's vorstellen. Harry liebte Duftwässer in allen Variationen. Wahrscheinlich vernebelte er seinen Opfern damit das Hirn.

Ich sagte: „Die Mädels sind alle hier bei mir. Wann kann's losgehen?"

„Schätze mal, in einer halben Stunde. Wenn ich nicht reden kann, dann schicke ich eine SMS."

„Ja, so machen wir's. Wir schicken dir auch lieber Kurznachrichten, damit dich das Handy nicht verrät. Stell es auf Vibrationsalarm."

„Klar. Geht in Ordnung."

„Also Waidmannsheil!", sagte ich.

„Waidmannsdank", gab er zurück. Die Jagd hatte begonnen.

Um 10.45 blinkte das Display. Bernd schrieb: „Harry hat soeben das Haus verlassen. Ich folge ihm unauffällig."

„O.K.", gab ich zurück.

Nächste Meldung um 11.00 Uhr: „Er ist in den 3er-Bus gestiegen, Richtung Hauptbahnhof. Kommt mit dem Auto nach."

Wir stürmten die Treppe hinunter und installierten uns in Connys Klapperkiste. Sie startete den Motor, als Steffi noch am Einsteigen war. Mit knapper Not konnte Steffi ihre Beine nachziehen und die Tür hinter sich zuklappen.

SMS um 11.20: „Friedberg ist wahrscheinlich richtig, er steigt gerade in den Zug. Ankunft 11.55."

„Hui, das wird knapp", zischte Conny.

„Mach dir keine Sorgen, wir wollen ihn ja nicht gleich am Bahnhof abfangen", sagte ich. „Es reicht, wenn wir ihn bei seiner Liebsten überraschen."

„Also los. Die Straßenkarte steckt im Seitenfach. Kann mich bitte einer lotsen?"

Steffi übernahm das, damit ich mich ganz auf das Handy konzentrieren konnte.

Meldung um 11.30: „Harry sitzt im Nebenabteil. Ich trage eine Sonnenbrille und einen Hut und passe auf wie ein Bluthund."

12.00 – diesmal akustisch: „Hier ist Bernd. Wir sind grad ausgestiegen. Harry musste mal . . . Ich verstecke mich hinter einem Zeitungsstand, von hier aus hab ich die WC-Tür im Blick. Bis jetzt ist alles glatt gegangen. Er ahnt nichts. Und er sieht aus – hmah! Zum Anbeißen, wenn man solche posseligen Männchen mag."

Ich hatte das Handy auf „laut" geschaltet. Conny verdrehte bei Bernds letztem Satz die Augen, Steffi knurrte, Mira seufzte und Tina presste die Faust in die Handfläche.

Bernd berichtete weiter: „Achtung, er kommt, ich muss aufhören."

Eine SMS um 12.00: „Ich sitze im Taxi, wir folgen Harry mit etwas Abstand. Die Richtung stimmt. Fahrt direkt in die Blumenstraße und parkt um die Ecke, damit euch keiner sieht."

Und dann um 12.15: „Herzliche Begrüßung. Sybille ist 'ne Wucht, eine Klassefrau! Julia Roberts ist nix dagegen. Sie sind ins Haus gegangen."

Ich gab die Meldung weiter; allerdings zensierte ich die Bemerkungen über Sybille, wollte meine Truppe nicht verärgern.

Anruf um 12.30: „Hier Bernd, sie sind immer noch drin, ich vermute, sie essen erst mal. Harry hat zu Hause nix gefrühstückt. Und auf leeren Magen so eine Frau . . ."

Ich unterbrach ihn, bevor er sich noch ausführlicher zu Sybille äußern konnte. „Okay. Wir brauchen noch ein paar Minuten, bis wir dort sind. Was gibt es weiter zu berichten?"

„Das Garagentor steht offen, ein Platz ist leer, aber da ist noch ein weißer Golf mit Kindersitz daneben. Wahrscheinlich gehört der Zweitwagen Frau Sybille."

„Wie kommst du darauf?"

„Hey, wer so eine Protzvilla bewohnt mit Pool und Golfrasen, der fährt mindestens zwei Autos. Ich vermute, dass der Herr des Hauses verreist ist."

„Und die Kinder?", fragte ich. Auf keinen Fall sollten die Kinder durch unsere Aktion erschreckt werden.

„Von Kindern seh und hör ich nichts", sagte Bernd. „Entweder sind sie im Haus oder man hat sie rechtzeitig ausgelagert, damit sie aus dem Weg sind."

„Das leuchtet ein", murmelte ich.

„Und was machen wir jetzt?", wollte Conny wissen, als Bernd aufgelegt hatte.

Ich erstattete Bericht, dann einigten wir uns auf Plan A.

Wir parkten wie verabredet um die Ecke. Bernd sah uns und schlenderte wie zufällig an unserem Wagen vorüber. „Wie geht's weiter?", sagte er halblaut ins offene Wagenfenster hinein.

„Plan A!", sagten wir wie aus einem Mund.

„Also Sturm auf die Festung", nickte Bernd. Er ließ seinen Rucksack von der Schulter gleiten und kramte darin herum. „Ich habe meine Videokamera dabei und filme ihn, wenn ihr reingeht, damit wir zu Hause auch noch etwas Spaß haben. Ich möchte Harrys Gesicht verewigen. Das Foto lass ich vergrößern zu einem Riesenposter."

„Genau!", rief Steffi. „Das kann er dann auf seine Museums-Wand kleben."

„Aber nicht doch – dann sieht man die reizenden Bildchen nicht mehr", unkte Conny. Wir sahen uns an und mussten grinsen – eine bittere Grimasse. Jeder dachte sich sein Teil.

„Also gut, Plan A tritt in Kraft", seufzte ich und stieß die Tür auf.

Doch Bernd drängte mich sofort zurück in den Wagen. „Halt! Stopp! Sie kommen aus dem Haus!", rief er. „Lasst mich rein. Wir müssen umdisponieren!"

Tina japste, als er sich neben uns auf die Rückbank quetschte, aber er hob sie quer über seine Knie, und das schien ihr zu gefallen. Sie lächelte verlegen und murmelte: „Tut mir Leid, Bernd, dass ich – ach, ich war ja so blöd."

Bernd sah starr geradeaus, als hätte er nichts gehört, und sagte: „Wenn der weiße Golf kommt, dann müssen wir ihm sofort hinterher!"

„Aye, aye, Sir", sagte Conny.

„Aber Harry wird uns sehen!", jammerte Mira.

„Er rechnet doch nicht mit uns", meinte Conny und verfolgte den weißen Golf.

Ich kramte in meiner Tasche und steckte jedem der Mädchen ein Kopftuch zu. „Wir sind heute arabisch!", verkündete ich fröhlich. Bernd setzte seine Sonnenbrille auf – mit Hut war er ohnehin nicht zu erkennen – wie ein erfolgreicher Scheich mit seinem Harem.

So kann man sich täuschen!

Lernprozess

Wir verfolgten den Wagen bis zu einem Waldparkplatz, ließen Harry und seine Holde aussteigen. Als sie um die nächste Biegung verschwunden waren, kletterten wir schnell aus dem Auto und folgten dem Paar. Bernd machte die Vorhut; pirschte von Baum zu Baum, markierte nach Pfadfindermanier die Wegkreuzungen, an denen wir abbiegen mussten.

Schließlich kamen wir zu einem kleinen Tümpel. Harry und seine Schmusedame saßen auf einer Bank in der Sonne und genossen den Frühsommer. Obwohl die Bank reichlich Platz bot, kuschelten sie sich in der einen Ecke zusammen – da hätte keine Postkarte dazwischengepasst.

„Wahrscheinlich ist ihnen kalt", flachste Conny.

Steffi verzog das Gesicht, ihr war nicht nach Witzen zumute. In Miras Augen schwammen Tränen, und Tina sah sehr nachdenklich aus. Immer wieder reckte sie den Kopf nach Bernd, der sich derweil mit der Video-Kamera hinter die Bank geschlichen hatte und auf Zehenspitzen zwischen den Baumstämmen hervortrat. Sie flüsterte: „Hoffentlich passiert ihm nichts . . ." Sie hatte sich beachtlich schnell von ihrem „Harry-Trauma" erholt und war offenbar schon wieder zu neuen Abenteuern bereit.

„Tina, du machst den Anfang", sagte ich und hoffte, sie würde Bernd nicht durch ihre Dackelblicke verraten.

Sie nickte und zog ihr Kopftuch zurecht. Dann marschierte sie mit fremden, steifen Schritten auf die Parkbank zu und setzte sich ans andere Ende. Inzwischen hatten die Turteltäubchen bemerkt, dass sie nicht mehr allein waren. Bevor sie etwas sagen konnten, zog Tina ihr Kopftuch ab, wandte sich den beiden zu und flötete – wie wir vorher vereinbart hatten: „Harry! Bist du's wirklich? Das ist aber eine Überraschung!"

„Tina!", platzte Harry heraus. „Was machst denn du hier?"

„Ich genieße die Sonne. Und du? Ich dachte, du müsstest heute deinen Cousin unter die Erde bringen."

„Was? Wie? Das musst du verwechselt haben!", stieß Harry hervor.

Die Frau, die höchstwahrscheinlich Sybille hieß, rückte ein Stück von Harry ab und setzte sich kerzengerade hin. „Kennst du diese Person? Wer ist das überhaupt?", zischte sie.

Tina musterte sie: „Das könnte ich genauso gut *Sie* fragen. Ich bin Harrys Freundin. Und Sie auch, so wie's aussieht. Heißen Sie vielleicht zufällig Sybille?"

Harry saß da, als hätte man ihn mit Pattex auf die Bank gepappt.

Die „Klassefrau" stieß ihn mit dem Ellenbogen an und schrillte: „Woher kennt sie meinen Namen? Was will sie?"

Bevor Harry etwas sagen konnte, zwitscherte Tina: „Er hat mir vorgestern erzählt, er müsste nach Köln fahren – auf eine Beerdigung! Haha. Ein guter Witz. Wen wolltest du denn begraben? Vielleicht unsere Liebe oder was?"

„Harry! Was soll das alles?", keuchte die Frau, mit der sich angeblich nicht mal Julia Roberts vergleichen konnte. Im Augenblick wirkte sie nicht besonders oskarverdächtig.

Unterdessen war Steffi an der Bank aufgetaucht. Sie riss sich das Kopftuch ab und quietschte: „Harry! Ist ja *suuuper*! Du bist *hier*! Ich dachte, du wärst in München bei deinem *Bruder*!"

„Er hat keinen Bruder!", fauchte Sybille.

„Ach nein? Und wer sind Sie?", erkundigte sich Steffi.

„Das – das – äh – ist eine gute Bekannte . . ." stammelte Harry.

„Sieht man", grinste Steffi. „Nennst du sie auch Blümchen, so wie mich? Oder sagst du zu ihr ‚mein Täubchen, mein Einziges'?"

Harry war starr vor Schreck.

Und dann stöckelte Conny los, das Kopftuch locker in der Hand. „Harry! Ist ja toll!", rief sie schon von weitem. Bernd machte einen Ausfallschritt, damit er Harrys Gesicht von vorne aufnehmen konnte. (Auf dem Video sahen wir später, dass Harrys Gesichtsfarbe in diesem Moment von blass-grün über rosa nach blau-rot wechselte – ein ergreifendes Farbenspiel.) Harry war so verblüfft, dass er die Kamera gar nicht bemerkte. Inzwischen war Conny nah herangekommen.

„Mann! Dass ich dich hier treffe! Ich dachte, du bist in Stuttgart und sammelst Ideen für unsere Hochzeit! Und wer ist die halbseidene Dame da?"

„Das – das ist . . .", stotterte Harry.

Conny säuselte: „Wie schade, dass du ihren Namen vergessen hast. Kann schon mal passieren, wenn man einen so großen Freundeskreis hat."

Ich hatte mich von hinten angeschlichen und tippte Harry auf die Schulter. „Hallo, und ich bin auch da."

Endlich hatte sich Harry ein wenig gefangen. Er sprang von der Bank und plusterte sich auf. „Johanna!"

„Oh, du hast dich an meinen Namen erinnert!", grinste ich. „Das ist das erste Mal, dass du ihn nennst."

Er schnaufte: „So wie ich dich kenne, hast *du* dir diesen Zirkus ausgedacht. Das wirst du noch bereuen!" Gehetzt sah er von einem zum anderen, schlug nach der Kamera. „Nimm endlich das Ding weg, Bernd! Du machst dich strafbar!"

Darüber mussten wir alle herzlich lachen. Nur Mira lachte nicht. Sie stellte sich in die Mitte und sagte: „Harry? Du wolltest heute den ganzen Tag lernen. Und? Hast du was gelernt?"

Er starrte sie an, als hätte sie Chinesisch gesprochen.

Da stand Sybille auf und zuckte die Achseln: „Für mich ist das alles halb so tragisch – allerdings hab ich mir auch nie eingebildet, ich wäre die Einzige."

„Ich schon", sagte Mira leise. „Wir alle. Wir haben ihn geliebt."

„Harry ist unheilbar polygam", behauptete Sybille.

„Das wussten wir nicht", sagte Conny. „Wir haben ihm vertraut.

„Tja, Mädels, Pech gehabt. Man sollte nur dem vertrauen, der glaubwürdig ist. Aber ich bin auch nicht besser. Ich mach's ja genauso, meinen Mann betrüge ich mit Harry, und Harry betrüge ich mit –"

„Was?", fuhr Harry auf. „Du hast noch einen anderen Lover?"

„Zwei", sagte sie. „Stört dich das?"

Harry schluckte, und sie wandte sich an uns. „So ist das nun mal. Jeder holt sich, was er braucht hat. Und da gilt gleiches Recht für alle, oder seid ihr anderer Meinung?"

Wir schwiegen betreten. Sybille schob ihren Arm unter Harrys und richtete ihn auf. „Komm, ich bring dich hier weg."

Das stand nicht im Protokoll. Wir hatten vorgesehen, dass Harry jeder von uns Rede und Antwort stehen sollte. Doch er war längst kein Gegner mehr, nur noch eine Jammergestalt, Schiller hätte ihn glatt gefeuert. Er wankte an Sybilles Arm den Kiesweg entlang wie ein General, der soeben die Schlacht seines Lebens verloren hat. Sie sprachen nicht, zumindest nicht, solange sie in Hörweite waren. Bernd filmte die beiden, bis sie um die Ecke gebogen waren, dann kam er zu uns zurück.

„Hab alles im Kasten", sagte er.

Mira war auf der Bank zusammengesunken. „Ich glaube, jetzt bin ich auch von ihm geheilt", sagte sie kleinlaut.

„Und du, Tina?", fragte Bernd.

Sie rümpfte die Nase. „Nie wieder Harry."

Conny nickte heftig, und Steffi bestätigte: „Nie wieder Harry!"

„Dann können wir ja beruhigt nach Hause fahren", meinte Bernd. „Bringt ihr mich zum Bahnhof?"

Wir quetschten uns wieder zu viert auf die Rückbank, und wieder saß Tina quer über seinen Beinen und machte ein vergnügtes Gesicht. Ein bisschen erinnerte sie mich an Claire.

So jung, so flexibel.

Singleglück

Nachdem ich mir Harry aus dem Kopf geschlagen hatte, war auf einmal viel Speicherplatz in meinem Leben frei. Ein neues Lebensgefühl – nur für mich verantwortlich zu sein und nicht wie eine verkratzte Schallplatte „Harryharryharryharry" zu jaulen. Langsam begann ich, die Leute in meiner Umgebung bewusst zu sehen: die Kollegen in der Schule, die Nachbarn, die Serviererin im Bistro, die Frau an der Kasse im Supermarkt, den Briefträger. Gewöhnte mir an, auf die Zwischentöne zu achten, ihre Körpersprache zu deuten. Sah die runden Rücken, die hängenden Schultern, hörte das übertriebene Kichern und Glucksen, das künstliche Lächeln, die mühselige Barriere, hinter der eine Flut von Tränen an das Ufer der Selbstbeherrschung schwappte. Ich sah harte Linien um sorgsam gemalte Lippen, Fältchen in den Augenwinkeln, tief eingegraben, aber nicht vom Lachen.

Tja, ich war wohl nicht die Einzige, die eine Enttäuschung verdauen musste. Fast jeder schluckte an einem Klops, fast alle hatten missglückte Freundschaften hinter sich oder lebten in einem Scherbenhaufen. Nun ahnte ich, was sie empfanden. Als hätten sie in mir einen Leidensgenossen erkannt, erzählten viele von ihrem Kummer, und ich hörte ihnen zu. Hörte Tragödien und Dramen, nur selten mal ein Lustspiel, fast nie ein Happyend. Ich notierte mir die Fallgeschichten und versuchte, die Ursachen ihres Misserfolgs zu ergründen. Dabei fiel mir eine Gruppe von Killerviren auf, von denen Männer wie Frauen befallen wurden und die ihrer Liebe den Garaus gemacht hatten. Allerdings steckten sich die Männer mit anderen Viren an als die Frauen. Ich schrieb mir alle Namen auf einen Zettel und hängte ihn an den Spiegel, denn eins war klar: Sollte die Liebe doch noch einmal zu mir kommen, dann wollte ich sie unbedingt vor diesen tödlichen Keimen schützen.

Liste der Killerviren, von denen Männer befallen wurden:
Prioritäten-Virus: Ich hab jetzt wirklich Wichtigeres im Kopf!
Zeitmangel-Virus: Du siehst doch, dass ich jetzt keine Zeit habe!
Schubladisierung-Virus: Das ist mal wieder typisch für dich!
Respektlosigkeits-Virus: Ach, was bist du dämlich!
Rechthaberei-Virus: Wie kannst du so was gut finden?
Computer-Virus: Nur noch eine Minute, das Computerspiel ist gleich zu Ende (die Minute dauert gewöhnlich 3 Stunden).

Liste der Killerviren, von denen Frauen befallen wurden:
Verallgemeiner-Virus: Du hörst mir nie zu!
Kontrolletti-Virus: Wo warst du gestern Abend?
Erpressungs-Virus: Wenn du mich wirklich liebst, dann . . .
Tratsch-Virus: Ich muss dir unbedingt erzählen, was X über Y gesagt hat . . .
Fishing-for-compliments-Virus: Findest du nicht auch, dass ich zu dick bin?
Logorrhoe-Virus: Heute habe ich ein Kleid gesehen, das sah so aus . . . (45 Minuten Beschreibung)

&

Viele Beziehungen waren ausgefranst, weil der eine den anderen unbedingt umkrempeln wollte. Andere zerbrachen an der Untreue oder am übertriebenen Misstrauen. Und dann waren da noch die heimlichen Lieben, die in dunklen Kellerverschlägen gezüchtet wurden wie Champignons, weil A eben B liebte und B leider C und C entweder völlig desinteressiert war oder wiederum für A schwärmte. Und ich musste unter meine Notizen schreiben: „Enttäuschungen sind völlig normal. Ohne Schmerz und Kummer geht es nicht."

Ich fragte mich: Gibt es eine Schutzimpfung gegen diese Liebestöter? Eine Medizin, die einen Befallenen wieder heilen konnte? Eins war klar: Ich wollte mich nie, nie, nie mehr mit einem Mann einlassen, den ich nicht von ganzer Seele achten konnte. Und ich würde nie mehr auf einen Blender hereinfallen, sondern vorher testen, ob man diesem Kerl auch trauen konnte. Und bis dahin wollte ich offen sein für alle und möglichst viele kennen lernen.

Es dauerte nicht lang, da konnte ich mich nicht mehr als „Gruppe 3" sehen, als einsamen Wolf in sibirischer Kälte. Ich war auf einmal mittendrin im Volksgewühl. Die anderen wollten meine Meinung hören, ab und zu sogar einen Rat, und sie schätzten es, wenn ich dabei war, ob im Bistro oder beim Faulenzen im Park. Dienstags ging ich mit Michael aus, einem bebrillten Besserwisser, der – davon abgesehen – sehr witzig sein konnte. An den Mittwochen saß ich auf der Tribüne des Sportvereins und jubelte Kim und Kessi zu, wenn sie in der Frauenfußball-Mannschaft wieder mal einen genialen Pass gespielt hatten. An den Wochenenden besuchte ich Konzerte mit Kurt, weil der für alle Arten von Musik schwärmte und überall Bescheid wusste.

Sogar mit den Rastis aus der Studienzeit hatte ich noch Kontakt. Sie verrieten mir ein paar gute Kochrezepte, und ich zeigte ihnen, wie man Socken strickt und häkelt. Ich fühlte mich endlich wieder wohl in meiner Haut und war beinahe zufrieden. Wenn ich nicht gerade wieder mal an Dan denken musste und von einem Sehnsuchtsanfall heimgesucht wurde ...

Aber vielleicht war es eine Illusion, auf die große Liebe zu warten? Vielleicht musste man sich mit dem zufrieden geben, was einem gerade über den Weg lief?

Doch wenn es diese eine große Liebe gar nicht gab, warum war Liebe dann das Thema Nr. 1 in der Weltliteratur? Und sogar in der Bibel? Ich erinnerte mich an eine Beschreibung der Liebe, die ich im Religionsunterricht auswendig gelernt hatte:

„Liebe ist geduldig und freundlich. Sie kennt keinen Neid, keine Selbstsucht, sie prahlt nicht und ist nicht überheblich. Liebe ist weder verletzend noch auf sich selbst bedacht, weder reizbar noch nachtragend." (1. Korinther 13, 4–5) Und aus dem Liebeslied des weisen Salomo stammte der Satz: „Liebe ist stark wie der Tod – eine Flamme des Herrn." (Hoheslied 8,6)

Es musste doch eine Melodie geben, nach der der Walzer „Liebe" getanzt werden konnte?

Schwangerschaft

In den Sommerferien wollte ich für ein paar Tage nach Karlsruhe fahren. Seit Pfingsten vor einem Jahr hatte ich die Eltern nicht mehr besucht. Ich fürchtete die Erinnerungen, die in jeder Ecke lauerten. Außerdem legte ich keinen Wert darauf, Dan und Claire über den Weg zu laufen.

Während der Harry-Periode gab es noch einen anderen Grund, die Eltern zu meiden: Ich hatte kein Bedürfnis, ihre klaren Augen auf mir zu spüren. Obwohl ich mir immer wieder einredete, so ein bisschen Petting wäre in meinem Alter normal und könnte doch nicht schaden, vertrat mein Gewissen lautstark die Gegenposition. Deshalb musste ich es in den Keller sperren, aber auch da gab es keine Ruhe, sondern rumorte ständig vor sich hin. Ich hatte ja im tiefsten Innern immer gewusst, dass es falsch war, mit Harry herumzutändeln. Fühlte mich dabei, als würde ich mit einer geladenen Waffe spielen. Und etwas sehr Teures, Kostbares vergeuden.

Aber das war nun endlich vorbei. Ich fasste Mut und schüttete Gott mein Herz aus, bat ihn um Verzeihung. Da ließ der Druck nach, der auf mir lastete. Ich wusste, er hatte mir vergeben, und allmählich sickerte diese Überzeugung auch in den Pool meiner Gefühle. Jesus hatte mich freigekauft, ich musste kein schlechtes Gewissen mehr haben. Diese Tatsache hatte ich einfach zu akzeptieren. Es war Zeit, den Kopf zu heben und wieder den aufrechten Gang zu üben.

„Komm nur, wir freuen uns!", sagte Mutter, als ich sie am Telefon fragte, ob ich sie besuchen dürfte. „Dein Zimmer steht bereit." War es wirklich erst ein Jahr her, seit ich das letzte Mal die Treppen zur elterlichen Wohnung hinaufgestiegen war? Ich fühlte mich um Jahrzehnte älter.

Mutter hatte meine Lieblingssuppe gekocht: Brokkolicreme, dazu gab's frische Brezeln.

Die Eltern wollten wissen, was ich inzwischen erlebt hatte, und ich erzählte ihnen von meinem Abenteuer mit Harry.

Vater grinste vergnügt, als ich ihnen von der Nachhilfestunde erzählte, die wir Harry verpasst hatten. Beim furiosen Finale trommelte Pa mit den Fäusten auf den Tisch und rief: „Bumm! Peng! Boing! Das wird dem Kerl eine Lehre sein!"

„Ach, ich weiß nicht . . .", murmelte Mutter. „Diese Sybille ist ihm ja geblieben. Und ich schätze mal, dass er bald wieder neue Opfer gefunden hat."

„Nicht in Frankfurt", sagte ich. „Der Videofilm hat seine Runde gemacht. Außerdem haben wir einen neuen Spruch kreiert: Untreu wie Harry. Der hat sich in allen Fakultäten durchgesetzt. An der ganzen Uni gibt es kein Mädchen, das auf Harry reinfällt. Er ist für alle Zeiten gezeichnet."

„Kein Wunder, ihr habt ihm ja den Ruf mit deutscher Gründlichkeit ruiniert", sagte Mutter.

Diese Bemerkung kratzte mich im Ohr. Auf einmal waren wir die Bösen! Hatte dieser Mistkerl eine solche Strafe nicht mehr als verdient? Und musste man die Umwelt nicht vor ihm schützen?

Mutter beobachtete mich aufmerksam an, dann seufzte sie: „Was macht er jetzt? Hast du ihn noch mal gesehen?"

Ich nickte. „Er jobbt bei Pizza Hut. Hat sein Studium aufgesteckt. Als er mich sah, tat er fremd. Aber er war ziemlich kleinlaut."

Mutter wiegte den Kopf. „Manchmal hilft es, wenn man so einen Schwindler bloßstellt, manchmal aber auch nicht. Wenn die Leute nicht von innen her anders werden wollen, kann man keine echte Besserung erhoffen. Manche *brauchen* das Gefühl, von anderen bewundert zu werden und gut bei ihnen anzukommen. Es ist ihr Lebenselixier."

„Casanovasyndrom", dozierte Pa. „Kein echtes Selbstbewusstsein. Komplexe werden durch ständig neue Eroberungen kompensiert. Das gibt's aber auch bei Frauen."

Es wurde still am Tisch. Unausgesprochen hing der Name „Claire" in der Luft. Dass die Eltern über meine Schwester sprechen wollten, aber aus Rücksicht auf mich davon absahen, war deutlich zu spüren. Ich gab mir einen Ruck.

„Und wie geht's Claire?"

Sie wechselten einen langen Blick. „Ja nun", begann Mutter, „du weißt ja, dass Claire mit Leib und Leben Model ist. Nachdem sie von USA zurückkam, konnte sie in ihrer alten Agentur wieder einsteigen. Sie hatte großen Erfolg . . ."

„Hatte? Was soll das heißen?"

„Na ja, sie ist schwanger", erklärte Vater.

„Und sie tut sich schwer damit", ergänzte Mutter. „Sie ist jetzt im 7. Monat und klagt ständig über geschwollene Beine und Rückenschmerzen und jammert, ihre Figur würde durch die Kinder ruiniert."

„Kinder?"

„Sie bekommt Zwillinge. Einen Jungen und ein Mädchen", sagte Vater. „Wusstest du das nicht?"

Ich schluckte schwer. „Nein. Wir hatten seit ihrer Chaos-Hochzeit keinen Kontakt."

Die Eltern schwiegen, und ich erklärte ihnen mit dürren Worten, dass ich bisher keine Lust gehabt hätte, Dan zu schreiben oder Claire anzurufen.

„Ja", sagte Vater, „das dachte ich mir schon. Aber jetzt ist es langsam Zeit, dass du aus dem Schmollwinkel herauskriechst. Weißt du denn nicht, dass Dan unter deinem Schweigen leidet?"

„Ach ja?"

„Es vergeht keine Woche, wo er sich nicht nach dir erkundigt. Du warst ihm immer eine gute Freundin gewesen, du fehlst ihm."

Er fehlte mir auch. Sehr sogar! Sollte ich das den Eltern verraten?

„Dan weiß, dass du hier bist", sagte Mutter. „Darf er – kommen?"

Ich stand auf und ging zum Fenster, sah lange auf die Straße hinaus. Als ich mich wieder den Eltern zuwandte, war mein Gesicht ruhig. „Warum nicht? Ich glaube, ich bin darüber hinweg."

Jeder irrt sich mal.

Vaterglück

Gegen Abend klingelte es, Mutter öffnete, dann hörte ich auf dem Flur Dans Stimme. Sie fuhr mir wie eine Sturmbö in die Seele: Entzücken und Furcht, Sehnsucht und Schmerz. Von wegen: „Ich bin darüber hinweg"!

Da kam er mit langen Schritten ins Wohnzimmer und streckte mir beide Hände entgegen. „Johanna!", sagte er. „Liebste Jo!"

Meine Hände fanden seine, das Lächeln stieg mir ganz von selbst in die Mundwinkel. Leichter, als mir zumute war, sagte ich: „Hallo Schwager, wie geht's?" Baute einen Damm aus belanglosen Worten und Sätzen, um die Worte zurückzuhalten, die sich sonst mit Urgewalt zu ihm hingedrängt hätten. Nein, bei mir hatte es noch lange nicht „ausge-Dan-t".

Er fing die Bälle auf, die ich ihm zuspielte, und federte sie mit derselben Leichtigkeit zurück. Aber um seine Mundwinkel herum zogen sich feine Linien, die ich früher nie bemerkt hatte. Mutter holte Saft und Kekse, dann saßen wir mit den Eltern beisammen und plauderten über dies und das. Um zehn ließen sie uns allein.

Dan schenkte sich noch ein Glas Apfelsaft ein und sagte: „Endlich bist du mal wieder da. Ich habe die Gespräche mit dir vermisst. Wie ist es dir inzwischen ergangen?"

Gerade das sollte er nicht unbedingt wissen... Ich zuckte die Achseln und sagte nebenhin: „Du weißt ja, wie es beim Studieren läuft. Man ist hin und her gerissen zwischen der Pflicht und dem Vergnügen."

„So wie ich dich kenne, entscheidest du dich meistens für die Pflicht", sagte er und lächelte. „Das hab ich immer so an dir geschätzt."

„In letzter Zeit habe ich es anders herum probiert", gab ich zu, „aber es hat sich auf Dauer nicht bewährt."

„Die Erfahrung hab ich auch schon gemacht...". Er nahm sein Glas und hielt es schräg gegen das Lampenlicht.

„Und wie geht es Claire?", fragte ich, weil es sich so gehörte.

„Sie musste für drei Tage in die Klinik, ein paar Untersuchungen, nichts Ernstes. Wenn du magst, kannst du sie morgen mal besuchen. Sie wird sich freuen."

„Ja", sagte ich, weil es sich so gehörte.

Dann sagte er leise: „Es ist gar nicht so einfach, mit deiner Schwester verheiratet zu sein."

Ich betrachtete sein Gesicht. Die Schmerzenslinien hatten sich bei diesen Worten vertieft. „Kommst du nicht so gut mit ihr aus?", fragte ich.

Er lachte bitter. „Kann man das?"

„Ich hab mich immer ganz gut mit ihr vertragen", sagte ich.

„Du warst auch nie mit ihr verheiratet."

„Wo ist da der Unterschied?"

Dan holte tief Luft. „Man hat andere Erwartungen, Hoffnungen, Wünsche, Träume. Du weißt ja, dass ich Claire leidenschaftlich liebe, aber von ihr kommt nichts zurück."

„Als sie dich kennen lernte, war sie total begeistert von dir", erinnerte ich ihn. „Vielleicht zeigt sie ihre Zuneigung anders als du?"

„Dagegen hätte ich nichts einzuwenden, ich will sie nur als Liebe erkennen, verstehst du?"

„Immerhin trägt Claire eure Kinder!", platzte ich heraus.

Sein Blick wurde weich. „Ja. Dafür bin ich ihr unendlich dankbar. Weißt du, dass ich schon einen ganzen Stapel Erziehungsbücher durchgestöbert habe? Jetzt bin ich Fachmann in Pädagogik! Hoffentlich funkt Claire nicht dauernd dazwischen."

„Das glaube ich nicht", sagte ich. „Sie wird froh sein, wenn du die Verantwortung übernimmst. Aber wie stellt ihr euch das praktisch vor?"

„Claire will ihren Beruf natürlich nicht aufgeben. Sie sucht ein Kindermädchen. Aber das geht mir gegen den Strich. Unsere Kinder sollen nicht von fremden Menschen großgezogen werden. Ich werde Hausmann."

Ich starrte ihn an. Dazu war er bereit?

„Ja, da staunst du", lächelte er. „Vorausgesetzt, der Chef bewilligt den Erziehungsurlaub."

„Werdet ihr das schaffen? Ich meine – finanziell?"

Daniel wiegte den Kopf. „Keine Ahnung. Das wird ein Problem. Claire verdient zwar eine Menge Geld, aber nicht regelmäßig."

„Dafür gibt sie es regelmäßig aus", sagte ich. „Aber sag, hast du nicht von deinen Pflegeeltern ein Erbe zu erwarten?"

„Das könnte ich heute nicht mehr mit gutem Gewissen annehmen", sagte Dan leise. „Es wäre nicht fair."

„Aber deine Cousins haben dich doch jahrelang gequält und getratzt."

„Du liebe Zeit, wir waren Kinder!"

„Also wirst du auf das Erbe verzichten?"

„Das nicht, aber ich will es gleichmäßig unter uns fünfen aufteilen."

„Und was ist mit dem ältesten Cousin, der untergetaucht ist?"

„Ja, das wird schwierig . . .", murmelte Dan. „Keiner weiß, wo er steckt. Ich werde seinen Anteil auf ein Konto einzahlen. Falls er eines Tages auftaucht, hat er ein kleines Start-Kapital. Jedenfalls bin ich alles andere als ein reicher Mann. Aber ich hab keinen Grund zur Klage – solange ich nicht zum Sozialamt rennen muss."

Ich musste meine Augen in eine andere Richtung zwingen, weil mir sein Gesicht so kostbar erschien, dass es beinahe wehtat.

„Ich finde es sehr edel, dass du auf Geld verzichtest, das dir von Rechts wegen zusteht."

„Edel?" Er zuckte die Achseln. „Ist eigentlich selbstverständlich. Kann gar nicht mehr verstehen, wie ich mich früher aufgeführt habe – immer den eigenen Vorteil gesucht, oft mit unfairen Mitteln, die anderen bestochen, manipuliert, unter Druck gesetzt . . ." Er schüttelte sich. „Nein, das ist vorbei."

„Wie kommt das?"

Er überlegte eine Weile, dann sagte er: „Ich denke heute über vieles ganz anders als noch vor einem Jahr. Damals wollte ich nur eins: dass andere gut von mir denken. Dass sie mich mögen. Und dass sie sich so verhalten, wie ich es erwarte."

„Und das juckt dich heute nicht mehr?"

„Kaum noch. Ich weiß jetzt, was ich wert bin. Bin ja kein Zufallsprodukt. Jemand hat mich ins Dasein gerufen, weil er mich liebt, weil er mich wollte, und er hat einen guten Weg für mich."

„Du hast dich verändert, Dan."

„Das hoff ich doch! Der alte Daniel war nämlich ein widerlicher Egoist."

„Und der neue Daniel?"

Sein Lächeln begann in den Augen.

„Der neue Daniel weiß endlich, wozu er auf diesem Planeten lebt", sagte er und legte seine Hand auf meine. Sie war warm, trocken und weich. „Das habe ich dir zu verdanken. Ohne dich hätte ich Gott wahrscheinlich nicht gefunden. Jo, ich schulde dir mein Leben."

Da war mir, als hörte ich es leise klirren, während der Eispanzer, den ich mit so viel Sorgfalt um meine Liebe zu Dan gefrostet hatte, tiefe Sprünge bekam.

Und das fand ich gar nicht mal schlimm.

Krankenbesuch

Als ich die Tür zu Claires Krankenzimmer aufschob, hörte ich von drinnen fröhliches Geschnatter. Ein Rudel von weiß gekleideten Pflegern und Schwestern bevölkerte das enge Zimmer. Nachtkästchen, Fensterbrett und Tisch waren mit Blumenbuketts und Gestecken übersät. Meine Schwester Claire thronte im Bett, zwei Kissen im Kreuz, und hielt Hof. Wieder einmal war es ihr gelungen, die ganze Belegschaft für sich einzunehmen, einschließlich des Chefarztes und aller Assistenten, wie sie etwas später versicherte, als das Pflegepersonal gegangen war.

„Und das ist noch nicht alles", gluckste sie, „vorhin kam der Koch und fragte, was ich gerne essen würde. Stell dir das mal vor!"

Auf dem Stuhl lagen die neusten Nummern der gängigen Modezeitschriften, und nun wurde mir alles klar: Auf dem Titelbild der meisten Hefte prangte Claires Foto. Ich zeigte darauf: „Das hat genügt?"

Claire lachte: „Das und mein persönlicher Charme."

Dem war ja auch nicht zu widerstehen. Aber bei allem Stolz auf meine berühmte Schwester erinnerte mich ein nagender Schmerz in der Magengegend daran, dass Daniel unglücklich war – und sie war die Einzige, die das ändern konnte. Doch durfte ich sie direkt darauf ansprechen? Claire ließ sich nicht gern ins Gewissen reden. Also pirschte ich mich auf Umwegen an das Thema heran.

Wir plauderten über neue Modetrends, wobei sie redete und ich zuhörte, denn von solchen Dingen habe ich wenig Ahnung. Dann kamen wir auf ihren Beruf zu sprechen. Sie erzählte mir von neuen Aufträgen, von ihren Zukunftsplänen – Shootings in Paris und Rom, von der scharfen Konkurrenz durch die jungen, magersüchtigen Teenager, die verstärkt in die Modelagenturen drängten und die Honorare ruinierten, weil sie bereit waren, für wenig Geld fast alles zu zeigen.

„Machst du dir Sorgen um deinen Job?", wollte ich wissen.

„Warum? Meinst du deshalb?", und sie klopfte auf Ihren Bauch.

„Ich denke nur an die Zeit, wo du in Mutterschaftsurlaub gehst."

„Mutterschaftsurlaub? Brauch ich nicht. Ich werde arbeiten, so lang es geht. Zur Zeit fotografieren wir Umstandsmoden. Nach der Geburt ist der Bauch ja gleich wieder weg, da habe ich schon neue Termine. Ich muss vielleicht 1–2 Wochen überbrücken, und in dieser kurzen Zeit wird mir schon keiner meine Shootings wegschnappen."

„Ganz schön tapfer", murmelte ich, „würde mir schwer fallen. Ich weiß nicht, ob ich meine Babys so bald nach der Geburt verlassen könnte."

„Tja", machte sie, „du bist da ein bisschen spießig. Mir macht das nichts aus. Ich finde den ganzen Schwangerschaftskram sowieso lästig. Wenn es nach mir gegangen wäre, hätte ich gleich . . . aber Daniel wollte es nicht zulassen. Er ist jetzt schon ein Kindernarr."

„Für Daniel ist es ganz besonders schön, Vater zu werden. Er hat nie eine eigene Familie gehabt", sagte ich.

„Dabei weiß er noch nicht, was er sich auf den Hals lädt", lachte Claire. „Zwillinge sind ganz schön stressig. Hat er dir davon erzählt, dass er *Erziehungsurlaub* nehmen will? Den ganzen Tag zu Hause bei den Kindern bleiben und Hausmann spielen."

„Großartig", sagte ich.

Sie runzelte die makellose Stirn. „Findest du? Mir kommt er vor wie ein Schlaffi. Ein richtiger Mann käme doch nie auf eine solche Idee. Er will kochen und putzen, die ganzen Frauenarbeiten machen – stell dir bloß mal vor, wie er mit einer Schürze aussieht!" Sie kicherte hemmungslos.

„Einer von euch beiden muss sich ja um die Kinder kümmern, und wenn du es nicht willst – ".

„Hey, willst du mir Schuldgefühle einreden oder was?"

„Natürlich nicht. Man macht sich nur so seine Gedanken",

murmelte ich. „Sag mal, bist du eigentlich glücklich mit Dan?"

Sie zuckte die Achseln. „Manchmal ist er sehr nett."

„Du warst so verliebt in ihn – ist das alles vorbei?"

„Warum fragst du das? Sollst du mich ausspionieren? Hat *er* dich auf mich angesetzt?"

„Claire!!!"

„Entschuldige, war nicht so gemeint . . . Tja, verliebt oder nicht . . . ich glaube, ich könnte es besser mit ihm aushalten, wenn er nicht ständig irgendwelche Forderungen stellen würde."

„Kontrolliert er dich?"

„Ja. Nein. Aber er will dauernd wissen, was ich denke und was in mir vorgeht und was ich mir wünsche. Das nervt."

„Ich denke, dadurch zeigt er sein Interesse. Ihm liegt sehr viel an dir. Er möchte dir näher kommen. Das ist doch ganz natürlich, wenn man verheiratet ist."

„Ich finde es lästig. Fühle mich wie ein Schmetterling, der aus Versehen auf einem Doppelklebeband gelandet ist. Dan ist süß und lieb und alles, aber er lässt mir keine Ruhe. Er ist noch schlimmer als Bob."

Ihre Worte schnitten mir ins Herz. Hastig begann ich zu versichern, wie glücklich sie sich preisen konnte, einen solch liebevollen Mann zu haben, der bereit war, alles, aber auch alles für sie aufzugeben. Ich schilderte ihr, wie sehr sich Dan vor Sehnsucht verzehrte und wie leicht sie ihn aufmuntern konnte durch ein einziges liebevolles Wort, einen zärtlichen Blick.

Sie zog einen Schmollmund und machte ein mürrisches Gesicht, während ich redete, bis mir die Lippen trocken waren.

Endlich sagte sie: „Das war eine tolle Predigt. Du bist ja ein wahrer Experte in Sachen Liebe. Wie kommt es nur, dass du trotzdem solo bist?"

Au. Das saß. Zumal sie damit 100 %ig Recht hatte. Denn der Eine, den ich – immer noch – lieb hatte, gehörte auf

Lebenszeit zu ihr. Und sie wusste ihn nicht mal zu schätzen.

Dann flog die Türe auf, herein schwebte ein Riesen-Rosenstrauß. Claire warf einen Blick auf die Schuhe des Blumenstraußträgers und sagte: „Solche spießigen Treter können nur meinem Männlein gehören! Hallo, Daniboy."

Ich floh, weil ich sein verletztes Gesicht nicht sehen wollte.

Lückenbüßer

Länger als eine Woche hielt ich es zu Hause nicht aus. Claire und Dan waren allgegenwärtig. Meine Eltern hatten es nicht geschafft, sich gegen die Probleme des jungen Paares abzuschotten; bei jeder Mahlzeit wurde darüber lang und breit diskutiert, sodass ich bald keinen Bissen mehr herunterbrachte. Von Tag zu Tag blätterte der Schutzlack aus, den ich über meine Herzwunde gepinselt hatte. Bevor er völlig abgeplatzt war, flüchtete ich. Unternahm eine Studienfahrt zu verschiedenen geschichtsträchtigen Orten in Deutschland. Besuchte unzählige Museen, Denkmäler, Schlösser, schoss unzählige Fotos, schrieb abends in meinem Jugendherbergszimmer unzählige Seiten voll. Als die Sommerferien vorüber waren, kehrte ich plattfüßig wieder in meine Klause zurück und freute mich auf die Schule. Denn ich wollte die Schätze an Wissen, das ich in diesen Wochen zusammengerafft hatte, endlich mit anderen teilen!

Leider waren meine Schüler viel weniger motiviert, als ich in meiner Naivität gehofft hatte. Geschichte war für sie ein Fach, bei dem es aus den Ohren staubt – man muss sich endlose Kolonnen von sinnlosen Zahlen in den Kopf hämmern und kann sie erst nach der Klassenarbeit wieder von der Festplatte löschen. Große Zusammenhänge begreifen, Trends erkennen, von der Ursache auf die Wirkung folgern und umgekehrt, das alles reizte sie so sehr wie Spargeleis oder Auberginenauflauf. Wie konnte ich ihr Interesse wecken? Sollte ich mit Asterix einsteigen? Mit dem Ötzi aus dem Eis? Elvis Presley und den Beatles?

In den nächsten Wochen kam ich kaum zum Schnaufen vor Arbeit. Aber es machte Spaß. Indem ich meine Schüler immer besser kennen lernte, gewann ich sie lieb. Nicht nur die Braven aus der 5, die ihre Lehrerinnen mit selbst gepflückten Blumensträußen oder liebevoll verzierten Arbeitsblättern beeindrucken wollen. Auch die pubertierenden Schüler aus der Mittelstufe begann ich zu mögen. Obwohl sie mich oft zum Schwitzen brachten, lernte ich durch sie eine ganze Menge.

Mit den älteren Kollegen kam ich gut aus, und auch die anderen Referendare waren kameradschaftlich, vor allem ein Lehramtskandidat namens Martin, der die gleichen Fächer unterrichtete wie ich. Seine Methode, die Schüler ruhig zu kriegen, funktionierte großartig. Wenn die Klasse laut war, wurde er still und streckte den Arm aus. Er hob einen Finger, nach einigen Sekunden den zweiten und – wenn nötig, den dritten. Spätestens jetzt schubsten sich die Schüler gegenseitig und ermahnten sich zur Ruhe. Denn wenn es danach immer noch laut war, schrieb Martin einen Minuspunkt an die Tafel. Drei Minuspunkte waren gefürchtet, denn das hieß: 20 Minuten lang Diktat. Ich übernahm seine Tricks und konnte dadurch meine Unterrichtsziele fast immer erreichen.

Das machte die Schüler genauso zufrieden wie mich. Wenn ich den Stoff schneller vermitteln konnte als erwartet, belohnte ich die Klasse durch ein kurzes Video oder ein Spiel, das mit dem Unterrichtsthema zu tun hatte. Wir kamen blendend miteinander aus, die Schüler und ich.

Einmal in der Woche rief ich zu Hause an und erzählte den Eltern von der Schule. Ich ließ sie dabei nicht groß zu Wort kommen. Bevor sie Luft holen und von Dan und Claire berichten konnten, brach ich das Gespräch regelmäßig ab. Mein Bedarf an Herzweh war längst gedeckt, und ich war im Großen und Ganzen mit meinem Leben zufrieden.

Aber dann kam der Notruf.

Geburtshilfe

Bei der Unterrichtsvorbereitung war es wieder mal spät geworden. Gegen Mitternacht klappte ich meine Bücher zu und verzog mich ins Bett. Neuerdings schlief ich schon, bevor der Kopf das Kissen berührte. Träumte gerade von einer allerliebsten Deutschstunde, in der ich mit den Schülern Goethes Faust in verteilten Rollen las und das Gretchen gerade von Faust angeschmachtet wurde. Bevor ich ihre Antwort hören konnte, schrillte mein Handy. Ich tastete auf dem Nachttisch herum – ach ja, das Handy liegt ja jetzt woanders, weiter von meinem Bett entfernt, damit es mir das Hirn nicht grillen kann – da hörte das Klingeln auf. Kaum hatte ich mich ins Bett verkrochen und wohlig gereckt, als es wieder läutete. Diesmal war ich schnell genug.

Mein Vater keuchte: „Jo, du musst kommen! Wir brauchen dich."

„Wieso? Warum? Was ist denn los?"

„Claire liegt in den Wehen, Dan musste für eine Woche nach USA und Mutter ist plötzlich krank geworden", presste er hervor.

„Ja und? Gibt es neuerdings keine Hebammen mehr und keine Ärzte?", wunderte ich mich.

„Natürlich, aber du kennst doch deine Schwester. Sie konnte noch nie gut mit Schmerzen umgehen. Außerdem ist sie vor Angst aus dem Häuschen."

„Sie hat einen Lebensberater zum Vater", gähnte ich, „warum bist *du* eigentlich nicht bei ihr?"

„Bin ich doch, seit 48 Stunden ununterbrochen, aber jetzt kann ich nicht mehr. Bitte komm so schnell wie möglich her und lös mich ab. Ich muss mich doch um Mutter kümmern."

„Also gut", seufzte ich. „Hoffentlich fährt noch eine Tram zum Bahnhof."

„Nimm ein Taxi, das geht schneller."

„Taxi? Das kostet ein Vermögen!"

„Spielt keine Rolle, ich zahl das", drängte er.

Während ich mich anzog, fiel mir ein, dass Martin verzweifelt Geld brauchte. Er hatte schon öfter mal angeboten, Botendienste und Fahrten zu übernehmen. Er fuhr einen schnellen Wagen und ging nie vor Eins ins Bett.

Ich rief ihn an: „Hey Martin, hier ist Jo. Entschuldige die Störung, so mitten in der Nacht . . ."

Er grunzte etwas Undefinierbares in den Hörer.

„Ich bin in einer Notlage. Kannst du mich schnell nach Karlsruhe zu meinen Eltern fahren? Dauert schätzungsweise eine Stunde pro Fahrt. Für 100 Euro?" Das war immer noch billiger als ein Taxi.

„Geht in Ordnung. Bin in 10 Minuten bei dir", sagte er.

Und das war er dann auch.

Wir brausten durch die verschlafenen Straßen und waren schnell auf der Autobahn. Unterwegs erzählte ich Martin von Claire und der Zwillingsgeburt, da drückte er sein Gaspedal noch ein Stück weiter durch. Eine Weile fuhren wir schweigend, bis er fragte: „Hängst du eigentlich sehr an deiner Schwester?"

„Hm . . . gute Frage . . . Wie kommst du drauf?"

Er warf mir einen flüchtigen Seitenblick zu und knabberte an seiner Unterlippe. Dann sagte er: „Mir scheint, du hast ein zwiespältiges Verhältnis zu ihr. Du bewunderst sie und gleichzeitig verachtest du sie."

Ich spürte im Dunkeln, wie ich rot wurde. „Woher willst du das wissen?"

„Du hast es mir verraten durch die Art, wie du über sie sprichst. Aber mach dir nichts draus, so eine Hassliebe ist nichts Besonderes. Die meisten Menschen beneiden ihre jüngeren Geschwister und fühlen sich von ihnen ausgenutzt."

„Du irrst dich, ich liebe meine Schwester sehr", murmelte ich trotzig.

„Wahrscheinlich stammst du aus einer Familie, wo man negative Gefühle gegen Familienmitglieder gar nicht haben darf."

„Bingo", sagte ich, „der Kandidat hat 15 Punkte. Mein Vater ist übrigens Lebensberater."

„Dann wundert mich nichts mehr", sagte Martin. „Du hast schon von klein auf gelernt, deine Gefühle zu analysieren und zu bewerten. Wahrscheinlich gehörte Neid zu den Todsünden. Hab ich Recht?"

Und wie er Recht hatte! Aber es widerstrebte mir, das so offen einzugestehen.

„Wahrscheinlich hast du einen Grund für deine Eifersucht", sagte Martin ernst.

„Mehr als einen", gab ich zu. „Meine Schwester ist ein gefeiertes Fotomodel. Wenn sie auftaucht, drehen sich alle Männer zu ihr hin wie Kompassnadeln zum Nordpol. Meine Eltern sind unglaublich stolz auf sie und haben ihr seit jeher alle Wünsche erfüllt. Und jeder mag sie, einfach jeder."

„Ich kenne das", sagte Martin. „Solche Menschen sind die strahlende Sonne jeder Party, und wir anderen funzeln vor uns hin wie verstaubte 20 Watt Birnen."

„Ja, gell? Aber es muss auch Planeten geben, die um die Sonne kreisen", sagte ich in dem lahmen Versuch, meine Betroffenheit zu kaschieren, denn er hatte ausgesprochen, was ich jahrelang empfunden und mir nie eingestanden hatte.

„Nur dass du kein Planet bist, sondern selber eine Sonne", behauptete Martin.

„Ich – und eine Sonne?", lachte ich bitter. „Eher so was wie ein Mond."

Er wiegte den Kopf. „Vielleicht solltest du mal das Bild revidieren, dass du dir von dir selbst gemacht hast. Der Rest der Menschheit sieht dich ganz anders. Du hast es nicht nötig, eine Claire zu beneiden. Du hast ganz andere Qualitäten, die im praktischen Leben viel schwerer wiegen."

Das musste ich erst mal verdauen.

Dann sagte ich: „Vielen Dank. Das hast du nett gesagt . . . Weißt du, eigentlich gönne ich es meiner Schwester, dass sie so schön und so beliebt ist, doch . . . wirklich . . . Nur eins gönne ich ihr nicht . . ."

„Nur eins – aber auf dieses eine kommt es an, nicht wahr?", fragte Martin im Plauderton. Seine Anteilnahme trieb mir die Tränen in die Augen. Ich biss mir auf die Lippen, um die Worte zurückzuhalten, denn beinahe hätte ich ihm von Dan erzählt, von meiner aussichtslosen Liebe, der Enttäuschung, dem Schmerz, der sich immer wieder auf mich stürzte, so wie sich ein Jaguar von seinem nachtdunklen Ast abfedert und das ahnungslose Opfer anfällt, wenn es sich sicher fühlt. Ich riss ein Päckchen Papiertaschentücher auf und schnaubte zornig, als könnte ich damit alles, alles loswerden. Doch danach fühlte ich mich leer und seltsam ausgepumpt.

Martin war still und ich war ihm dankbar für sein Taktgefühl.

Etwas später machte er ein paar beiläufige Bemerkungen und half mir über meine Verlegenheit hinweg. Ich lotste ihn bis zum Stadtkrankenhaus und drückte ihm die 100 Euro in die Hand.

„Gern geschehen", sagte er, „wenn ich wieder mal etwas für dich tun kann . . ." Er hielt meine Hand fünf Sekunden länger als nötig. Als er sie losließ, geschah es zögernd. Er setzte an, wollte etwas sagen, schloss den Mund wieder, was mich wunderte – ausgerechnet Martin, der unter allen Referendaren und Lehramtskandidaten die flüssigste Sprache hat, suchte nach Worten?

Schließlich sagte er stockend: „Diese Geschichte mit Claire – was immer das war – muss dich sehr – tief – verletzt haben."

Ich schnappte nach Luft, wollte widersprechen, aber er hob die Hand und fügte hinzu: „Ich hoffe sehr, dass du bald darüber hinwegkommst. Auch in *meinem* Interesse."

Was war das denn? Bevor ich den Mund wieder zuklappen konnte, war er schon losgefahren.

Fassungslos sah ich seinem Wagen nach.

Für mich war Martin in der letzten Zeit zu einer angenehmen Einrichtung geworden, einer nützlichen Funktion; als

„Mann" hatte ich ihn nie gesehen. Dass sich hinter seiner dickwandigen Brille zwei Augen verbargen, die derart in die Tiefe schauen konnten, hätte ich nie vermutet, und schon gar nicht, dass er die „Frau" in mir sah. Während ich den Knopf zum Lift drückte, grübelte ich darüber nach, ob dieser Gedanke unangenehm war. Als die Lifttür aufsprang, war ich zu dem Schluss gekommen, dass Martin eine durchaus reizvolle Perspektive sein könnte. Jetzt freute ich mich sogar auf das Wiedersehen mit ihm und malte mir die Einzelheiten aus. Dann schwang die Tür zum Kreissaal auf. Ein Schwall feuchtwarmer Luft hüllte mich ein und vertrieb alle anderen Gedanken – hier roch es nach Blut und Desinfektionsmittel.

Nach purer, nackter Qual.

Geburt

Zu meiner Ehrenrettung muss ich sagen, dass ich keine Spur von Triumph empfand, als ich Claire so kläglich auf ihrer Liege sah: bleich, die blonden Haare wirr und verklebt, tiefe Schatten unter den verschwollenen Augen, die Lippen blutig gebissen.

Vater sprang auf und umarmte mich. „Danke!", flüsterte er. Er sah übernächtigt aus und klammerte sich an meinen Hals, als könnte ausgerechnet ich ihn vor dem Ertrinken retten. Nein, *er* konnte mir keine Stütze geben, heute nicht, er war selbst erschöpft und ausgebrannt.

„Geh nach Hause zu Mutter", schlug ich vor. „Ich bleibe bei Claire und kümmere mich um alles. Mach dir keine Sorgen."

Er willigte ein, und ich sah ihm nach, bis er zur Tür hinausgeschlurft war, ein alter, müder Mann.

Die Hebamme reichte mir einen weißen Kittel und verknotete ihn am Rücken. Ich schrubbte mir die Hände und band die Haare mit einem Gummiring zurück.

„So. Was kann ich tun?", fragte ich, als ich an die Liege zurückkehrte.

Die Hebamme zuckte die Achseln. „Ihre Schwester wehrt sich gegen die Wehen und hält die Luft an, statt ordentlich zu atmen. Dadurch wird alles viel schwerer. Wenn sie sich weiterhin so anstellt, müssen wir die Kinder per Kaiserschnitt holen."

„Wäre das nicht sowieso besser – bei Zwillingen?", fragte ich.

„Normalerweise schon, aber Ihre Schwester will das nicht. Sie möchte die Kinder um jeden Preis normal entbinden, damit sie nachher keine Narbe am Bauch hat."

„Dann haben wir ja noch was vor", seufzte ich und setzte mich an Claires Seite. Zum Glück wusste ich einiges über Geburtsvorbereitung, weil ich eine sitzen gelassene Kommilitonin ein paar Mal in die Schwangerschaftsgymnastik begleitet hatte.

„Claire, hörst du mich?"

Sie weinte auf. „Ich kann nicht mehr! Ich will nicht mehr!"

Ich wischte ihr mit einem nassen Lappen über das Gesicht. „Du hast es bald geschafft. Aber du musst mitarbeiten, hörst du?"

Ich legte ihr eine Hand auf den Bauch, um zu spüren, wann die nächste Wehe anrollte. Claire begann zu schreien.

„Nicht schreien, Claire! Du darfst dich jetzt nicht verkrampfen. Du musst tief einatmen – ausatmen – einatmen – ausatmen!", kommandierte ich. „Nicht die Luft anhalten, einfach weiteratmen. Das, was dir so wehtut, ist der Kampf um die Tür. Der eine Muskel hält die Türe zu, der andere will sie öffnen. Aber die Tür muss aufgehen, damit deine Kinder durchrutschen können . . . Kämpfe nicht gegen den Schmerz, nimm ihn an. Denk an deinen kleinen Jungen, an deine Tochter. Bald hältst du sie in den Armen. Bist du nicht neugierig auf die beiden? . . . Ja, so ist es gut, atme weiter, immer weiter – ein . . . aus . . . ein . . . aus." Die Wehe ebbte ab, doch Claires Finger blieben verkrampft.

Die Hebamme sagte: „Zu dumm, jetzt hat sie zu tief eingeatmet, sie hat einen Pfötchenkrampf, ich muss eine Plastiktüte holen."

Während sie Claire die Tüte vor die Nase hielt, sodass sie ihre eigene Atemluft wieder einatmete und dadurch genügend CO^2 bekam, fiel mir auf, dass meine Hände blutig waren. Claires spitze Nägel hatten mir die Haut abgeschabt. Ich suchte herum und fand eine Nagelschere. Damit schnipselte ich Claire die sorgsam gehätschelten Nägel ratzekurz und hoffte, dass ihr tetanischer Anfall noch lang genug anhielt. Sie merkte zum Glück nichts von meiner Aktion, sonst hätte sie mich wahrscheinlich erwürgt.

Die nächste Wehe rollte an, ich kommandierte das Atmen, und diesmal hörte Claire auf mich. Sie konnte sich nun in der Wehenpause auch besser entspannen. Nach der vierten Wehe sagte die Hebamme: „Jetzt klappt es gut. So kommen wir voran. Vielleicht können Sie bei der nächsten Wehe Ihre Schwester im Kreuz abstützen, das lindert den Schmerz."

Die nächsten drei Wehen brachten wieder einen kleinen Fortschritt, und die Hebamme war zufrieden.

Ich flößte Claire einen Schluck Wasser ein und tupfte ihr die Stirn ab. Sie klammerte sich an mich und flehte: „Lass mich nicht allein! Bleib bei mir, wenn ich sterben muss!"

„Unsinn!" sagte ich. „Heute bringst du neues Leben zur Welt. Das ist ein großer Tag!"

Sie begann zu weinen. „Sag Daniel, dass es mir Leid tut. Ich habe ihn so schlecht behandelt! Und jetzt kann ich ihn nicht mehr um Verzeihung bitten."

„Hör auf mit diesem Gefasel vom Sterben", sagte ich streng. „Dein Mann kommt mit dem nächsten Flieger heim, bis dahin sollen seine Kinder da sein. Also gib dir Mühe. Du schaffst das schon!"

Doch Claire schien sich in der lauwarmen Pfütze ihres Selbstmitleids ganz wohl zu fühlen; ich konnte sie nicht dazu bewegen, tapfer und mutig mitzumachen. Sie jammerte und winselte und konnte nur durch Gewalt darin gehindert werden, von der Liege zu hüpfen und wegzulaufen.

Die nächsten Stunden brachten noch mehr Plackerei, und als der Muttermund endlich so weit offen war, dass Claire pressen durfte, waren wir alle völlig erschöpft. Die Hebamme telefonierte gerade nach dem Arzt, als Claire einen Raubtierschrei von sich gab. Ich hob sie an den Schultern und befahl: „Kinn auf die Brust, Luft anhalten und pressen! Pressen!" Aber Claire jaulte nur und schüttelte meine Hände ab und strampelte mit den Beinen. Die Hebamme hatte inzwischen Schere und Klemmen zum Abnabeln bereitgelegt.

„Nur Mut, Claire, jetzt hast du es bald geschafft!", sagte ich in der nächsten Wehenpause, obwohl ich mir da nicht so sicher war. Es lag ein großes Stück Arbeit vor ihr, und sie hatte schon jetzt keine Lust mehr. Kraft war noch genügend da, sonst hätte sie nicht so laut brüllen und um sich schlagen können. Nach vier Presswehen und viel Theater kam der erste kleine Kopf zum Vorschein. Der Arzt drückte Claire auf den Bauch und schob, da wurde die Schulter geboren und der Rest rutschte nach.

„Bravo, ein Mädchen!", rief der Arzt und hielt das Baby in die Höhe.

Claire keuchte: „Sie heißt Clio, und der Junge heißt Clem."

Clio prustete und nieste und tat ihren ersten Schrei. Die Hebamme reichte dem Doktor Klemmen und Schere, während er das Kind mit geschickten Händen abnabelte. Er winkte mir: „Nehmen Sie das Baby, wir haben hier zu tun."

Zögernd trat ich vor. Eine kleine Portion Mensch, nicht mehr als zwei Hände voll, aber puterrot vom Schreien. Clios magerer Körper war mit einer weißen Paste verschmiert, ihre dunklen Haare klebten am Kopf, die Augen hatte sie zugepresst, sie bebte vor Protest, und doch meinte ich, noch nie etwas Schöneres gesehen zu haben. Ich legte das Baby in meine nackte Armbeuge und wiegte es hin und her, da hörte es zu weinen auf und öffnete zögernd die Augen. Es griff nach meinem Finger und suchte mit den Lippen überall herum. Die Hebamme wies mich an: „Nehmen Sie eins von den Moltontüchern, damit das Kind nicht kalt wird." Schnell wickelte ich das Baby in die Windel ein und wanderte mit ihm auf und ab, sang ihm eine kleine Melodie vor. Ich vergaß Claire und den Arzt, ich dachte nicht mehr an den zweiten Zwilling, ich wusste nur eins: Das hier war das größte Wunder der Welt. Clio. Dans Tochter - und ich durfte sie als Erste halten und an mich drücken.

Eine halbe Stunde später war auch der kleine Junge geboren. Der Arzt kämpfte um sein Leben, denn Clem war ein „Kümmerling"; seine Schwester Clio hatte sich gegen ihn durchgesetzt und ihm nur wenig Lebenskraft übrig gelassen. Er musste abgesaugt und eine Weile künstlich beatmet werden. Als ich das kleine blaurote Körperchen auf den Arm nahm, wurde mir das Herz warm vor Mitgefühl und Liebe. Clem drängte sich zitternd an mich, als wollte er Schutz suchen, und wieder wollte ich singen vor Freude.

Nur mit einem Ohr hörte ich den Streit zwischen Claire und der Hebamme: Claire forderte eine Spritze zum Abstillen, während die Hebamme fünfhundert stichhaltige Argumente für das Stillen herbetete.

Claire kreischte: „Ich denke gar nicht dran, den beiden die Brust zu geben! Bin ich eine Kuh oder was?" Ich sah auf das kleine, spitze Gesicht herunter, das ich an mich gedrückt hielt. Wie gern hätte *ich* ihm zu trinken gegeben!

Aber Claire war unerbittlich. „Stillen ruiniert den Busen", behauptete sie. „Das kann ich mir nicht leisten." Obwohl der Arzt ihr versicherte, das sei Unsinn, musste er schließlich nachgeben.

Während Arzt und Hebamme mit den Babys beschäftigt waren, half ich Claire von der Liege und führte sie zum Waschbecken, damit sie sich frisch machen konnte. „Hah! Hah! Bald ist der Bauch weg!", triumphierte sie. „Ich kann meine Füße wieder sehen! Aber brrr, wie seh ich aus! Schnell, hol mir meinen Toilettenbeutel! In meinem Schrank muss auch ein Shampoo sein, da kannst du mir gleich die Haare waschen."

Ich lehnte mich an die Wand und schloss die Augen. „Aber Claire, muss das jetzt sein? Du hast gerade erst deine Kinder geboren. Möchtest du sie nicht lieber erst mal eine Weile im Arm halten?"

Sie zuckte die Achseln. „Neun Monate hab ich sie herumschleppen müssen, jetzt bin ich sie endlich los. Du glaubst nicht, wie lästig so ein dicker Bauch ist."

„Aber du hast dir die Kinder noch gar nicht richtig angeschaut."

„Die seh ich noch mein ganzes Leben lang. Jetzt muss ich mich erst mal wieder um mich selber kümmern. Wenn du mir die Haare nicht waschen willst, dann frage ich eben eine Schwester. Oder gibt's hier einen Friseur in der Klinik?"

„Ich kann dich nicht begreifen", sagte ich leise. „Ich habe Clio und Clem nur ein paar Minuten auf dem Arm gehalten und sehne mich jetzt schon nach ihnen. Sie sind so zart, so verletzlich – man muss sie einfach lieb haben."

„Du vielleicht, ich bin da anders. Bin nicht so ein Muttertier mit Instinkten und so. Ich habe eine andere Aufgabe, verstehst du? Schönheit ist meine Berufung, und die darf ich nie aus den Augen verlieren. Sonst bin ich geliefert. Ruf mal in meiner Agentur an, dass sie jemanden schicken, der mir neue Termine macht."

„Claire, du hast gerade eine anstrengende Geburt hinter dich gebracht. Du brauchst jetzt Ruhe und keine Fotografen", mahnte ich.

Zum Glück war die Stationsschwester vernünftig und erklärte: „Heute gibt's keinen Besuch und damit basta. Nur der Vater darf kommen."

Aber Daniel schwebte noch irgendwo hoch in der Luft . . .

Mutterfreuden

Den Rest dieses Tages verbrachte ich in Claires Zimmer. Meine Schwester hatte eine Schlaftablette geschluckt und schnarchte leise vor sich hin, während ich auf Zehenspitzen hin-und herhuschte und die vielen kleinen Handgriffe verrichtete, die normalerweise die junge Mutter für ihre Kinder tut: füttern und windeln und baden und streicheln und in den Armen wiegen. Zum Glück waren Clem und Clio nie zur gleichen Zeit hungrig, so konnte ich sie abwechselnd versorgen. Gegen Abend war mir schwindelig vor Hunger und Müdigkeit. Ich sank in den Lehnsessel am Fenster, Clem im linken Arm und Clio im rechten. Die beiden waren endlich satt und zufrieden und schliefen ein, und auch mir fielen die Augen zu.

Etwas Warmes, Feuchtes an der Wange weckte mich. Dan stand vor mir, halb über mich gebeugt und betrachtete seine Kinder. Er weinte vor Freude, und seine Tränen spritzten auf mich herab. Ich reichte ihm Clio, weil sie ohnehin wach war, und sein Gesicht verklärte sich. Wenn ich ihn nicht vorher schon geliebt hätte, dann wäre es in diesem Moment passiert: edel und klassisch wie eine Skulptur von Leonardo da Vinci, doch nicht aus kaltem Marmor, helle Freude strahlte aus ihm heraus, als hätte man in seinem Innern eine Fackel angezündet.

Nun begann auch Clem zu keckern. Claire stöhnte in ihrem erzwungenen Schlaf und drehte sich auf die andere Seite. Dan trat zu ihrem Bett hinüber und starrte auf die blonden Strähnen, die ihr Gesicht verdeckten, dann seufzte er und wandte sich wieder den Kindern zu.

„Wir sollten rausgehen, damit wir sie nicht stören", flüsterte ich und schob mit dem Fuß die Tür zum Nebenraum auf. Hier wurden die Kinder von zwei Zimmern gewickelt und gebadet, und man konnte zur Nacht auch das Babybettchen hier abstellen, wenn die Mutter Ruhe brauchte. Im Augenblick war der Raum leer. Wir legten Clio und Clem auf die Wickelauflagen.

„Sie müssen sowieso frisch gemacht werden", meinte ich. Dan nickte und legte fachkundig Öl und Creme und die neue Windel zurecht. Mit geübten Handgriffen hatte er Clio ausgepackt und gesäubert.

„Du machst das routiniert", stellte ich fest, und er lächelte stolz.

„Hab lang genug trainiert. An einer Puppe", verriet er.

Clem war im Vergleich zu seiner Zwillingsschwester winzig. Ich wusste kaum, wie ich die Windel so befestigen sollte, dass seine frische Nabelwunde trocken blieb. Als beide Kinder frisch gewickelt waren, verfrachtete ich Dan in den Stillsessel und drückte ihm die Zwillinge in die Arme. „Halt sie mal, während ich die Fläschchen hole."

Die Nahrung – eine künstlich nachgeahmte Vormilch, die den Darm reinigen sollte – stand im Säuglingszimmer bereit. Als ich zu Dan zurückkam, strahlte er mich an. „Ich bin so glücklich, so glücklich ...", stammelte er. Ich ließ mich im zweiten Sessel nieder und nahm Clio zu mir, damit sich Dan mit seinem Sohn näher anfreunden konnte. Clio trank gierig und protestierte, als das Fläschchen leer war. Clem hatte in der gleichen Zeit noch nicht einmal die Hälfte geschafft.

„Du bist mein Sorgenkind", sagte Dan zärtlich, „du brauchst besonders viel Liebe, und die sollst du auch kriegen."

In den nächsten Stunden erzählte ich Dan von der Geburt seiner Kinder, und er berichtete von seiner Geschäftsreise. Zwischendurch schwiegen wir und betrachteten die Babys, die in unseren Armen schliefen. Gegen Morgen ging die Tür auf, die Mutter von nebenan schob ihren plärrenden Säugling herein, und wir zogen uns in Claires Zimmer zurück.

Als die Schwestern mit dem Frühstück kamen, wachte Claire endlich auf und begrüßte ihren Mann mit einem trägen Lächeln. Er setzte sich auf ihre Bettkante und strich ihr die Haare aus der Stirn, da schlich ich aus dem Zimmer – meine Zeit war um. Mehr würde es für mich nicht geben. Doch diese eine Nacht konnte mir keiner rauben, und ich wollte die Erinnerung daran bewahren wie einen diamantenen Ring, von dem man weiß, dass er einmalig ist.

Ein Unikat.

Phantomschmerz

Ich musste am gleichen Morgen zurückfahren, denn am späten Vormittag hatte ich Deutsch zu geben und um 14 Uhr war ein Fachseminar angesetzt, das ich nicht versäumen durfte. Mein Ausbilder drückte zwei Augen zu, als er sah, wie ich in einer Tour gähnte. Ich hatte ihn gleich am Morgen nach der Zwillingsgeburt angerufen und um einen freien Tag gebeten. Als ich die Deutschstunde mehr schlecht als recht hinter mich gebracht hatte, meinte er: „Zu oft sollten Sie solche Extratouren aber nicht machen, Johanna."

Ich ließ den Kopf hängen. „Es war eine Ausnahme . . ."

„Ruhen Sie sich gründlich aus – Sie sehen so aus, als ob Sie's nötig hätten", riet er.

Aber vorher musste ich noch das Fachseminar überstehen. Martin hatte mir einen Platz neben sich reserviert. „Na, wie war's?", flüsterte er.

Ich informierte ihn kurz über Clio und Clem, und er nickte anerkennend. „Da bist du wohl über deinen Schatten gesprungen. Man merkt, dass du Claire trotzdem gern hast", sagte er, und ich fühlte mich plötzlich um 5 Kilo leichter.

Nach dem Fachseminar fuhr er mich nach Hause. „Hast du überhaupt schon für's Wochenende eingekauft?", erkundigte er sich, als ich ausstieg.

„Wochenende? Stimmt ja! Hab ich ganz vergessen."

„Also komm noch mal ins Auto, ich muss auch noch was besorgen."

Im Supermarkt blieb ich in der Babyabteilung hängen. Ich verglich die Preise der Windeln, ich schnupperte an den Cremedosen und kaufe zwei Schnuller, einen in mohnrot, einen in nachtblau. Dann vertiefte ich mich in die Beschreibung der verschiedenen Sorten Babynahrung. Nach einer halben Stunde stupste mich Martin mit seinem vollen Einkaufswagen an. „Na, gnä' Frau? Haben Sie sich endlich entschieden?", neckte er. Ich schrak zusammen.

„Entschuldige . . . hab die Zeit vergessen . . . was wollt ich denn einkaufen . . . was brauch ich überhaupt . . .", murmelte ich.

Martin seufzte und jonglierte meinen Wagen durch die Gänge. Hin und wieder hielt er an: „Brot?" „Butter?" „Jogurt?" „Äpfel?"

Ich nickte mechanisch. Mir war alles gleich.

„Was sonst noch?", fragte er.

„Keine Ahnung. Ich bin so müde."

Martin lächelte großbrüderlich. „Dann werde ich mich mal ein bisschen um dich kümmern." Fachmännisch belud er meinen Einkaufswagen, bezahlte die Rechnung, weil ich nicht genügend Geld bei mir hatte (die letzten Reserven wurden vom Fahrgeld verschlungen), packte die Vorräte in den Kofferraum und mich auf den Vordersitz, verfrachtete alles zu mir nach Hause. Ich wusste nicht mal, wie ich die Treppe hinaufgekommen war . . . er hatte mich doch nicht etwa hochtragen müssen???

Irgendwann lag ich auf der Couch und Martin wuselte zwischen Kochecke und Wohnecke hin und her. Bald duftete es verführerisch nach Tomatensalat und Pizza. Martin brachte mir ein Tablett daher, das er mit einer einzelnen Rose dekoriert hatte. Das rührte mich zu Tränen, ich drückte ihm einen schnellen Kuss auf die Wange. Dabei war ich mir noch lange nicht darüber klar, ob ich ihn bloß ein bisschen mochte oder mittelmäßig oder sehr. Beim Essen fielen mir dann die Augen zu.

Ich träume von Clio und Clem: stehe in der Tür eines alten Bauernhauses, beide Kinder auf dem Arm. Sie sind schon etwas größer, haben goldblonde Locken, die mich in der Nase kitzeln, wenn ich mein Gesicht an sie drücke. Vom Holzbalkon herab quellen dunkelrote Geranien zu Boden wie eine Kaskade, eine Amsel singt pralinensüß. Da kommt ein Mann über die Sommerwiese. Es ist Dan, und er breitet die Arme aus und umfängt uns alle drei. Ich lehne den Kopf an seine Brust und fühle mich unendlich geborgen. Von Claire ist weit und breit nichts zu sehen . . .

Als ich die Augen aufschlage, dämmert es draußen. Ein Blick auf die Uhr zeigt Samstagabend. Auf dem Tisch steht ein Strauß Gerbera, eine Karte lehnt daran mit dem freundlichen Satz: „Ich würde dich gern öfter verwöhnen. Love, Martin." Die Kochecke ist tipptopp aufgeräumt, und ich schäme mich zwei Minuten lang, weil Martin sich so große Mühe gegeben hatte, eine Schlafmütze zu unterhalten.

Mein Handy zeigt drei Kurznachrichten. Gierig klicke ich sie an – von Vater, von Claire, von Dan???

Sie sind von Martin:

– *Hallo Jo, wie geht's dir? Wollen wir was zusammen unternehmen?*

– *Ich hab den ganzen Sonntag frei und warte auf deinen Anruf!*

– Und – etwas dringlicher: *Jo, was ist mit dir los? Bitte ruf mich an!*

Da hab ich mir einen treusorgenden Mann geangelt – beinah zu treusorgend für meinen Geschmack. Ich rufe ihn kurz zurück: „Hey Martin, bin eben erst aufgewacht . . . Nein, du . . . das ist lieb von dir, aber ich hab Kopfweh . . . muss mich noch ausruhen. Vielleicht ein andermal und vielen, vielen Dank."

Seine Enttäuschung ist beinahe zum Greifen, aber ich kann ihm nicht helfen. Ich brauche Zeit, Zeit zum Nachdenken, Zeit zum Erinnern, Zeit für Clio, Clem und Dan.

Vielleicht ist es gefährlich, diese Stunden zurückzurufen, vielleicht nagle ich damit mein Herz unwiderruflich an diesen drei Menschen fest, vielleicht sollte ich das Erlebte lieber verdrängen und mich ablenken.

Aber wie könnte ich? Clio und Clem haben mich in der Stunde ihrer Geburt erobert. In mir ist eine Liebe wach geworden, die so mächtig ist, dass sie mich überwältigt und erschreckt. Plötzlich weiß ich: Für diese Kinder würde ich alles, alles tun. Voller Sehnsucht strecke ich die Arme aus, will sie umarmen, festhalten, an mich drücken.

Doch meine Hände greifen ins Leere. Ich werde starr vor Schmerz. Fühle mich wie der Infanterist, dem man ein Bein amputiert hat. Er will den Fuß heben, das Knie beugen – es geht nicht. Zurück bleibt ein ahnungsvolles Ziehen, Bohren, Brennen.

Beim Zähneputzen schaut mir ein fremdes Gesicht entgegen, und ich sage zu meinem Spiegelbild: So sieht also eine Mutter aus. Gezeichnet. Ich gehöre nicht mehr mir selbst. Aber wo sind meine Kinder? Wohin mit der Liebe, die mir beinahe den Atem raubt? Gott, hast du gewollt, dass ich so lebe? Warum hilfst du mir nicht?

Wie soll ich jemals wieder glücklich sein?

Kontaktsuche

In den nächsten Wochen rankte sich meine Telefonrechnung in schwindelnde Höhen wie die Geißblattpflanze hinter dem Haus. Die Eltern versorgten mich freimütig mit Informationen. Anders als früher konnte ich nicht genug über Dan und Claire erfahren, und ich fieberte den Herbstferien entgegen. Meine Wände waren schon bald mit Fotos gepflastert – kleine Erinnerung an Harry's Ungeschmack – und auf den meisten thronte Claire als stolze Mutter im Zentrum, während die Zwillis die niedliche Kulisse bildeten. Clem sah immer noch ein wenig verhungert aus, deshalb wurde er meist in den Hintergrund verbannt und diente sozusagen als Dritte-Welt-Kontrastprogramm für die sonnige Clio und die liliengleiche Claire.

Martin studierte geduldig jedes neue Bild und hielt sich mit ironischen Kommentaren zurück, nachdem ich ihm einmal einen Kaktus samt Übertopf an den Kopf werfen musste, weil er meinte, die beiden Babys sähen aus wie seine Oma und sein Opa, nur eben kleiner, und im Grunde wären sie doch potthässlich, oder etwa nicht? Er konnte meine Begeisterung weder verstehen noch teilen, versuchte sich aber beharrlich immer wieder in Erinnerung zu rufen: Hallo, ich bin auch noch da.

Es gelang ihm nur mangelhaft. Vor einer Woche meinte er achselzuckend: „Wenn du diese Phase überwunden hast, dann meld dich mal wieder", und gab auf. Von diesem Tag an wurde er für mich wieder ein bisschen interessanter . . .

Natürlich kann er mit Clem und Clio nicht konkurrieren. Meine Liebe zu den Kleinen drängt sogar meine Dan-itis ein wenig zurück. Ich habe mich damit abgefunden, dass Dan für mich unerreichbar ist, weil er zu Claire gehört, aber auf seine Kinder habe ich eine starke Option.

Claire hat sich offenbar mit der neuen Situation arrangiert. Sie plant ihre Shootings wie gewohnt und flattert in der Weltgeschichte herum, während Dan den Haushalt versorgt und Tag und Nacht für seine Kinder da ist. Manchmal springt meine Mutter für ein paar Stunden ein, wenn er dringende Besorgungen hat, aber mein Vater meint: „Sie packen es, und sie packen es gut." Darüber bin ich froh und traurig zugleich. Warum traurig? Keine Ahnung . . . vielleicht kann ich es während der Herbstferien herausfinden?

Weil ich Martin trotz allem nicht ganz verprellen wollte, fragte ich ihn, ob er mich zur Bahn bringen könnte. Ich hatte viel Gepäck zu schleppen – kiloweise Babykram und ein paar Lehrbücher –, und er war ein angenehmer Begleiter.

„Ich hab ein komisches Gefühl", sagte er, als er meine Koffer in den Zug wuchtete. „Als wär es ein Abschied für immer."

„Red keinen Unsinn!", fuhr ich auf. „Ich besuch meine Verwandten in Karlsruhe und bin in zehn Tagen wieder zurück."

„Na, so harmlos ist das alles nicht. Da steckt mehr dahinter", beharrte er. „Der alte Martin spürt so was. Dir geht es nicht nur um die Kinder. Die sind nur Mittel zum Zweck."

„Was willst du damit sagen?"

Er presste die Lippen zusammen und sah mich an wie ein todwunder Hirsch, der den Fangschuss erwartet. Meine gute Laune fiel, fiel, fiel wie das Quecksilber im Thermometer, wenn der Nordwind weht.

„Ach Martin, müssen wir jetzt und hier Probleme wälzen? Nimm doch einfach alles, wie es kommt."

„Das kann ich nicht. Ich hab Angst, dass ich dich verliere, wenn du jetzt fährst – zu *ihm* fährst."

„An dir ist ein Meisterspion verloren gegangen", versuchte ich zu witzeln, um meine Betroffenheit zu überspielen.

„Ich bitte dich nur um eins", sagte er leise, „denke gründlich nach, bevor . . ."

„Bevor was?"

„Du hast mich schon verstanden." Er schob mich in den Zug und klappte die Tür hinter mir zu. Dann ging er, ohne sich noch einmal nach mir umzudrehen, auf die Treppe zu.

Ich biss mir fest in den Handknöchel vor Zorn. Hier war ein guter Mann, der mir seine Liebe schenken wollte und nicht mehr dafür verlangte als ein kleines bisschen Gegenliebe. Warum konnte ich mich nicht darüber freuen? Was hinderte mich daran, sein Geschenk anzunehmen? Dort, wo ein fröhliches, warmes Echo klingen sollte, gähnte das Nichts. Ich verwünschte den Tag, an dem ich Dan zum ersten Mal traf!!! Und gleichzeitig wollte ich die Lok mit zehnmal heißeren Kohlen füttern, damit sie mich schnell-schnell-schnell zu ihm brächte.

Die steinalte Dame, die mir im Abteil gegenübersaß, beugte sich mitfühlend vor: „Ihnen wird wohl schlecht beim Bahnfahren? Das kenn ich! Als junge Frau hatte ich das auch. Aber seit ich die Wechseljahre hinter mir habe, geht's mir besser. Jaja, das Alter hat seine Vorteile."

Eine phantastische Perspektive . . .

Nestgefühle

Ich fühlte mich immer noch beklagenswert jung, als ich aus der Bahn stieg. Vater stand am Bahnsteig und half mir mit dem Gepäck. „Die Zwillis sind bei uns, weil Dan die Grippe hat", informierte er mich. „Mutter freut sich schon sehr auf dich, weil . . ." Er ließ das Ende des Satzes offen, aber man musste kein Hellseher sein, um ihn korrekt ergänzen zu können. Ich konnte mir lebhaft vorstellen, welches Chaos in der Wohnung herrschte. Schon ein einzelnes Baby kann seine Umgebung Tag und Nacht in Atem halten, wie mochte es erst mit Zwillingen gehen?

„Wir haben uns durch die Kinder alle verändert", erzählte Vater. „Ich lerne gerade kochen. Spagetti und Pellkartoffeln und Linsensuppe kann ich schon. Und den Einkauf für uns und die Kinder mache ich auch. Für Dan ist das alles zu viel."

„Und Claire? Hilft sie nicht mit?"

Er seufzte. „Du kennst doch deine Schwester. Sie war noch nie eine begeisterte Hausfrau. Außerdem muss einer das Geld herschaffen. Sie ist viel unterwegs – zur Zeit hat sie eine Modenschau in USA, dann Filmaufnahmen, bleibt noch zwei Wochen weg."

„Ach – da seh ich sie ja gar nicht . . .", sagte ich und zehn Gramm Vergnügen mischten sich in mein pflichtschuldiges Bedauern.

Oben in der Wohnung angekommen, rannte ich als Erstes zu den Kindern. Mutter war gerade beim Wickeln und drückte mir die Clio in die Hand. Sie war in diesen Wochen mächtig gewachsen. Ich staunte über ihre gute Koordination beim Greifen. Sie konnte schon bewusst fixieren und reagierte sofort auf neue Geräusche. Als ich sie am Kopf streichelte, lächelte sie engelsgleich, und in ihrer rechten Wange tauchte ein Grübchen auf. Allerliebst.

Clem lag auf dem Wickelbrett wie ein Schluck Wasser in der Kurve. Seine Bewegungen waren müde und er wirkte bekümmert – als bereite ihm das Leben an sich schon Schmerzen. Er weinte leise, als wollte er keinen damit stören.

„Was hat er? Ist er krank?", fragte ich erschrocken.

Mutter schüttelte den Kopf. „Der Kinderarzt kann nichts finden. Er trinkt schlecht und muss oft spucken, wahrscheinlich ist sein Magen überempfindlich. Wir haben schon drei verschiedene Sorten Babynahrung ausprobiert – es ist alles nicht das Wahre."

„Vielleicht vermisst er seine Mama . . .", murmelte ich.

Mutter warf mir einen scharfen Blick zu. „Du weißt, dass es nicht anders geht. Claire kann es sich nicht leisten, für Monate oder Jahre auszusteigen. Dann wäre sie weg vom Fenster."

„So ist das nun mal, wenn man Babys bekommt", sagte ich. „Man kann nicht beides haben – Kinder und Karriere. Du hast damals auch deinen Job aufgegeben, als wir zur Welt kamen."

„Ja, aber das kannst du nicht vergleichen! Claire ist doch etwas Besonderes!"

Ich wickelte die schmutzige Windel zusammen und floh hinaus zum Abfalleimer, weil mir übel war, aber nicht vom Aroma der Windel, sondern von dieser blinden Mutter-Treue, die bei der hübschen Vorzeigetochter alles erträgt, alles duldet, alles verzeiht. So war es schon immer gewesen, bloß hatte ich nie bewusst darüber nachgedacht, hatte es so hingenommen, wie den Hagelschauer im August und den Nebel im November.

Warum bäumte sich auf einmal alles in mir dagegen auf? Ich wusste doch, dass Mutter mich genauso liebte. Oder etwa nicht?

In den nächsten beiden Tagen wirbelte ich um die Babys herum wie alle anderen. Die Wohnung sah aus, als hätte ein Tornado gewütet; in der Küche stapelte sich gebrauchtes Geschirr und der Wäschekorb quoll über, weil Mutter mir nicht zutraute, allein mit den Kindern fertig zu werden, sondern dauernd hinter mir stand und mit Wächteraugen jeden

Handgriff kontrollierte. Endlich hatte ich sie davon überzeugt, dass ich Clio und Clem durchaus gewachsen war – die Liebe gab mir Flügel und ein paar zusätzliche Hände, so kam es mir jedenfalls vor.

Am Morgen des dritten Tages hatte ich gerade beide Kinder in den Schlaf gesungen – Clem musste man immer eine Weile im Arm wiegen, bis er entspannte –, als die Wohnungstür ging. Ich hörte Schritte im Flur, eine Stimme, die ich lang vermisst hatte. Dan erklärte meiner Mutter, dass es ihm endlich besser ginge, er könne die Kinder wieder zu sich nehmen.

„Johanna versorgt sie", sagte Mutter, und nach einer kleinen Pause fragte Daniel: „Johanna ist da? Wo?"

Er stürmte herein und streckte beide Arme nach mir aus. Mein Herz flog ihm entgegen, am liebsten hätte ich mich an seine Brust geworfen, aber eine leise Stimme erinnerte mich an das, was Martin beim Abschied gesagt hatte: „Denke gründlich nach, bevor . . ."

So ging ich einen kleinen Schritt auf Daniel zu und reichte ihm die Hand.

„Johanna", flüsterte er. „Es ist gut, dass du hier bist."

Er war blass bis in die Lippen und sah aus wie ein Entwicklungshelfer in Somalia, der seit Monaten keinen freien Tag mehr hatte. Er musste mein Erschrecken gefühlt haben, denn er produzierte ein winziges Lächeln und krächzte: „Es geht mir schon besser, ich bin nicht mehr ansteckend. Ich wollte die Kinder heimholen."

„Dann komme ich mit", sagte ich. „Zu zweit schaffen wir das schon."

Nun war sein Lächeln bis in die Augen gewandert. „Ja", sagte er. „Zu zweit schaffen wir's."

Mutter packte einen Fresskorb und gab uns stapelweise eingefrorene Fertiggerichte mit, damit wir für die nächsten Tage einen Vorrat hätten. Ich zeigte Dan die Püppchen, die ich für Clem und Clio gekauft hatte. „Sollen wir sie hier bei den Großeltern lassen?"

Er schüttelte den Kopf. „Nein. Ich will die Puppen immer

sehen, die du ausgesucht hast. Sie erinnern mich an dich . . ."

Mein Herz machte einen kleinen Sprung, obwohl Mutter bei diesen Worten die Stirn runzelte. Sie sagte, und ihre Stimme klang strenger, als ich es von ihr gewohnt bin: „Achte drauf, dass du in Claires Haushalt keine neuen Sitten einführst. Das wäre ihr sicher nicht recht."

Dan wurde rot, und ich sagte: „Macht euch keine Sorgen. Ich kenne meinen Platz."

Glaube ich jedenfalls.

Hautkontakt

Während Dan den Clem und ich die Clio hinuntertrug, schleppte Vater das Gepäck zum Auto und verstaute alles im Kofferraum. Er drückte mich kurz an sich und sagte: „Du wirst schon alles richtig machen, meine Große. Ich werde drei Mal täglich für dich beten."

Ich stutzte. „Wozu denn das? Schickt ihr mich auf einen NATO-Einsatz in Mazedonien oder was? Ich werde wohl noch zwei kleine Babys versorgen können, ohne dass Mama und Papa das große Zittern kriegen?"

Er pflanzte mir einen Kuss auf die Stirn und sagte: „Nur Trottel überschätzen sich." Damit schob er mich auf den Beifahrersitz.

Als Dan losgefahren war, fragte ich ihn: „Hast du eine Ahnung, was mit meinen Eltern los ist?"

Er grinste kameradschaftlich. „Sie glauben, sie müssten alles im Griff behalten. Typischer Fall von Kontrollsucht. Vielleicht sind die Nächte zu kurz, vielleicht ist ihnen die Verantwortung zu groß. Sie sind ja auch nicht mehr die Jüngsten." Er warf einen Blick in den Rückspiegel, weil von hinten ein beleidigtes Maunzen zu hören war. „Kannst du mal nach Clem schauen? Er hat seinen Schnuller verloren."

Anders als bei meinen Eltern war Dans Wohnung tadellos aufgeräumt. Nirgendwo lag etwas am falschen Platz, das Waschbecken blinkte, das Geschirr stand sauber und blitzblank in der Vitrine und sogar die Mülleimer waren geleert.

„Wie hast du das gemacht, du warst doch krank?", wunderte ich mich.

Dan zuckte die Achseln. „Deshalb kann ich doch meinen Kram wegräumen. Ich mag Ordnung, das ist wie ein frischer Wind im Kopf. Es gibt mir ein Gefühl von freiem Raum."

Claires Zimmertür war geschlossen. Als hätte er meine Gedanken gelesen, sagte er: „Wie du weißt, vertritt deine Schwester eine andere Philosophie. Wenn sie da ist, dann

sieht es hier anders aus. Aber niemals lange. Ich hab Übung."
Er machte ein Lausbubengesicht. „Wo willst du schlafen? Im Wohnzimmer? Oder bei den Kindern? Du kannst natürlich auch bei Claire . . ."

„Nein, das wäre ihr sicher nicht recht. Bring meine Sachen ins Kinderzimmer. Dann kannst du nachts durchschlafen. Ich kann mich ja tagsüber ausruhen."

Er nickte.

Nach einer halben Stunde hatte er mein Gepäck verstaut, eine Gästeliege aufgeschlagen, Bettzeug aus dem Schrank geholt und frisch bezogen, als hätte er sein Leben lang nichts anderes getan. „Du bist ein tüchtiger Hotelier geworden", lobte ich.

„Du wirst es vielleicht nicht für möglich halten, aber Haushalt macht mir Spaß. Jeder Handgriff ist eine Liebeserklärung an meine Familie. Es ist ein gutes Gefühl, gebraucht zu werden und für die anderen da zu sein."

„So was aus deinem Mund . . .?"

Er lachte. „Klingt komisch, gell? Dabei nimmt man es für selbstverständlich hin, wenn eine Frau so was sagt und so was tut. Bloß bei uns Männern findet man es seltsam."

„Du hast dich verändert", murmelte ich.

„Ja weißt du, ich glaube ja auch an einen Gott, der seinen Sohn als Putzmann auf die Erde geschickt hat."

„Putzmann???"

„Jesus hat viele Arbeiten auf sich genommen, die in unserer Gesellschaft von Frauen erledigt werden – Putzen und Waschen und Frühstück machen und Essen verteilen und mit Kindern spielen und . . ."

„Woher weißt du das alles?"

„Ich lese jeden Tag eine halbe Stunde lang in dem Buch, das du mir geschenkt hast."

„Du liest in der Bibel? Jeden Tag?", platzte ich heraus.

„Ja. Wundert dich das? Du hast mir das doch empfohlen, damals, erinnerst du dich? Es war ein guter Rat. Ich brauche diese stille Zeit, in der Gott zu mir spricht."

„Mit mir spricht er nicht", sagte ich, und meine Stimme klang blechern. „Schon lang nicht mehr. Ich glaub, meine Bibel hat schon Staub angesetzt."

Dan stellte den Suppentopf ab, den er gerade aus dem Schrank genommen hatte. „Das tut mir Leid", sagte er und ging leise aus der Küche.

Der Rest des Tages ging im Babygetriebe unter. Wir kamen kaum zum Reden, so viel war zu tun, und als Clem und Clio endlich frisch gebadet und gefüttert in ihren Betten lagen, waren wir zu müde, um noch viel zu reden. Um neun sagten wir uns „Gute Nacht". Gegen zwei weckte mich Clem mit einem leisen Hungergeknötter; ich nahm ihn sofort aus dem Zimmer, damit er Clio nicht störte. Er nuckelte eine halbe Stunde an seinem Fläschchen herum; es schien ihm nicht zu schmecken. Da kam mir eine Idee. Ich knöpfte meine Pyjamajacke auf und legte Clem an die Brust, als wollte ich ihn stillen. Dann schob ich ihm den Flaschenschnuller zwischen die Lippen. Sofort schloss er die Augen und schmiegte seine Wange an meinen Busen. Ich sang ihm ein kleines Lied vor und wiegte ihn, da begann er rhythmisch zu saugen und hatte im Nu die Flasche leer getrunken. Vorsichtig hob ich ihn hoch, dass er aufstoßen konnte, und drückte ihn sofort wieder an mich, sodass er meine weiche Haut spüren konnte.

Es dauerte keine fünf Minuten, bis er eingeschlafen war. Ich stand auf, wollte ihn in sein Bettchen legen. Sofort schreckte er hoch und protestierte. Schließlich baute ich mir im Wohnzimmer auf der Couch eine Armlehne aus Decken und Kissen und ließ ihn an meiner nackten Brust einschlafen.

Ich hörte die Turmuhr drei schlagen, vier, dann fünf, aber sobald ich mich bewegte, zuckte das Baby und krallte sich an meinem Finger fest. „O weh, da hab ich etwas eingeführt", dachte ich und erinnerte mich an die Warnung meiner Mutter. Nein, Claire wäre mit einer solchen Prozedur ganz und gar nicht einverstanden. Aber ich genoss jede Sekunde; die warme Nähe des kleinen Babykopfes rührte mich zu Tränen, und ich fühlte mich so froh und leicht wie schon lange nicht mehr.

Irgendwann musste ich dann doch eingeschlafen sein, denn der Duft von frischen Brötchen weckte mich. Als ich die Augen aufschlug, stand Dan vor mir und starrte mich an. Hastig zog ich die Pyjama-Jacke über der nackten Brust zusammen. „Ich wollte ihn irgendwie ruhig kriegen . . .", flüsterte ich. „Es tut mir Leid, dass ich . . ."

Dan schluckte, dann setzte er ein gezwungenes Lächeln auf. „Ist schon gut. Ich war bloß nicht drauf gefasst, dich hier so – so entblößt vorzufinden. Aber du hast Recht, die Kinder brauchen Hautkontakt. Es ist ein Jammer, das Claire sie nicht stillen mag."

Ich nestelte mit der freien Hand die Knöpfe zu und hoffte inbrünstig, dass ich durch diesen faux pas die unbefangene Stimmung nicht zerstört hatte. „Ich geh dann mal ins Bad", sagte ich und legte den schlafenden Clem vorsichtig auf die Couch. „Danke, dass du Frühstück machst."

„Keine Ursache", sagte Dan. „Was möchtest du trinken? Kaffee, Tee, O-Saft oder Milch?"

„Ich hätte gerne einen Apfeltee . . ."

„Wird gemacht."

Mit flatternden Händen wusch ich mich und zog Pulli und Jeans über. Dan hatte inzwischen den Esstisch gedeckt. Wir frühstückten und versorgten die Kinder, dann war eine Maschine Wäsche zu waschen und aufzuhängen, Clem musste zum Kinderarzt gebracht werden, Clio langweilte sich und wollte spielen . . . die Stunden dieses Tages rieselten mir durch die Finger wie warmer Sand am Mittelmeer, und ich genoss jede einzelne, als wäre es ein Fest.

Wenn Dan nicht im Zimmer war, legte ich Clem wieder an die Brust und beobachtete mit Entzücken, wie ruhig und zufrieden er dabei war. Vielleicht konnte ich einiges von dem nachholen, was Claire an ihm versäumt hatte.

Gegen Abend kamen meine Eltern zu Besuch. Sie brachten eine Familienpizza mit, und während wir hungrig darüber herfielen, inspizierte Mutter jeden Winkel, kontrollierte beide Babypopos und machte ein zufriedenes Gesicht, als sie die Gästeliege im Kinderzimmer sah. Nur Vater konnte sich nicht entspannen. Er hing an meinem Gesicht und musterte mich ängstlich, als fürchtete er, es könnten jede Sekunde die Windpocken bei mir ausbrechen. Bevor er ging, drückte er mir einen Zettel mit einer Telefonnummer in die Hand. „Pastor Wagner ist wieder in der Stadt", sagte er. „Erinnerst du dich an ihn?"

Wie könnte ich den Menschen vergessen, der mir vor vielen Jahren zum ersten Mal erklärte, was der Name „Jesus" bedeutet? Er wusste Antwort auf meine Fragen, er hatte mich geduldig unterrichtet und schließlich ins Taufbassin geführt, als ich meine Entscheidung für Gott festmachen wollte. Wie lange war es her, seit ich diesen väterlichen Freund zum letzten Mal gesehen hatte? Es schien mir ewig.

„Ich glaube, er würde sich über deinen Anruf freuen", drängte Vater. „Oder über einen Besuch."

„Mal sehen", gähnte ich. „Vielleicht komm ich morgen dazu." Eher nicht, dachte ich bei mir. Ich wollte die restlichen Ferientage mit Dan und den Kindern bis zur Neige auskosten, unbeschwert und ungestört.

Für Schuldgefühle war nachher noch genügend Zeit.

Seiltanz

Am vorletzten Tag – ich hatte schon auf Vorschuss Heimweh nach den Babys und Dan und zählte die gemeinsamen Stunden – hatten wir um 18 Uhr alle Hauspflichten erledigt, und die Kinder schliefen. Dan deckte den Tisch im Wohnzimmer, er hatte sogar eine gelbe Rose besorgt und passende Servietten.

„Das Abendessen ist in einer halben Stunde fertig", sagte er, „möchtest du dich bis dahin ein bisschen ausruhen? Du hast heute so viel geschafft, du musst doch ganz erledigt sein."

„Ach, es geht", wiegelte ich ab. „Aber ich würde gern mal in Ruhe duschen."

„Mach dich frisch", schlug er vor, „und dann essen wir und verbringen einen ruhigen Abend. Oder ist dir das zu langweilig? Möchtest du lieber ausgehen? Jemanden besuchen?" Sein Blick wurde flehend.

„Nein, wirklich nicht", sagte ich. „Ein gemütlicher Abend ist ganz nach meinem Sinn."

Nach dem Duschen zog ich ein flottes Kleid über und föhnte die Haare zu einer Lockenmähne. Zwei Stunden lang würden sie wohl die Form halten, hoffte ich. Ich fühlte mich jung und glücklich wie selten. Warum auch nicht? Der Mann, den ich heimlich liebte, wollte mit mir essen. Ich konnte ihn betrachten, seine Stimme hören, seine Augen auf mir fühlen und vielleicht sogar – etwas mehr?

Wir aßen mit Genuss, dann räumten wir die Küche auf und plauderten vor uns hin. Später saßen wir entspannt im Wohnzimmer und hörten ein paar Sätze aus den Brandenburgischen Konzerten.

„Ach ja", seufzte Dan und legte die Arme auf die Rückenlehne der Couch, „so schön hab ich's lange nicht mehr gehabt wie in dieser Woche. Claire ist ein rastloser Mensch; für sie muss immer der Bär tanzen, und seit die Kinder da sind, bin ich abends meistens müde, kann nicht mehr mithalten. Dann geht sie eben alleine aus. Einen Babysitter können wir uns nicht leisten, und deine Eltern haben auch nicht immer Zeit."

„Da sitzt du dann den ganzen Abend alleine da?", fragte ich ungläubig.

Er zuckte die Achseln. „Was soll ich machen? Aber genug gejammert, jetzt will ich wissen, wie es dir inzwischen ergangen ist. Erzähl!"

Ich berichtete vom 1. Staatsexamen, von den Höhen und Tiefen der Referendarzeit, von meiner Freude am Unterrichten, die ein paar meiner Schüler heftig zu unterminieren suchten, ich erzählte Anekdoten aus dem Schulalltag und wir lachten gemeinsam über die stümperhaften Versuche einiger Abiturienten, mithilfe des Internets zu spicken und sich die Lösungen für Prüfungsfragen aus dem Web zu ziehen, wobei sie nicht gemerkt hatten, dass die Fragen diesmal anders ausgefallen waren.

„Auch Spicken will gelernt sein", prustete er. Dann wurde er ernst. „Du hast die ganze Zeit von deiner Arbeit gesprochen – sehr interessant. Du wirst bestimmt eine beliebte Lehrerin. Aber jetzt verrate mir eins: Wie geht es *dir*? Ganz privat?"

„Für ein Privatleben hab ich wenig Zeit, das kommt vielleicht später dran", sagte ich lahm.

„Moment mal, du willst mir doch nicht erzählen, dass du die ganzen letzten Monate solo warst? Das passt überhaupt gar nicht zu dir."

„Nicht?", machte ich.

„Du warst immer beliebt bei den Leuten, du bist sensibel und ein guter Zuhörer, außerdem ist es eine Freude, dich anzuschauen – sag mal, sind die Männer denn alle blind oder vertrottelt? Es muss doch einer gemerkt haben, was er an dir hat!"

Weil ich die Verlegenheit über dieses Kompliment überspielen wollte, erzählte ich von Martin und lobte ihn über alle Maßen, wollte mich damit selber überzeugen.

Dan schüttelte den Kopf und murmelte: „Mir machst du nichts vor. Diese Beziehungskiste läuft nur auf einem Zylinderkopf. Das ist keine Liebe auf Gegenseitigkeit."

„Woher willst du das wissen?!", begehrte ich auf.

„Ich kann das leider gut beurteilen", sagte er. „Hast du nicht eine bessere Story auf Lager, mit etwas mehr Gefühl? Ich erinnere mich dunkel an einen Mann namens Harry oder so ähnlich."

Ich schnappte nach Luft. „Hat meine Mutter etwa – ?!"

Er hob beide Hände. „Nein, keine Sorge. Ich hab nur mal mit einem Ohr aufgeschnappt, was Claire sagte, als sie mit deinem Vater telefonierte. Dabei fiel auch dieser Name. Was war mit diesem Harry?"

Sein Interesse wirkte wie eine Koffeintablette. Warum sollte ich ihm eigentlich nicht von Harry erzählen? Ich schilderte die Affäre mit allem Drum und Dran, ohne meine Rolle zu schönen, einschließlich des bravourösen Schlussaktes.

„Ja, so haben wir uns an Harry gerächt. Damals war ich ganz sicher, dass wir Recht hatten, aber inzwischen kommen mir Zweifel", gab ich zu. „Durften wir uns zum Richter über ihn aufschwingen und seinen Ruf zerstören? Vielleicht war die Strafe zu hart."

Dan hatte die ganze Zeit über gespannt zugehört, aber nun sprang er auf. „Zu hart? Wenn ich dabei gewesen wär, hätt ich diesem Kerl den Hals umgedreht!"

Selten hatte ich ihn so schön gesehen, wie in diesem seinem Zorn. Die Augen sprühten, die sehnigen Hände waren zu Fäusten geballt. „Dass er dich so an der Nase herumgeführt hat! So ein Schuft! Ich könnte ihn . . . Am liebsten würde ich . . ."

„Aber Dan! Warum ereiferst du dich so?"

„Da soll einem anständigen Mann nicht der Kragen platzen? Wenn so einer die Mädchen schlecht behandelt?"

„Das passiert jeden Tag in unserer Welt", sagte ich leise. „Und leider gibt es immer wieder Mädels, die so naiv sind wie ich und auf diese Tricks hereinfallen."

„Naiv oder nicht – es ist herzlos, die Zuneigung eines anderen auszunutzen!", wetterte er.

„Ja, das finde ich auch, aber trotzdem musst du dich nicht

darüber empören. Es ist ja vorbei", sagte ich und streckte die Hand nach ihm aus, wollte ihn aufhalten bei seinem Gewaltmarsch über den Teppichboden.

„Vorbei? Das denkst du! Er hat dich verletzt. Er hat dein Vertrauen missbraucht. Er hat das Bild des Mannes in den Dreck getreten. Wie kann ich das jemals wieder gutmachen?"

„Aber wieso willst *du* das gutmachen? Du hast doch gar nichts mit der Sache zu tun?", stotterte ich. Ich konnte seine Erregung nicht begreifen, obwohl sie mich mitriss und eine Hoffnung in mir weckte, die mir das Blut in die Schläfen trieb. „Ich bin aus Leichtsinn in diese Sache hineingestolpert und musste dafür bezahlen. Die Quittung hab ich bekommen und lerne hoffentlich daraus. So einfach ist das. Außerdem braucht es dich doch nicht zu stören, wenn ich ausgenutzt oder an der Nase herumgeführt werde. Es ist ja mein Leben und ich bin doch nur – doch nur – deine Schwägerin."

Er starrte mich aus aufgerissenen Augen an. Die Adern an seiner Stirn pulsierten, und seine Sehnen am Hals waren zum Zerreißen gespannt. Dann schloss er die Augen und ließ die Schultern hängen.

„Schwägerin . . . Ja. Die Schwester meiner Frau. Das – das darf ich nie vergessen", sagte er, wandte sich um und lief, rannte aus dem Zimmer. Draußen klappte die Wohnungstür, es polterte auf der Treppe, dann hörte ich die Haustür ins Schloss fallen. Ich sah ihm nach, wie er über die Straße jagte.

Als wären alle Höllenhunde hinter ihm her.

Absturz

In dieser Nacht kam Daniel nicht nach Hause. Stundenlang trug ich den wimmernden Clem durch die Wohnung, und diesmal ließ er sich nicht beruhigen; wahrscheinlich spürte er meine Verwirrung. Als der Junge schließlich – vom Weinen erschöpft – einschlief, war ich hellwach. Hatte genügend Zeit, mir Sorgen zu machen. Der Abend hatte so verheißungsvoll begonnen – was war falsch gelaufen? Und wo war Dan? Womit hatte ich ihn aus seinem Heim vertrieben?

Als er gegen 7 Uhr in der Früh immer noch nicht aufgetaucht war, rief ich Mutter an. „Bitte komm und hilf mir", sagte ich. „Dan ist weg, ich habe keine Ahnung, wo er steckt. Dabei muss ich heute Nachmittag wegfahren und wollte vorher noch etwas in der Stadt erledigen."

Eins muss man meiner Mutter lassen: Wenn es hart auf hart geht, stellt sie keine dummen Fragen – sie kommt und hilft. Sie brachte Vater mit, damit er sich zu Hause nicht langweile.

Beide musterten mich mit finsteren Blicken, als sie hörten, dass ihr Schwiegersohn verschollen war. Aber sie sagten weiter nichts dazu. Als Clio und Clem versorgt waren, setzte ich mich an den Wohnzimmertisch und wollte ein paar Zeilen für Dan hinterlassen. Ich starrte das weiße Papier an, ich nagte am Kuli, aber ich wusste nicht, was ich ihm schreiben sollte. Ein dürres „es-tut-mir-Leid!" hätte nie und nimmer erklärt, was ich fühlte, noch den Schaden repariert, den ich ihm – wodurch auch immer – zugefügt hatte. Ich ließ es bleiben.

Das Kofferpacken fiel mir schwer. Alles in mir sträubte sich vor diesem Abschied, und ich lief eins ums andere Mal ins Kinderzimmer und spähte in die kleinen Betten. Dann umarmte ich die Eltern und ging.

Als ich um die nächste Ecke gebogen und damit außer Sichtweite war, rief ich Pastor Wagner an. „Hast du ein bisschen Zeit für mich? Ich brauche dringend deinen Rat. Kann ich kommen und reden?"

„Ja, komm, ich freue mich schon sehr auf dich", sagte er, und zum ersten Mal an diesem kalten Morgen schlich sich eine kleine Wärme in mein Hirn.

Pastor Wagner ist ein meisterhafter Zuhörer. Er zeigt Interesse, ohne zu unterbrechen, und er verteilt seine Ratschläge niemals ungebeten. Das schätze ich sehr. An diesem heillosen Tag war mir seine Anteilnahme der größte Trost. Ich erzählte ihm die Geschichte – von der ersten Begegnung mit Dan bis zur letzten, und die ganze Zeit über las ich in seinem Gesicht nichts als Sympathie und Verständnis. Als ich aufhörte zu reden, lehnte er sich in seinem Stuhl zurück und sah auf seine Hände. Wir schwiegen lange.

Endlich sagte er: „Und was wirst du jetzt tun?"

„Ich muss heute Nachmittag wegfahren, die Schule beginnt morgen", sagte ich.

„Und was ist mit Daniel?", bohrte er weiter.

„Wenn ich das wüsste . . .", seufzte ich.

Er beugte sich vor. „Johanna, du musst dir darüber klar werden, was du wirklich willst."

„Keine Ahnung. Wie kann ich das herausfinden?"

Er überlegte eine Weile, dann sagte er: „Geh den Weg in Gedanken weiter bis zum Ende. Dann frage dich: Ist dies das Ziel, das ich anstrebe?"

„Spielen wir das einmal durch", willigte ich ein. „Gesetzt den Fall, Dan würde sich eines Tages tatsächlich in mich verlieben . . ." Ich hielt die Luft an.

„Ja?", fragte Pastor Wagner.

„Dann gäbe es zwei Möglichkeiten. Entweder bleibt er bei Claire oder er verlässt sie."

„Welcher Weg ist in Gottes Augen der richtige?"

„Das weiß ich eben nicht. Kann Gott denn wollen, dass Dan sein Leben lang unglücklich ist, weil Claire ihm nicht die Liebe schenkt, die er sich wünscht? Und sollen die Kinder bei einer Mutter aufwachsen, die sie als Hemmschuh betrachtet?

Als Klotz am Bein? Bei mir hätten sie es viel besser!", begehrte ich auf.

„Du glaubst also, dass Dan sein Ehegelübde brechen und dich heiraten sollte", stellte Pastor Wagner fest. „Und wenn die Kinder später einmal nach ihrer Mutter fragen, dann wirst du ihnen erzählen, dass ihre Mutter eine herzlose Egoistin ist, die es nicht verdiente, so reizende Kinder zu haben. Es ist ihr ganz recht geschehen, dass sie verstoßen wurde. Gott wollte es so . . . Wirst du das deinen Stiefkindern sagen? Oder hast du eine besser Erklärung?"

Ich starrte ihn an und wusste keine Antwort. Aber er setzte noch einen Baustein drauf: „Und wenn Claire eines Tages nicht mehr als Model arbeiten kann, dann muss sie selber sehen, wo sie bleibt. Daniels Haustür ist ihr verschlossen."

Ich versuchte mir Claire vorzustellen, wie sie in 10 Jahren aussehen mochte – nicht mehr die strahlende Schönheit, sondern müde und verbraucht vom grellen Scheinwerferlicht und vom pausenlosen Stress – ohne Schminke, dafür mit vielen Falten in den Augenwinkeln. Was flüsterte sie da? „Du hast mir meinen Mann gestohlen. Du hast mir meine Kinder genommen. Was ist mir noch geblieben?"

Mich schüttelte es. „Nein", sagte ich unglücklich. „Das nicht! Ich will doch die Ehe meiner Schwester nicht zerstören!"

„Sehr gut. Wenn du es nicht willst, haben wir schon die halbe Miete beisammen. Und was ist mit Dan? Weiß er eigentlich, was du für ihn empfindest?"

„Ich hab's ihm nie verraten. Hab immer versucht, meine Gefühle für mich zu behalten . . ."

„In diesem Fall war das auch sinnvoll. Aus seiner Reaktion schließe ich, dass er es *nicht* weiß. Er ist wohl über seine eigenen Empfindungen erschrocken, die plötzlich wach wurden, als ihr beide so vertraut miteinander umgegangen seid – wie ein gutes altes Ehepaar."

„Aber wir haben doch nicht –"

„Ihr habt nicht, Johanna, aber ihr hättet, wenn Dan nicht geflohen wäre! Und wenn er wüsste, wie sehr du ihn liebst."

„Du meinst also, dass er vor sich selber davongelaufen ist?"

Pastor Wagner hob die Hände. „Wer weiß? Wahrscheinlich ist er genauso verwirrt wie du."

Der Kopf wurde mir heiß, als ich daran dachte, was in dieser Nacht beinahe geschehen wäre.

„Und wie kann ich verhindern, dass es beim nächsten Mal passiert?", fragte ich.

„Ich glaube, das weißt du ganz gut", sagte Pastor Wagner.

„Du meinst, es darf kein nächstes Mal geben . . ."

Er nickte und lächelte mit Wärme. „Das war ein tapferes Wort."

„Ja. Aber ich weiß nicht, ob ich das überlebe. Dazu hänge ich viel zu sehr an Dan und an den Kindern."

„Merk dir eins: Solange Dan nichts von deiner Liebe merkt, fällt es ihm leichter, bei Claire zu bleiben. Er wird sich zurückhalten, weil er sich vor dir schämt. Du hast ihn mir als einen Menschen geschildert, der einen geraden Weg gehen will – mit Gott, so wie du."

So wie ich? Ich war doch schon längst auf einen verschlungenen Waldweg abgebogen, über dem die Irrlichter tanzten. Aber das konnte ich meinem väterlichen Freund nicht beichten; es hätte ihn zu sehr enttäuscht.

Oder wusste er es?

Inventur

Ich weiß nicht mehr, wie ich damals nach Hause kam. Die Heimfahrt erschien mir unwirklich, über dem Rattern der Bahn verschwammen die letzten Tage in einem Nebel, als hätte ich das alles nur geträumt. Ein Zettel an meiner Zimmertür erinnerte mich daran, dass Martin meinen Anruf erwartete, aber zunächst hatte ich Wichtigeres zu erledigen – da war jemand, der schon viel zu lange auf mich gewartet hatte: Jesus, früher mal mein bester Freund.

Was hatte sein Bild getrübt, was hatte sich zwischen ihn und mich geschoben, sodass ich ihn ignorierte, ja sogar ihm grollte? Das musste ich herausfinden. Ich versuchte, einen Schritt um den anderen auf dem Pfad zurückzuwandern, den meine Gedanken genommen hatten, seit ich Dan zum ersten Mal sah. Aber so viel ich auch nachgrübelte – ich fand den Punkt nicht, an dem ich vom geraden Weg abgewichen war.

Schließlich sagte ich: „Gott, bitte zeig mir meine Denkfehler. Mach mir bewusst, wodurch ich mich von dir getrennt habe. Es tut mir Leid, dass es so ist. Ich will zu dir zurückkehren. Lass mich meine Schuld erkennen, denn ich sehe sie nicht."

Und dann wartete ich. Leider kam kein Engel vom Himmel mit einer göttlichen E-Mail; ich hörte auch keine Stimme, nicht mal eine ganz leise. Nach einer Stunde wurde es mir zu dumm. Ich nahm meine Bibel zur Hand, blies den Staub vom Deckel, und blätterte wahllos darin herum, las hier und dort ein paar Verse. Im 2. Buch Mose stieß ich auf eine interessante Passage. Gott hatte das Volk Israel gerade aus dem Land Ägypten herausgeführt, wo sie ein elendes Sklavendasein führen mussten. Nun waren sie frei, und Gott wollte ihnen erklären, wie sie als befreite Menschen richtig zusammenleben könnten. Er schrieb mit eigener Hand zehn Gebote auf Steintafeln und gab sie Mose.

Ich erinnerte mich dunkel, dass wir im Religionsunterricht

über das Grundgesetz Gottes gesprochen hatten, aber das war so lange her . . . Pastor Wagner hatte erklärt: „Gott will, dass wir ihn über alles lieben, von ganzem Herzen und mit aller Kraft. Und dann können wir auch unseren Nächsten lieben wie uns selbst."

Doch Liebe ist ein weites Feld; jeder füllt dieses Wort mit anderen Ideen. Wie sollte sich diese Liebe im Leben zeigen? Vielleicht wurde das in den Zehn Geboten näher erklärt?

Ich nahm mein Notizbuch zur Hand und einen Stift und begann zu lesen. Aus einem Grund, den ich nicht erklären kann, begann ich beim letzten Gebot, dem zehnten. Da stand: „Du sollst nicht begehren . . ." und dann wurde alles Mögliche aufgezählt.

Meine Schwester war der Mensch, der mir am nächsten stand, und gerade sie hatte ich in letzter Zeit heftig beneidet. Ich hätte so gern gehabt, was sie besaß: ihre langen, schlanken Beine, ihr honigblondes Haare, ihren tadellosen Teint, ihre unübertreffliche Figur. Ich beneidete sie um ihre Macht über andere Menschen, um ihren Ruhm, ihr Geschick, sich alles zu beschaffen, was sie haben wollte. Ich beneidete sie um die kritiklose, blinde Liebe meiner Eltern. Doch am allermeisten beneidete ich sie, weil sie den Mann geheiratet hatte, den *ich* liebe, und sogar zwei Kinder mit ihm hat, die sie kein bisschen zu schätzen weiß. Für sie sind das angenehme Zutaten zu ihrem Luxusdasein – für mich wäre es der Himmel auf Erden, nein mehr noch, die Luft zum Atmen, mein Lebens-Elixir. Fazit: Das Gebot Nr. 10 hatte ich seit langem übertreten, immer wieder, immer öfter.

Das Gebot Nr. 9 konnte mich auch nicht trösten, da ging es um Wahrheit: ehrlich sagen, was Sache ist. Das Doppelspiel war mir zur zweiten Natur geworden, nur so meinte ich mich schützen zu können. Am Ende wusste ich selbst nicht mehr, wer ich war und was ich wollte.

Im 8. Gebot wurde ich daran erinnert, dass ich drauf und dran war, meine Schwester Claire zu bestehlen – um die Liebe ihres Mannes, um die Liebe ihrer Kinder. Das alles hatte ich mir aneignen wollen, als hätte ich das Recht dazu, ja sogar die Pflicht. Auf einmal merkte ich, wie sehr ich mir in die eigene Tasche gelogen hatte. Ich hatte mir eingebildet, nur aus reiner Nächstenliebe zu handeln, als ich Clio versorgte und Clem an meiner Brust spazieren trug. In Wirklichkeit war ich ein Räuber, und meine Eltern hatten das geahnt. Deshalb ihr Misstrauen, deshalb die Gebete für mich, die mein Vater dreimal täglich zum Himmel schicken wollte, obwohl mich das immer noch entrüstete – hatte ich so was nötig?

Im 7. Gebot kam es noch schlimmer: „Du sollst nicht ehebrechen!" Knallhart stand es da, mir flirrten die Augen beim Lesen. Da half die Beteuerung nicht, dass ich mit Dan noch nicht im Bett gewesen wäre. Ich hatte etwas in ihm geweckt, und das war nicht die reine Bruderliebe eines Mannes zur Schwester seiner Frau. Ich hatte den gefährlichen Riss vertieft, der diese Ehe durchzog, und wenn Dan nun resignierte, statt mit aller Kraft daran zu arbeiten, Claires Liebe zu erringen, dann war das auch meine Schuld.

Wenigstens beim 6. Gebot konnte ich mich ein wenig entspannen, denn einen Mord hatte ich nun wirklich nicht auf dem Gewissen! Schon wollte ich mich freuen und den Kopf heben – trari, trara, wenigstens eine Sünde, die ich nicht begangen habe! –, da fiel mir eine Randnotiz ins Auge. Ich hatte eine Parallelstelle aus dem Neuen Testament notiert, und als ich dort nachsah, sprang mich der Text förmlich an, denn Jesus sagte seinen Zuhörern: „Schon wer auf seinen Bruder zornig ist, gehört vor Gericht. Wer aber zu seinem Bruder sagt: Du Idiot!, der gehört vor das oberste Gericht. Und wer zu seinem Bruder sagt: Geh zum Teufel!, der verdient, ins Feuer der Hölle geworfen zu werden!"

Au, au. Mehr als einmal hatte ich Claire zum Teufel gewünscht! Mehr als einmal hatte ich verächtlich von ihr geredet und mich dabei völlig im Recht gefühlt, denn Claire *war* eine dumme Gans! Sie hatte den besten, den schönsten, den liebsten Mann der Welt geheiratet und trampelte auf seiner Liebe herum. War das nicht ein Zeichen für bodenlose Dummheit?

Während ich darüber nachdachte, klingelte das Handy. Auf dem Display sah ich Martins Nummer. Ich konnte jetzt nicht mit ihm sprechen, aber es fiel mir ein, dass ich mit Martin ganz ähnlich umging wie Claire mit Dan. Ich hielt ihn mir warm, weil es so bequem war, ich genoss seine Verehrung und ließ mich von ihm verwöhnen, doch was gab ich zurück? Der Gedanke scheuerte in meinem Hirn wie brennender Sand, und ich ging schnell zum fünften Gebot über.

Früher war es mir niemals schwer gefallen, meine Eltern zu ehren, doch in letzter Zeit bezweifelte ich ihr gesundes Urteilsvermögen. Ich hielt sie für verkalkt und verblendet, für parteiisch und hatte wenig Lust auf Gespräche, die mehr boten als Smalltalk. Die Eltern waren gerade gut genug als Informanten und auch ihren monatlichen Zuschuss nahm ich gerne im Empfang, aber ich war inzwischen weit davon entfernt, ihnen mein Herz auszuschütten oder einen Rat anzunehmen – wenn man davon absieht, dass ich Pastor Wagner angerufen hatte, aber das war eher eine Verzweiflungstat gewesen. Hier war also auch etwas zu korrigieren.

Das 4. Gebot hatte ich bis zu diesem Abend noch nie bewusst gelesen. Als ich mich in diese erhabenen Worte hineinvertiefte, fühlte ich mich allmählich aus dem Morast der Schuld und Verstrickung herausgezogen und in eine reine Bergluft versetzt. Der Schöpfer und Herr des Universums, Gott, hatte sich den siebten Wochentag reserviert, an dem alle ausruhen sollen, Menschen und Tiere, die Chefs und die Angestellten, die Eltern wie die Kinder, und wozu? Unsere Gedanken sollten an diesem Tag zu ihm erhoben werden, damit wir von ihm frisch aufgetankt und gestärkt würden. Eine Atempause für uns alle, eine Insel im Stress – und ich hatte sie schon so lange nicht mehr aufgesucht! Ich war über Gottes heiligen Sabbat hinweggetrampelt, war durch die Läden gehetzt, hatte über Lehrbüchern geschwitzt oder die Treppe geputzt und dadurch diese kostbare Zeit für Nebensächliches verplempert. Dadurch hatte ich in jeder Woche eine Chance verpasst, neue Kraft zu schöpfen. Kein Wunder, dass ich mich allein gelassen fühlte, ungesegnet und ungeliebt.

Gebot Nr. 3 sagte mir nicht viel; wann hatte ich den Namen Gottes missbraucht? Bei uns zu Hause durfte Gottes Name nie gedankenlos im Mund geführt werden, so hatte ich mir diese Unsitte nicht angewöhnt. Vielleicht steckte aber noch mehr hinter diesem Gebot. Vielleicht betrübte es Gott, wenn ich ihn ab und zu um Hilfe rief, sozusagen als Feuerwehr benutzte, ansonsten aber mein eigenes Leben führte und kaum nach ihm fragte? Vielleicht war ich ein Schandfleck auf seiner Erde, weil ich vorgab, ein Christ zu sein, und doch ganz anders dachte und fühlte und handelte? Aber dieser Gedanke machte mir Kopfschmerzen, und ich ging schnell zum 2. Gebot über.

Ein Götterbild zum Anbeten ... das war weit weg. Ich konnte mir nicht vorstellen, jemals vor einer Statue zu knien, ob sie nun eine Heilige darstellte oder ein Tier – die Vorstellung war absurd. Und doch hatte auch ich mir Bilder von Gott gemacht: der liebe Gott, der mich in den Himmel nimmt, der böse Gott, der so viel Leid zulässt, der ungerechte Gott, der meiner Schwester den Kuchen schenkt und mir nur die Krümel, der ferne Gott, für den es keine Rolle spielt, ob ich mich mit einem Mann in einem schmuddeligen Bett herumwälze und vor Leidenschaft keuche oder ob ich mich vor Sehnsucht nach Dan verzehre ... meine Götzenbilder waren nicht minder grotesk als holzgeschnitzte, bunt bemalte Skulpturen oder Fratzen. Als ich das bedachte, wurde mir übel. Ich fand mich zum Kotzen.

Konnte mir das erste Gebot einen Ausweg zeigen? „Du sollst keine anderen Götter haben neben mir", stand da. Gott wollte die Nummer Eins in meinem Leben sein, die höchste Autorität, aber auch der größte Trost. Ich hatte zugelassen, dass mein Schöpfer von einem Geschöpf verdrängt wurde. Ich hatte Dan zum König meines Herzens gekrönt, um ihn kreisten meine Gedanken seit langem, und als ich eine Zeit lang versucht hatte, ihn zu vergessen, blieb der Thron unbesetzt und konnte leicht von einem Phantom wie Harry erobert werden.

Ich rutschte auf die Knie und barg mein Gesicht in den Händen. „Vergib mir. Verzeih mir!", stammelte ich. Das Weinen überkam mich, und ich schluchzte, bis ich keine Tränen mehr hatte. Draußen war es dunkel geworden, aber die Finsternis in meinen Gedanken war noch schwärzer. So wollte ich keine Sekunde mehr weiterleben.

Es war unerträglich.

Rückkehr

Da blitzte – wie eine Sternschnuppe am Nachthimmel – ein Gedanke in mir auf: mein Tauftext aus dem Brief meines Namensvetters Johannes. Ich knipste die Schreibtischlampe an und suchte den Vers. „Jesus hat uns die Botschaft gebracht, die wir euch weitergeben: Gott ist Licht, in ihm ist keine Spur von Finsternis. Wenn wir behaupten, mit Gott verbunden zu sein und gleichzeitig im Dunkeln leben, dann lügen wir und unser ganzes Leben ist unwahr. Leben wir aber im Licht, so wie Gott im Licht ist, dann sind wir miteinander verbunden, und das Blut, das sein Sohn Jesus für uns vergossen hat, befreit uns von jeder Schuld."

Konnte es so einfach sein? Musste ich nicht vorher etwas Großes leisten, um meine Schuld zu sühnen? Das alles hatte ich schon einmal gewusst – und wieder vergessen. Ich las weiter: „Wenn wir behaupten, ohne Schuld zu sein, betrügen wir uns selbst, und die Wahrheit lebt nicht in uns. Wenn wir aber unsere Schuld eingestehen, dürfen wir uns darauf verlassen, dass Gott Wort hält: Er wird uns dann unsere Verfehlungen vergeben und alle Schuld von uns nehmen, die wir auf uns geladen haben." (1. Johannes 1, 5–9 Gute Nachricht)

In jener Nacht kam ich wieder nach Hause – im bildlichen Sinne. Mir war, als hätte Gott seine Tür weit geöffnet und käme mir entgegen mit ausgebreiteten Armen. Ich warf mich hinein und weinte vor Glück und Erleichterung. Ich schüttete alles vor ihm aus, was mich so belastet hatte, böse, neidische, begehrliche Gedanken, Worte und Taten. Ich sagte ihm meine Sehnsucht und meinen größten Wunsch – und verriet ihm damit nichts Neues. Und mir war, als sammelte er all diese Brocken auf und verwahrte sie in einer großen Tasche. Da war es sicher aufgehoben. Und mir war, als hätte er gesagt: „Mach dir keine Sorgen. Ich werde dir helfen. Wenn du auf mich hörst, dann wird alles gut."

Bevor ich in dieser Nacht schlafen ging, las ich noch einmal den ersten Vers der Zehn Gebote. Und da stand: „Ich bin der Herr, dein Gott, der ich dich aus Ägyptenland, aus der Knechtschaft, geführt habe."

Ja, er hatte mich befreit. Ich war kein Sklave mehr, ich war sein Kind, und ich wollte nie, nie wieder ein Geschöpf an die Stelle meines Gottes setzen. Er sollte von nun an über mein Leben bestimmen, und ich wollte tun, was er für richtig hielt. Dann würde ich auch meine Mitmenschen aufrichtig lieben können, so wie es Gott in seinen Geboten beschrieben hat: sie achten, ihre Bedürfnisse und Wünsche respektieren, ihnen von Herzen gönnen, was sie besitzen.

Und ich würde ihn erkennen, wie er wirklich ist und ihm keine Schande machen, sondern Freude bereiten. Und ich würde die Oase in der Zeit dankbar genießen, die Gott der Menschheit mit dem heiligen Ruhetag geschenkt hat. Jeder Sabbat würde unsere Freundschaft erneuern und festigen. Und ich wollte fest darauf vertrauen, dass mein Schöpfer mir alles geben würde, was zu meinem Glück nötig war. Ich musste mir das nicht mehr selbst erkämpfen oder rauben. Er kannte mich besser als jeder andere, ja besser als ich mich selbst kannte. Und wenn ich nun eine Zeit lang trauern musste, sollte es mir auch recht sein, denn wo steht geschrieben, dass wir auf diesem Planeten immer nur fröhlich sein könnten? Wir sind ja nicht zum Vergnügen hier.

Unter solchen Gedanken schlief ich ein – zufrieden wie ein satter Säugling.

Heilung

Am nächsten Morgen war ich nur mäßig verkatert, aber die schweren Gedanken lauerten noch im Hintergrund. Ich musste mir immer wieder vorsagen: „Ein neues Leben hat begonnen, das Alte ist vorüber", wenn mich die Erinnerungen plagten. Konnte es sein, dass ich noch im alten Denken festklebte wie eine Fliege am Honigbrot? Ich rief Pastor Wagner an. Er tröstete mich und meinte, es würde wohl eine Zeit dauern, bis sich neue Gedankenwege gebildet hätten, ich solle aber nicht aufgeben, sondern an dem festhalten, was ich als richtig erkannt hatte. Und ich sollte mich immer wieder neu dafür entscheiden, meinem Gott zu vertrauen.

Nachdem ich mich zu einem Müsli-Frühstück durchgerungen hatte – ohne Appetit, aber was sein muss, muss sein – rief ich Martin an. Sein Gruß war verhalten, als zöge er den Kopf ein und wartete auf einen Nackenschlag. Ich redete nicht lange drumherum. „Martin, ich muss mit dir sprechen, wann hast du Zeit?"

Er seufzte. „Ich hab's geahnt, ich hab's geahnt", murmelte er. „Du liebst einen anderen."

„Wie kommst du denn darauf? Nein, ich möchte dir etwas ganz anderes erzählen."

„Ach, da freu ich mich aber! Hast du heute Nachmittag Zeit? Oder lieber am Abend? Wollen wir zusammen essen gehen?" Seine Stimme klang belebt, als hätte ihn eine Meeresbrise erfrischt, und ich schämte mich im Nachhinein dafür, dass ich ihn so oft auf die Folter gespannt hatte.

„Komm zu mir, ich mach uns einen Salat und ein paar Baguettes, da verlieren wir weniger Zeit", schlug ich vor und dachte: . . . und Martin spart Geld. Er konnte sich Extravaganzen nicht leisten.

Während ich meine Schulsachen einpackte, denn ich hatte eine Stunde Deutsch und eine Stunde Geschichte zu geben, überlegte ich, wie viel ich ihm erzählen konnte. Einiges hatte er schon geahnt, aber durfte ich ihm verraten, was ich für meinen Schwager empfand? Hätte ich durch ein solches Geständnis nicht eine Tatsache festgeschrieben – etwas, was nicht sein sollte, real gemacht? Nein, ich konnte ihn damit nicht belasten, am Ende erfuhr Dan davon, und das durfte nie, nie, nie geschehen! Außerdem hätte es Martin unnötig verletzt, wenn er wüsste, wie sehr meine Gefühle noch an Daniel hingen, aber das sollte ja bald anders werden. Mein Kopf war bereits frei, und der Rest würde demnächst folgen. (So jedenfalls stellte ich mir das damals vor.)

Die Klasse machte überraschend gut mit, ein wahres Wunder am ersten Schultag. Am Nachmittag hatten wir unser wöchentliches Pädagogik-Seminar; da traf ich Martin, und war gerührt von der schüchternen Verehrung, mit der er mich ansah. Wir gingen danach gemeinsam einkaufen und dann auf mein Zimmer. Während er seine und meine Notizen in meinen Laptop eingab und ausdruckte, schnipselte ich Salat und schob die Baguettes in den Mini-Backofen, der meine Kochecke ziert.

Während des Essens erzählte er von seinen Ferien. Er hatte bei einer Kosmetikfirma gejobbt, Berge von Shampooflaschen und Haarspraydosen in Kisten verpackt, ziemlich langweilige Sache, aber nebenbei hatte er beinah perfekt Polnisch gelernt. „Blieb mir nichts anderes übrig", grinste er, „keiner in der Halle konnte Deutsch, und man will sich doch nicht bloß anschweigen."

Dann war ich an der Reihe. Nach einem Stoßgebet – o Gott, lass mich nichts Falsches sagen! – berichtete ich von Clem und Clio, ging flüchtig über den grippekranken Schwager hinweg und verweilte bei meinen neuen Einsichten. „Ich hab in der letzten Zeit ohne Gott gelebt", gestand ich. „Aber jetzt soll es anders werden. Ich will auch nicht mehr Theater spielen. Du sollst wissen, wie du bei mir dran bist."

Er nickte bedächtig. „Ja, das interessiert mich sehr. Aber noch wichtiger fand ich das, was du vorhin erzählt hast – deine Freundschaft mit Jesus." Er schob den Ärmel seines

Shirts hoch und zeigte auf das geflochtene Armband mit den Buchstaben WWJD – was würde Jesus tun?

„Ach? Ich wusste gar nicht, dass du auch . . .", stammelte ich.

„Schande über mich", murmelte Martin. „Ich hätte es dir sagen sollen, aber ich hatte Angst, du lachst mich aus. Wäre nicht das erste Mal . . ."

„Mach dir nichts draus, bin ja selber „U-Bahn" gefahren. Aber damit ist jetzt Schluss."

Er nickte. „Wollen wir zusammen in die Studenten-Gemeinde gehen?"

„Gibt es hier so was?", wunderte ich mich.

Er zückte seinen Terminkalender und nannte die verschiedenen Gemeindehäuser, Termine und Veranstaltungen. Wir suchten ein paar davon aus und nahmen uns vor, gemeinsam hinzugehen.

„So, und jetzt wüsste ich gern, wie du über mich denkst", sagte er, als ich schon hoffte, er hätte das Thema vergessen.

Ich goss uns erst mal neuen O-Saft nach – man kann über Herzensdinge viel leichter sprechen, wenn man etwas in der Hand hält, finde ich.

„Also, Martin, du hast mir ja immer wieder gesagt, dass du mich gern hast", begann ich. „Das zu wissen, bedeutet mir viel, und ich –"

„Komm, spuck's aus!", forderte Martin. „Sag mir offen, was in dir vorgeht. Ich will es wissen, auch wenn es wehtut."

„Ich mag dich auch. Du bist der beste Freund, den ich habe – Jesus nicht gerechnet, aber er ist sowieso außer Konkurrenz. In der letzten Zeit hab ich dich manchmal zappeln lassen, habe deine Gutmütigkeit ausgenutzt, habe genommen, ohne etwas zu geben. Das tut mir Leid."

Er seufzte. „Komm endlich zum Punkt!"

„Bis vor kurzem war ich innerlich nicht frei. Ich war besetzt von Träumen und Erinnerungen, wenn du weißt, was ich meine."

„So was kenn ich auch."

„Aber jetzt bin ich davon frei. Vielleicht dauert es noch ein paar Wochen, bis ich wieder im Gleichgewicht bin, alte Gewohnheiten lassen sich nicht durch Knopfdruck abstellen. Bitte hab Geduld mit mir. Und wenn das ausgestanden ist, möchte ich dich so richtig kennen lernen, und dann sehen wir weiter."

Er ließ die Luft heraus, die er so lange angehalten hatte. „Na immerhin gibst du mir noch eine Chance", meinte er trocken.

„Oder du mir", gab ich zurück. „Aber ich habe eine Bitte. Keiner von uns soll sich innerlich an den anderen gebunden fühlen, bis wir uns ganz sicher sind, dass wir zusammengehören."

„Hey, wie stellst du dir das vor? Willst du inzwischen mit anderen Männern ausgehen? Was ist denn das für ein komischer Deal?"

„Ich hab mich falsch ausgedrückt. Ich möchte herausfinden, ob wir füreinander bestimmt sind, aber gleichzeitig sollten wir offen sein, wenn Gott uns zu einem anderen Menschen hinführen will."

„Kann ich mir nicht vorstellen", knurrte er.

„Ich meine ja nur – falls . . ."

Er dachte eine Weile nach, dann sagte er: „Okay, das ist ein faires Angebot. Ich habe aber auch eine Bedingung. Ich will, dass du es mir sofort sagst, wenn du einen anderen Mann findest, der dir besser gefällt. Schonungslos und auf der Stelle."

„Ja. Ich will dir nie wieder etwas vormachen. Du wirst immer wissen, wie ich fühle und denke."

„Gut", sagte er. „Und jetzt geh ich, bevor ich noch auf dumme Gedanken komme."

„Was für Gedanken?"

„Komm, sei kein Baby! Wir sind erwachsen, und wenn wir zusammen gehen, aber uns nicht binden sollen, dann müssen wir eine Sicherheitszone schaffen."

„Damit es keinen Kurzschluss gibt?"

„Genau. Seit ich weiß, dass du genauso an Gott glaubst wie

ich, ist bei mir nämlich eine Hemmschwelle gefallen. Ich muss dir gestehen, dass ich dich nicht nur schrecklich gern habe. Ich – ich liebe dich. Ich liebe dich so sehr, dass ich dabei fast den Verstand verliere. Die deutsche Sprache ist zu dürr, um meine Liebe zu schildern. Jo, ich fühle mich wie einer, der bis zum Hals mit Nitroglycerin voll gestopft ist."

Ich zuckte zusammen. „Was willst du damit sagen?"

„Dass Rauchen und Herumkokeln streng verboten ist. Bitte halt dich ein bisschen zurück, bis du weißt, was du willst. Denn sonst könntest du einen Großbrand auslösen. Eine Explosion."

„Das ist ganz schön kompliziert", sagte ich mutlos. „Dabei dachte ich immer, Gott hätte die Liebe erfunden, und man müsste ihr nur freien Lauf lassen . . ."

„Hah! Und was kommt dabei heraus?" Er stand auf und ging zur Tür. „Nein, meine Teuerste. Wir sind denkende Menschen und dadurch verantwortlich für unsere Entscheidungen."

„Und so willst du gehen? Mit diesem Wort auf den Lippen, dass so furchtbar viele Vor- und Nachsilben hat? Wie romantisch!"

Unschlüssig blieb er stehen und schaute zurück. Sein Blick wurde weich und seine Stimme zärtlich, als er sagte: „Meine kleine, süße Jo, für heute ist es genug."

Er hatte ja so Recht.

Probeweise

In den kommenden Wochen begriff ich besser, was Martin mit der „Sicherheitszone" meinte. Sobald wir miteinander allein waren, lud sich die Atmosphäre auf, als wären wir beide unter Hochspannung. Es kribbelte im Bauch und ich konnte keinen normalen Satz herausbringen, wenn er mich so liebevoll ansah. Wenn sich unsere Hände berührten, dann zuckte er zurück, als hätte er sich verbrannt, und dann sah er aus wie ein Kleptomane, der unter den Augen des Hausdetektivs das Schmuckregal einräumen soll.

Mir fiel die künstliche Distanz auch nicht leicht, denn bei mir erwachten Wünsche, die sich nur schwer bändigen ließen. Immer öfter träumte ich nachts von berückenden Schmusestunden, aber ich konnte nie herausfinden, wer der Mann war, der mich da mit solchen Wonnegefühlen beschenkte – er hatte einfach kein Gesicht. Ich erzählte Jesus von meiner Unruhe und fragte mich, ob er das wohl verstehen könnte – ja sicher konnte er das – schließlich war er ein Mensch gewesen mit allem Drum und Dran. Allerdings hatte er seinen Wünschen und seiner Sehnsucht nach einer Frau niemals nachgegeben, weil er eine wichtigere Mission zu erfüllen hatte, als nur ein bisschen Glück zu spüren.

Allerdings ging es uns besser, wenn wir mit anderen zusammen waren. Dann fanden wir auch zur Unbefangenheit zurück, und wir konnten offener sprechen und uns auf einer breiteren Basis entdecken. Martin half in einer Suppenküche mit, die Obdachlose betreute. Es machte Freude, ihre Dankbarkeit zu erleben. Einmal im Vierteljahr plante die Pfadfindergruppe unserer Kirchengemeinde einen „Pennertag". Das erinnerte mich an die Initiativen meiner Eltern, und ich klinkte mich gerne in diese Arbeit ein. Dazu luden wir alle Stadt-und Landstreicher ein, die wir treffen konnten. Sie durften im Gemeindehaus duschen, bekamen Rasierzeug und frische Wäsche und konnten sich aus dem Kleiderlager passende Hosen und Shirts aussuchen. Jeder Pfadfinder wählte sich einen Schützling, den er an diesem Tag betreuen sollte. Er führte ihn durch die verschiedenen Hygienestationen: Entlausung, Dusche, Gesundheits-Check, Friseur – und Maniküresalon. Hier war mein Einsatz gefragt. Ich hatte einigen Mädchen das Haare-Schneiden beigebracht, die Pfarrersfrau kannte sich in Nagelpflege aus und die Frau des Gemeindeleiters war gelernte Fußpflegerin. Sie behandelte Hornhautschwielen und eingewachsene Zehennägel, und ich habe selten so dankbare Gesichter gesehen wie die der Obdachlosen, die nun wieder schmerzfrei gehen konnten, in neuen Socken und neuen Schuhen.

Dann wurden sie zum gedeckten Tisch eingeladen und von den Kindern der Pfadfindergruppe bedient und unterhalten. Das Nachmittagsprogramm mit Quiz und Geschicklichkeitsspielen wurde von einer Tombola gekrönt. Dafür hatten wir Spenden von verschiedenen Sportgeschäften und Campingläden zusammengebettelt. Erster Preis war ein federleichtes Ein-Mann-Zelt mit Arktis-Isolierung, aber es gab auch Isomatten und Lebensrettungsdecken, handliche Rucksäcke und fahrbare Einkaufstrolleys.

Nach dem Kaffeetrinken hielt der Arzt, der die Obdachlosen untersucht hatte, einen kurzen Vortrag über die Risiken des Alkohols. Er nannte Ort und Zeitpunkt der Selbsthilfegruppen und schärfte ihnen ein, auf jeden Fall genügend Vitamine einzunehmen, denn fast alle litten unter Vitaminmangel. „Esst die Äpfel in runder Form, nicht flüssig!", beschwor er sie. Hin und wieder gelang es ihm, einen der Männer aus der Szene wegzuholen und in ein normales Leben einzugliedern. Dabei wurde der Arzt von einigen Geschäftsleuten in unserer Gemeinde unterstützt, die solchen Aussteigern eine Chance gaben.

Zum Abschied hielt der Pastor eine kurze Andacht. Jeder bekam ein Fresspaket mit viel Obst und Vitamintabletten auf den Weg, dann gingen die Leute auseinander. Wir Helfer hatten noch bis in den späten Abend mit Aufräumarbeiten zu tun, aber wir waren dabei fröhlich und sangen und lachten und spritzten uns mit Spülwasser nass.

Bei solchen Aktivitäten kamen wir uns näher, Martin und ich. Ich schätzte seine Ruhe und Gelassenheit, ich entdeckte jede Woche etwas Neues an ihm, das mir gefiel, und als ich schließlich herausfand, dass Martin ein virtuoser Klavierspieler war und die Präludien und Fugen des „Wohltemperierten Klaviers" auswendig herunterrattern konnte, war ich schlichtweg von ihm hingerissen. Über diesen neuen Abenteuern rückten Dan und seine Kinder in den Hintergrund, zumal ich meinen Gedanken eisern verbot, auf diesen gewohnten Pfaden zu flanieren. Den Eltern hatte ich eingeschärft, dieses Thema zu vermeiden, und sie respektierten meinen Wunsch, ohne viel zu fragen.

So verliefen die nächsten Monate in ungetrübter Harmonie. Ab und zu gestattete sich Martin, meine Hand zu nehmen, wenn wir spazieren gingen, und zum Abschied gab es auch mal einen kleinen Kuss, der Lust auf mehr weckte. Aber Martin bremste, und manchmal auch ich, wenn bei ihm die Ponys durchgehen wollten. Obwohl alle Ampeln auf Grün standen, war ich noch nicht sicher, ob ich Martin mit Haut und Haar lieben wollte, „. . . bis dass der Tod" – und so weiter.

Manchmal warf er mir das vor. „Du hältst dir immer noch eine Option offen."

„Ja", gab ich zu. „Ist das verboten? Du bist doch ebenso frei wie ich."

„Du vergisst, dass einer, der liebt, schon längst entschieden hat", verkündete er.

„In diesem Fall müssen wir beide Ja sagen", beharrte ich. „Und bis dahin sind wir beide frei. Und keiner darf den anderen halten oder zwingen oder überreden."

„Will ich ja gar nicht!", brummelte er. „Qualität spricht für sich selber."

Ich spürte, wie er litt, aber ich hatte nicht den Mut, das endgültige Wort zu sprechen und mich unauflösbar an ihn zu binden.
Irgendetwas hielt mich zurück.

Alternativen

Es passierte am Ende einer überaus stressigen Woche. Ich hatte in beiden Fächern meine letzten Unterrichtsbesuche zu bewältigen. Mein Ausbilder, mein Fachleiter, der Schulleiter und noch zwei andere schlaue Leute saßen hinten im Klassenraum, beäugten kritisch jede meiner Bewegungen, passten jedes Wort ab und jede Geste und kritzelten eifrig in ihre Bücher.

Mir stand der Schweiß auf der Stirn, und ich betete unaufhörlich, dass meine beiden ADS*-Kinder aus der 6. Klasse in diesen Tagen ausnahmsweise mal kooperieren möchten und nicht wie die Zappelphilippe auf und nieder hüpfen würden und die Klasse durcheinander brächten wie sonst so oft.

Die Eltern hatten mich ausführlich über diese Krankheit informiert, ich nahm es den Schülern auch nicht übel, dass sie wie die Affen herumturnten und nur selten mal konzentriert zuhören konnten. In den Pausen waren sie lieb und nett – Kinder zum Gernhaben.

Doch in diesem Fall hätte ich ihnen eine leichten Anflug von Röteln an den Hals gewünscht, damit sie zu Haus bleiben müssten. Leider ging der Wunsch nicht in Erfüllung. Sie kasperten ärger herum als sonst und brachten mich zwei Mal derart außer Fassung, dass ich beinahe in Tränen ausbrach. Irgendwie brachte ich den Unterricht trotzdem hinter mich und überlebte auch das anschließende Auswertungsgespräch.

Als ich Martins Handynummer wählte, verriet mir sein Anrufbeantworter, dass er zu seiner Mutter fahren musste, weil sie überraschend erkrankt war. Dabei hätte ich mich so gern an ihn gekuschelt und an seiner starken Schulter den Lohn der Plackerei genossen! Nix war's!

Der nächste Tag brachte ein Gespräch mit dem Rektor, der trotz allem mit mir zufrieden war und andeutete, er würde

---
* Aufmerksamkeits-Defizit-Syndrom; eine Verhaltensstörung, die von einem Mangel an einem bestimmten Botenstoff im Hirn herrührt.

mich nach bestandenem Staatsexamen gern übernehmen, also fest einstellen. Im kommenden Halbjahr hätte ich nur noch meine Examensklasse zu unterrichten und könnte mir mehr Zeit zum Studium nehmen, meinte er. Und jetzt sollte ich mich erst einmal ein paar Tage entspannen.

Mit diesem guten Vorsatz ging ich in meine Wohnung und warf die durchgeschwitzten Klamotten von mir. Ich schlüpfte in den Bademantel und ließ Wasser in die Wanne laufen, während ich die Waschmaschine anstellte. Vivaldi und ein ausgiebiges Schaumbad ... so sah meine Zukunft aus, und ich freute mich darauf.

Da klingelte es.

Zuerst wollte ich das Läuten ignorieren, denn Martin konnte es nicht sein – er war verreist – und andere Menschen konnten mir an diesem Abend gestohlen bleiben. Aber das Läuten hörte nicht auf. Ich zog den Bademantel enger zusammen und schlich zur Tür, spähte durch den Spion.

Draußen stand Dan, und er sah aus, als hätte er seit Jahrhunderten nicht mehr geschlafen. Seine Augen lagen tief in den Höhlen, tiefe Furchen zogen sich von der Nase zu den Mundwinkeln, und die Jacke baumelte an ihm wie an einem billigen Kleiderständer. Mir wurde heiß und kalt.

„Wart einen Moment, ich mach gleich auf." Ich raste ins Zimmer, riss Jeans und Pulli aus dem Schrank, schlüpfte hinein, ratschte dreimal mit der Drahtbürste durchs Haar, wagte keinen Blick in den Spiegel – ich sah bestimmt verheerend aus. Aber da war ich nicht die Einzige. Als ich die Wohnungstür öffnete, taumelte Dan herein.

„Was ist los?", rief ich. „Bist du krank?"

Er nickte, dann schüttelte er den Kopf und lehnte sich gegen die Wand. „Komm, setz dich erst mal", kommandierte ich. „Ich mach dir einen heißen Tee mit Honig. Dann reden wir." Er wankte hinter mir her und ließ sich auf die Couch sinken.

Mit fliegenden Händen füllte ich den Wasserkocher, schüttete Kräuterblätter in die Kanne, goss auf. *Was will er hier? Und warum sieht er so furchtbar aus?*

Seine Hände zitterten, als er die Teetasse entgegennahm. Ich musterte ihn. „Hast du – getrunken? Oder Drogen genommen?", forschte ich.

Er warf mir einen vernichtenden Blick zu. „Seh ich so aus?"

„Tja – irgendwie schon . . ."

„Nein. Es ist was anderes, was viel Schlimmeres", stöhnte er. „Claire ist weg."

„Aber das ist doch nichts Neues? Du wusstest doch, dass Models viel unterwegs sein müssen?"

„Du verstehst mich nicht. Ich fürchte, sie ist ganz weg. Für immer!"

Und als er meine aufgerissenen Augen sah, fügte er hinzu: „Sie hat mich verlassen."

Ich schluckte. „Bist du – bist du sicher?", flüsterte ich.

„Ja. Hier ist ihr Abschiedsbrief. Du kannst ihn lesen. Sie hat sicher nichts dagegen."

Zögernd nahm ich ihm das zerknitterte Blatt Papier aus der Hand. Nur drei Sätze standen da, in Claires kühner Handschrift nahmen sie die ganze Seite ein: „Ich halte das nicht mehr aus. Die Zwillis, der Stress und dein Geklammere – das ist unerträglich. Ich gehe."

Die Buchstaben verschwammen.

„Wie lange ist sie schon weg?"

„Seit einer Woche. Ich dachte erst, sie überlegt es sich und kommt zurück. Aber heute bekam ich einen Brief von ihrem Anwalt. Sie hat die Scheidung eingereicht."

„Aber warum? Habt ihr euch gezankt?"

„Nicht mehr als sonst auch immer. Ich glaube, sie hat die schlaflosen Nächte nicht verkraftet. Die Zwillinge bekommen gerade Zähne, und Clem ist dauernd krank. Er leidet unter Koliken und weint viel. Das geht ihr auf die Nerven."

„Kann ich mir vorstellen. Aber so ist es halt mit Babys. Und was meint sie mit Geklammere?"

Dan fletschte die Zähne. „Ich habe ihren Gigolo rausgeworfen."

„Ihren – was?"

„Den Fotografen, der in der letzten Zeit mit ihr durch die Lande zieht. Sie wollte, dass er bei uns übernachtet. In ihrem Zimmer", knurrte er. „Dort, wo ich keinen Zutritt habe. Wo ich als ihr Ehemann anklopfen muss!" Dan schlug mit der flachen Hand auf den Tisch.

Mein Herz quoll über vor Mitleid. So gerne hätte ich ihn in die Arme genommen und gewiegt und mit meiner Wärme getröstet! Doch eine leise Stimme in meinem Hinterkopf warnte: *Vorsicht. Warte. Das ist sein Problem, nicht deines. Er muss es lösen.*

Ich pfiff meine Gefühle zurück und sagte leise: „Es ist schwer für dich. Kann ich dir irgendwie helfen?"

Er hob den Kopf und sah mich flehend an. „Bitte komm . . . Hilf mir mit den Kindern. Es hat ihnen so gut getan, dass du da warst. Ich gebe mir alle Mühe, aber die Mutter kann ich ihnen nicht ersetzen."

Wie ein Stromstoß fuhren mir seine Worte ins Hirn. Was wollte er mir damit signalisieren? Konnte es sein, dass er mich –? Doch die leise Stimme hielt mich zurück: *Warte. Sag nichts.*

Diesmal kostete es übermenschliche Energie, den Impuls zu unterdrücken und die Worte zurückzudrängen, die über meine Lippen gleiten wollten. Aber die Kraft floss mir zu – und ich war froh, dass ich diesen Konflikt nicht allein auszufechten hatte. Mein bester Freund war da, unsichtbar, und doch an meiner Seite. Er wollte mich lotsen, vor jedem falschen Schritt bewahren. Ich musste nur auf ihn hören.

„Wie stellst du dir das vor? Soll ich mein Studium abbrechen und Kindermädchen werden?", fragte ich, weil ich wissen wollte, ob er mich nur für seine Kinder wollte oder . . .

„Keine Ahnung, wie es weitergehen soll. Mein Leben liegt in Scherben." Er richtete sich auf und wischte mit dem Jackenärmel über die Augen. Ich reichte ihm ein Papiertaschentuch. Er schluckte ein paar Mal, dann sagte er: „Jo, als ich dich kennen lernte, da war ich innerlich so morsch und so verwirrt, dass ich selbst nicht wusste, wer ich war und was ich brauchte. Du hast mir damals den Weg zu Gott gezeigt. Du warst mein guter Engel, und das habe ich gespürt. Ich fühlte mich immer wohl in deiner Nähe, gut aufgehoben."

„Vielen Dank", sagte ich spröde.

„Aber dann brach Claire in mein Leben ein. Sie verdrehte mir den Kopf. Ich war von ihr fasziniert und wollte sie besitzen, weil sie so schön war und so berühmt. Zu spät bemerkte ich, dass sie meine Liebe nicht erwiderte. Trotzdem versuchte ich unsere Ehe zu retten. Deshalb las ich ihr jeden Wunsch von den Augen ab. Ich grübelte Tag und Nacht darüber nach, wie ich sie glücklich machen könnte. Ich probierte es auf tausend Arten. Es hat nichts genützt. Sie blieb immer kalt, immer distanziert. Nur wenn sie getrunken hatte, wurde sie leidenschaftlich. Aber das waren immer nur kurze Momente, bei denen ich das Gefühl hatte, sie will nur meinen Körper, meine Seele nicht. Das war bitter. Aber für mich immer noch kein Grund zum Aussteigen. Schließlich habe ich ihr ewige Treue versprochen."

Er schwieg eine Weile, betrachtete die Schlieren, die der Honig im heißen Tee malte. Dann hob er den Kopf und sah mich an: „Als du in den Herbstferien bei uns warst, sah ich den Unterschied. Du hast meine Kinder mit solcher Sorgfalt und Zärtlichkeit behandelt, als wären es kostbare Edelsteine. Für Claire sind die beiden lästige Quälgeister. Die Clio hat sie ab und zu herausgeputzt und zu einem Fototermin mitgenommen, aber danach war das Kind uninteressant. Und Clem sowieso, den hat sie kaum beachtet. Als ich das alles überdachte, wurde mir klar, dass Claire, so wie sie jetzt ist, niemals ein liebevolles Familienklima aufbauen kann. Dazu ist sie viel zu stark auf sich selbst fixiert. Dabei sehne ich mich so sehr nach einem Nest, verstehst du? Und jetzt ist sie fort."

Oh Mann! Das Zimmer dreht sich, schneller und schneller. Das ist es, worauf ich die ganze Zeit gehofft habe, bewusst oder unbewusst! Das ist meine heimliche Option, die mich hindert, Martin voll und ganz zu lieben. Mein Traum ist endlich wahr geworden! Ich schließe die Augen, um das Glück dieser Stunde auszukosten.

Allerdings stört diese vertrackte leise Stimme: *Er ist immer noch Claires Mann.*

„Aber sie will ihn gar nicht mehr haben!", begehre ich in Gedanken auf. „Sie hat ihn verlassen! Sie betrügt ihn! Diese Ehe ist nicht mehr gültig!"

Wie ein Ostinato zieht sich die stille Melodie durch den Aufruhr meiner Gefühle: *Er ist immer noch Claires Mann.*

„Jetzt habe ich dich überrumpelt", flüstert Dan und senkt den Kopf, starrt auf seine Hände, als hätte er sie gerade frisch bekommen. „Dabei kannst du mir auch nicht weiterhelfen. Oder vielleicht doch?"

Er pausiert erwartungsvoll, doch ich kann nicht antworten, ich bin taumelig vor Verwirrung, es zerreißt mir beinahe die Brust.

„Du musst dich nicht sofort entscheiden. Immerhin hängt vieles davon ab. Vielleicht musst du erst mal in Ruhe darüber nachdenken", schlägt er vor.

Das ist ein verlockendes Angebot. Auf diese Weise könnte ich noch eine Weile mit dieser Zukunftsperspektive herumspielen, in traumhaften Fantasien schwelgen, und das alles ohne mich festzulegen, ungestraft und ohne Konsequenzen.

Wirklich ohne Konsequenzen? bohrt die unerbittliche Stimme.

Muss sie sich dauernd einmischen? Das Glück klopft an meine Tür, und ich soll so tun, als hörte ich nichts?

In diesem Moment taucht ein dunkler Fleck unter der Türe auf und sickert langsam, aber stetig ins Zimmer hinein. Das Badewasser! Ich habe es nicht abgedreht! Ich rase ins Bad, rutsche im knöcheltiefen Wasser aus und stoße mir den Kopf an der Kloschüssel. Au-au! Sternchen und bunte Kreise! Rapple mich hoch und kurble wie besessen am Wasserhahn, reiße mit der anderen Hand den Stöpsel aus der Wanne. Inspiziere mich im Spiegel. Die Beule an der Stirn wächst zu einem stattlichen Einhorn. Egal. Ich stürze hinaus in den

Flur, rupfe einen Stapel Handtücher aus dem Schrank und werfe sie auf den Boden, um die Flut damit zu dämmen. Ich sauge und wringe und wische und tupfe im Flur, im Bad. *Schneller, schneller!*, feuere ich mich an, damit das Wasser nicht durch die Ritzen in die untere Wohnung laufen kann.

Keine Ahnung, wie viel Zeit vergangen ist, aber wie gut, wie gut!, dass ich erst mal Pause habe vor meinen aufgewühlten Emotionen und etwas tun kann, von dem ich sicher weiß, dass es richtig ist!

Inzwischen bin ich nass bis auf die Haut, die Haare hängen mir wirr ins Gesicht und ein zweiter Blick in den Spiegel zeigt, dass sich mein Einhorn blaurot verfärbt hat, die Nase blutet. Ziehe eine Grimasse, strecke mir die Zunge raus. Äußerst romantisch. Einen besseren Schutzschild hätte ich mir gar nicht zulegen können; um mich zu küssen, müsste einer schon einen Rüssel haben.

Trotz der hämmernden Kopfschmerzen wische ich weiter wie besessen, dann setze ich mich auf den Rand der Badewanne und denke nach. Wenn ich Pech habe, muss ich die untere Wohnung renovieren lassen. Schusseligkeit hat Folgen, das kann kosten! Dabei war es nur ein kleiner Fehler, nicht mal böse Absicht. Konsequenzen hat er trotzdem.

Konsequenzen ... Auf einmal schieben sich andere Bilder vor meine Augen. Was wird passieren, wenn ich der drängenden Sehnsucht nachgebe und bei Dan einziehe? Welche Katastrophen könnte ich dadurch auslösen?

Du sollst nicht ehebrechen!, erinnert die leise Stimme. *Du sollst den Mann deiner Schwester nicht begehren.* Und: *Du sollst nicht stehlen.*

Mir kocht der Ärger hoch. *Ich soll mich also taub stellen, wenn mich der Mann, den ich liebe, um Hilfe bittet?*

Die Stimme antwortet: *Genau.*

Ich soll auf mein Glück verzichten – zum zweiten Mal?

Die Stimme antwortet, wie nicht anders erwartet: *Genau.*

Vielleicht soll ich auch noch versuchen, Dans Ehe zu kitten, damit er mit Claire glücklich wird?

Der Stimme fällt auch gar nichts Neues ein, sie sagt zum dritten Mal: *Genau.*

Das ist zu viel verlangt! Das kann ich nicht! , schreie ich in Gedanken.

Lass dir helfen, schlägt die Stimme vor. *Ich kann es nämlich.*

Ich wische und tupfe und reibe und schrubbe, bis meine Hände brennen. Schließlich gebe ich nach. Ich sage zu Jesus: „Also gut. Ich probier es, aber auf deine Verantwortung! Wenn ich damit alles verderbe . . ."

Mach dir keine Sorgen, kommt es sanft. *Ich bin bei dir.*

Dann gehe ich wieder ins Zimmer. Dan hebt den Kopf, er sieht aus, als hätte er in der Zwischenzeit geweint. Die Augen sind rot und verschwollen, aber seine Züge sind friedlich geworden, als wäre der ärgste Sturm abgeflaut.

Ohne mich anzusehen, sagt er: „Verzeih mir. Mein Vorschlag war egoistisch. Ich kann doch nicht von dir verlangen, dass du deine Ausbildung abbrichst, nur damit meine Kinder eine Mutter haben."

Ich würde ihm gern widersprechen, aber die Stimme sagt: *Halt den Mund und hör zu.*

„Aber vielleicht kannst du mir anders helfen. Claire ist deine jüngere Schwester, sie hört auf dich."

„Das halte ich für ein Gerücht", sage ich, meine Stimme klingt angeschlagen, als wollte sie gleich in zwei Stücke zerbrechen.

„Ich weiß, dass sie große Stücke auf dich hält. Wenn sie von dir spricht, dann immer mit Respekt und Bewunderung."

„Ist mir neu", knurre ich. Die Rolle des Vermittlers passt mir überhaupt nicht. Aber Dan lässt nicht locker.

„Bitte setz dich für uns ein. Sprich mit ihr. Versuche sie umzustimmen. Wenn du ihr schilderst, wie sehr wir leiden, die Kinder und ich, dann – dann kommt sie vielleicht zurück".

„Überschätze mich bloß nicht . . .", stöhne ich.

„Bitte versuch es wenigstens!", drängt er. „Ich lege das Schicksal meiner Ehe in deine Hände."

Auch das noch! In meinen Ohren beginnt es zu sausen, das Herz schlägt bis zum Hals. Ich will den Kopf schütteln, aber wieder einmal streikt das Genick.

„Wie soll ich denn sonst weiterleben?", ruft er verzweifelt.

Ich schaue hinüber zum Fenster und lasse ihn eine Weile schmoren, vielleicht kommt er ja von selber auf die richtige Antwort?

„Also gut, ich probiere es", sage ich etwas kreuzlahm. „Aber ob es was nützt . . .?"

Er sagt eifrig: „Ich bin sicher, dass es hilft. Wenn ein Mensch das schafft, dann du."

Au, das wird ja immer schlimmer! Damit hat er meinen Traum für alle Zeiten gefesselt und geknebelt. Ich stehe auf und hole neuen Tee aus der Küche. Als ich zurückkomme, habe ich mich halbwegs wieder gefangen.

„Ich tue, was ich kann, aber du musst dir auch Mühe geben."

„Natürlich! Hast du eine Idee, was ich machen könnte?"

„Du musst dir ein paar Strategien überlegen, wie du Claire wieder zurückgewinnst. Du musst die romantischen Seiten eurer Beziehung wieder hervorziehen. Damit sich eure Ehe nicht allein auf Windelwaschen und milchsaure Fläschchen reduziert."

„Gut, ich werde daran arbeiten," verspricht er eifrig.

„Vielleicht könnt ihr eine kleine Reise machen – ohne Kinder? Nur du und Claire auf einer einsamen Insel, damit sie dich wieder bewusst wahrnimmt?"

Er nickt. „Ich hab noch einen Notgroschen auf der hohen Kante. Werde mein Sparbuch plündern. Vielleicht fliegen wir für ein paar Tage auf die Malediven."

„Und noch eins: Du solltest Claire nicht in allem nachgeben. Du musst dich ab und zu ein Stück von ihr zurückziehen, damit sie dich nicht ganz in der Tasche hat. Bleib geheimnisvoll und ein bisschen rätselhaft, damit sie wieder von dir fasziniert wird – als Mann, verstehst du?"

Dan beißt sich auf die Lippen, und mir ist, als fühlte ich

seinen Schmerz, denn gerade auf diesem Gebiet ist er ja immer wieder von Claire verletzt worden.

„Du musst ganz sicher sein, dass du für sie besser bist als alle anderen!", sage ich eindringlich. „Wenn du das selbst bezweifelst, wie sollte sie daran glauben?"

Er trinkt seinen Tee aus und starrt ins Glas. „Und wenn mir das misslingt? Wenn ich sie nicht davon überzeugen kann, dass wir beide immer noch zusammengehören? Was dann?"

Unser Schweigen hängt düster unter der Zimmerdecke. Endlich bricht er es selbst: „Ja, dann bin ich lebenslang zum Singledasein verdammt ohne jede Aussicht auf Liebe und Glück."

„Und was die Sache noch verschlimmert – du hast Zwillinge!", sage ich – absichtlich hart, um das Mitgefühl zurückzudrängen, das mich schon wieder überwältigen will. „Wer nimmt schon einen Geschiedenen mit Kindern? Immerhin ist Clio hübsch, da könntest du vielleicht eine Chance haben . . ."

Sein Unterkiefer klappt herab, und er sieht mich an, fassungslos. „Du – du bist herzlos . . ."

„Da siehst du mal . . . Und weißt du auch, woher das kommt? Ich habe einmal mein Herz verschenkt an einen Mann, der es gar nicht haben wollte. Er warf es weg, und seither liegt es herum und wartet, bis er wieder einmal vorbeikommt und es aufhebt."

Erst als die Worte verklingen, wird mir klar, was ich eben gesagt habe. Hilfe, das war der falsche Film! Hoffentlich hat Dan nicht richtig zugehört!

Er runzelt die Stirn: „Weggeworfen? Wer ist dieser Kerl? Was meinst du denn damit?"

Hastig stottere ich: „Vergiss es. Es – es war nur so dahergesagt."

„Wirklich?" Er mustert mich und zieht die Augenbrauen hoch. „Es hat sich ziemlich bitter angehört."

Und als ich schweige, fragt er: „Sag mal, bist du eigentlich immer noch allein? Oder hast du inzwischen einen Freund?"

Das ist mein Stichwort, jetzt kann ich die Scharte auswetzen. „Ich bin mit einem Kollegen zusammen. Er heißt Martin. Er liebt mich und möchte mich heiraten."

Dan holt ein paar Mal tief Luft, als wollte er Kraft tanken. Dann steht er auf, fährt sich mit der Hand durchs wirre Haar. „Dann geh ich mal besser . . ."

In diesem Moment wäre ich beinahe weich geworden. Ich wollte ihn zurückhalten und schreien: „Dan, mein Herz gehört dir! Dir allein! So lange schon! Und noch hundert Jahre mehr!" Aber ich dachte an die heimatlose Claire und an Martin, der schon so lange um mich „gedient" hatte, und so ließ ich Daniel ziehen. Die Tür klappte, und ich musste mich noch ein paar Minuten lang gewaltsam bremsen, damit ich ihm nicht nachlief und mich an seinen Hals warf – der feinen Stimme zum Trotz. Dann ließ die Spannung nach und ich sank auf die Couch und weinte mich erst einmal richtig aus. Immer noch tobte ein Kampf in mir.

„Wie dumm von dir!", heulte ein ganzer Chor von Stimmen. „Du hast das große Glück verjagt!"

Aber die eine leise Stimme sagte: „Es war goldrichtig so."

Als ich Stunden später die nassen Tücher mit der rechten Hand in die Waschmaschine stopfte und mit der linken Eiswürfel auf mein Einhorn drückte, wurde mir die Ironie dieser Situation bewusst: Um meine Leidenschaft abzukühlen, hatte es eine wahre Wasserflut gebraucht, und sie war im rechten Moment herbeigeströmt. Doch meine große Lebensliebe vermochte dieses Wasser nicht zu löschen: Ich muss wohl weiter mit diesem Schwelbrand leben, den ein kleiner Luftzug zu einer lodernden Fackel entfachen kann.

Hat keiner einen Asbestanzug für mich?

Zwischenakt

In den nächsten Tagen ließ der innere Sturm ein wenig nach. Ich verbot mir strikt, an Dan zu denken. Stattdessen konzentrierte ich mich auf Martin und dachte an all das, was mir an ihm so gut gefiel. Das war eine ganze Latte, und allmählich wuchs meine Sehnsucht. Zehnmal in jeder Stunde wählte ich sein Handy an, bis ich ihn nach 5 Tagen endlich erreichte.

„Hallo Jo", sagte er. Seine Stimme klang müde.

„Martin, wie geht's dir?"

„Nicht gut. Meine Mutter liegt im Sterben. Deshalb hatte ich auch mein Handy ausgeschaltet."

„Ja, das hab ich gemerkt. Brauchst du mich? Soll ich kommen?"

„Ähm – warum willst du kommen? Du kennst doch meine Mutter gar nicht?"

„Gerade deshalb. Ich würde sie gerne noch kennen lernen, bevor . . ."

„Ähm – das wäre zur Zeit nicht so gut. Sie darf nicht aufgeregt werden – ihr Herz, verstehst du?"

„Aber ich würde sie doch gar nicht aufregen. Vielleicht wäre es eine Beruhigung für sie, wenn sie wüsste, dass du bei mir gut aufgehoben bist."

So, jetzt war es heraus. Doch wenn ich erwartet hatte, er würde „Hurra!" schreien, oder: „Wann heiraten wir endlich?!", hatte ich mich verrechnet. Martin schwieg. Ich hörte nur seinen Atem. Wahrscheinlich hatte er gar nicht begriffen, was ich damit sagen wollte. Warum war ich auch immer so ungeduldig? Martin litt, er trauerte, er musste seiner Mutter auf ihren letzten Schritten beistehen, da hatte er wahrlich keinen Kopf für die Liebe!

„Also gut", sagte ich. „Das ist jetzt alles ein bisschen viel für dich. Wenn ich irgendwie helfen kann, dann lass es mich wissen. Ich bete für dich und ich warte auf deinen Anruf."

„Ja", sagte er leise und legte auf.

Es dauerte eine geschlagene Woche, bis sich Martin endlich bei mir meldete. „Hallo, Jo, ich wollte dir nur mitteilen, dass meine Mutter heute Nacht verstorben ist."

„Das tut mir sehr Leid", sagte ich, und das war die Wahrheit. Ich hätte meine künftige Schwiegermutter so gerne einmal gesehen! „Martin, du brauchst jetzt viel Kraft. Kann ich irgendetwas für dich tun?"

„Im Augenblick nicht. Ich muss alleine damit klarkommen. In zwei Tagen ist die Beerdigung, bis dahin ist noch viel zu regeln. Mein Vater ist vor Kummer außer sich, er weint den ganzen Tag." Er seufzte. „Zum Glück wohnt mein Bruder am Ort, er wird sich um ihn kümmern."

„Das ist gut. Du wirst wohl noch eine Weile bleiben müssen, oder?"

„Ich weiß noch nicht genau, wann ich zurückkomme. Ich ruf dich an."

Von meiner Mutter erfuhr ich, dass Clem schwer erkrankt war. Sie bangten um sein Leben. Am liebsten hätte ich Daniel drei Mal täglich angerufen, um ihm Mut zu machen, aber ich hatte Angst vor mir selbst, vor der Glut, die in einer meiner tiefen Kammern vor sich hinglimmte und nur darauf wartete, dass man die Tür aufriss und frisches Brennholz hineinwarf. Ab und zu überfiel mich die Reue, dann nannte ich mich „dumm" und „dämlich" und griff nach dem Telefon, um Dan mit tausend glühenden Worten meine Liebe zu gestehen. Doch jedes Mal kam die leise, geduldige Stimme, von der ich wusste, dass sie die Wahrheit sprach, und hielt mich zurück. Dann flüchtete ich zu Jesus und flehte: „Zeig mir, was ich tun soll! Ich will dir gehorchen! Ich will nicht zerstören! Mach meine Liebe rein von aller Selbstsucht, damit sie keinen Schaden anrichtet." Und nach ein paar Minuten ging es mir dann wieder besser.

Manchmal verwünschte ich den Umstand, der Martins Mutter gerade jetzt sterben ließ! Es wäre so viel leichter, könnte ich in Martins Arme flüchten und meine Entscheidung zementieren! Das würde die letzten Reste meines inneren Lagerfeuers bestimmt löschen, dann hätte ich endlich Ruhe, und in ein paar Jahren konnte ich darüber schmunzeln.

Andererseits musste ich auch ohne Martins Hilfe mit dieser Situation fertig werden. Es wäre doch gelacht, wenn sich meine Gedanken und Gefühle nicht von Gott zähmen ließen, wo ich doch nichts sehnlichster wünschte, als seinen Willen zu tun!

Oder etwa nicht?

Eheberatung

Die ganze Woche lang hatte ich den Anruf bei Claire vor mir hergeschoben, aber nun ließ mir das Gewissen keine Ruhe mehr. „Du hast es versprochen, du hast es versprochen!", wühlte und bohrte es in mir. Seufzend griff ich zum Handy und rief in ihrer Agentur an. Hoffte insgeheim, sie gar nicht anzutreffen, aber ich wurde enttäuscht.

„Hey, das ist toll, dass du mal anrufst!", rief Claire. „Was gibt's?"

„Wir haben uns schon so lange nicht mehr gesehen", sagte ich. „Können wir uns nicht mal wieder treffen? Auf einen Kaffee oder so."

Einen Atemzug lang war sie still, dann sagte sie: „Klar doch. Passt es dir heute Abend? Da hätt ich Zeit."

„Gut. Ich hol dich ab, ja?"

„Machen wir es anders herum. Ich komme mit dem Auto zu dir, dann brauchst du nicht mit dem Zug und so weiter. Für mich ist das doch einfacher. Ich lade dich zum Essen ein. Chinesisch. Einverstanden?"

„Gern. Wann kommst du?"

Sie wollte gegen neun bei mir sein. Ich war so aufgeregt wie schon lange nicht mehr, wühlte mein schönstes Kleid aus dem Schrank, wusch die Haare, legte Rouge auf und tuschte mir die Wimpern, als wollte ich einen Verehrer beeindrucken. Aber ich hätte mir gar nicht so viel Mühe geben müssen. Claire kam nämlich im Schlamperlook daher – Jeans und Pulli, Turnschuhe, die Haare straff nach hinten gebürstet und zu einem Nest aufgedreht.

„Damit mich keiner erkennt", grinste sie und schob die Sonnenbrille von der Stirn herunter auf die Nase.

Ich hatte einen Tisch bestellt, weit hinten in der Ecke, damit wir möglichst ungestört reden konnten. Meine Handtasche war prall mit Tempo-Taschentüchern gefüllt, und ich hatte sogar meine kleine Taschenbibel eingesteckt. Nicht, dass ich Claire daraus vorlesen wollte – sie hätte sich wahrscheinlich darüber totgelacht. Aber es gab mir ein Stück Sicherheit, wie ein Pfand eines guten Freundes, das erinnert: Wir sind zusammen, wir sind miteinander verbunden.

Nach der Vorsuppe sagte ich: „Und wie geht's dir so?"

„Nicht besonders. Ich habe mich von Dan getrennt, weil er mir auf die Nerven ging."

„Und? Was machst du jetzt?"

„Ich leb so vor mich hin . . ." Claire zog die Nase hoch. „Ehrlich gesagt fehlt er mir ein bisschen."

„Dann geh doch wieder zu ihm zurück!", platzte ich heraus. Nicht besonders diplomatisch und – was meine heimlichen Träume betraf – absolut kontraproduktiv! Trotzdem – oder vielleicht gerade deshalb? – hatte dieser Satz eine starke Wirkung auf Claire. Sie ließ die Ess-Stäbchen fallen, mit denen sie herumgespielt hatte und rief: „So einfach ist das nicht! Dan ist mir böse. Er wird mir nie verzeihen."

„Wie kommst du denn darauf?"

„Das ist doch klar. Ich habe ihn betrogen, jetzt will er nichts mehr mit mir zu tun haben."

Ich legte meine Hand auf ihre sorgfältig maniküreten Finger. „Claire, das stimmt nicht. Dan hat große Sehnsucht nach dir."

„Er wird mich mit Vorwürfen überschütten", jammerte sie.

„Nein, das wird er nicht", beteuerte ich. „Er wird dich mit offenen Armen aufnehmen. Er liebt dich doch!"

„Woher weißt du das?", fragte sie und beäugte mich misstrauisch.

„Er hat es mir gesagt", gestand ich. „Es ist die reine Wahrheit."

Sie griff wieder nach den Stäbchen und bohrte einen Tunnel in den klebrigen Basmati-Reis. „Du meinst also, ich könnte einfach wieder bei ihm einziehen, als ob nichts gewesen wäre?"

„Ihr seid immer noch miteinander verheiratet", erinnerte ich.

Claire seufzte. „Er hat in den vergangenen Tagen immer wieder in der Agentur angerufen und wollte mich sprechen. Aber ich habe ihn nicht durchstellen lassen. Ich dachte, er will mir Vorwürfe machen. Ich habe aber keine Lust, zu Kreuz zu kriechen und vor ihm einen Bückling zu machen. Entweder nimmt er mich so, wie ich bin, oder er kriegt mich gar nicht."

Insgeheim verwünschte ich ihren Stolz. Aber das konnte ich ihr nicht sagen, da hätte sie sich sofort gegen mich verhärtet. Während ich zum dritten Mal versuchte, einen Löffel voll Bambussprossen zwischen die Stäbchen zu klemmen und unversehrt in meinen Mund zu transportieren, überlegte ich fieberhaft, wie das Gespräch weiter laufen sollte. Ich wusste keinen Rat, schickte ein Stoßgebet nach dem anderen zu Jesus.

In dem Schweigen, das sich zwischen uns ausbreitete, musste sein guter Geist gewirkt haben, denn sie sagte nach einer Weile: „Weißt du was, ich rufe jetzt gleich mal an. Du hast doch nichts dagegen?" Sie zog ihr Handy aus der Tasche und tippte die Nummer ein. *Jesus, jetzt hilf!*, flehte ich. *Lass ihn zu Hause sein!*

„Hier ist Claire", sagte sie. „Stör ich dich gerade?"

Das war ein völlig neuer Spruch aus ihrem Mund, ich hatte noch nie erlebt, dass sich meine Schwester über so was Gedanken machte.

„Ich sitze gerade mit Johanna beim Chinesen", fuhr sie fort und schickte mir ein Lächeln über den Tisch. „Und wir haben von dir gesprochen. . . . Ja . . . Nein . . . Weißt du, ich hab darüber nachgedacht. Es war ein bisschen unüberlegt von mir, einfach so wegzugehen. Könntest du dir vorstellen . . . Ja? . . . Wirklich? . . ." Jetzt strahlte sie über das ganze Gesicht. „Ja, morgen passt mir gut. Am Nachmittag, geht in Ordnung. . . . Ja, ich freue mich auch . . . Ciao, Dan." Sie legte auf, starrte eine Weile vor sich hin, schüttelte den Kopf.

„Nicht zu fassen . . . er will mich wieder zurückhaben. Na ja, vielleicht geb ich ihm noch eine Chance . . ."

Damit war das Thema für Claire erledigt. Ich tupfte mir die Schweißperlen von der Stirn und widmete mich mit großem Appetit dem gedünsteten Gemüse. Mein Auftrag war erfüllt, ich hatte getan, was ich konnte.
Den Erfolg hatte aber ein anderer geschenkt . . .

Verwirrspiel

Endlich war Martin zurück! Ich traf ihn im Lehrerzimmer. Er entschuldigte sich mit tausend Worten – sein Handy wäre kaputtgegangen, er wäre am letzten Abend erst heimgekehrt und zu müde gewesen, um eine Telefonzelle zu suchen und so weiter, bla-bla-bla.

„Du bist erschöpft", sagte ich. „Du brauchst erst mal Ruhe."

Er nickte dankbar.

„Aber vielleicht darf ich dich trotzdem heute Abend zum Essen einladen? Eine Pizza mit Salat gefällig? Und dann hab ich auch eine Überraschung für dich."

„Heute Abend passt es mir nicht so gut", sagte Martin leise.

„Wieso? Du musst doch sowieso etwas essen! Oder hast du einen Termin in der Gemeinde?"

„Nicht in der Gemeinde. Es – es ist was anderes."

„Und du kannst es nicht verschieben", sagte ich.

„Es geht leider nicht, ich – ich kriege selbst Besuch und . . ."

„Also gut. Dann vielleicht morgen Abend?"

Martin kaute auf seiner Unterlippe herum, dass es zum Erbarmen war, und schüttelte den Kopf. Allmählich verlor ich die Geduld. „Was ist denn los mit dir?"

„Ach Jo, ich weiß auch nicht . . .", murmelte er.

„Du bist depressiv, das ist normal nach einem Todesfall. Da hat man zu nichts Lust, nichts schmeckt mehr, sogar das Lieblingsessen würgt man runter, als wär es Pappendeckel, man möchte am liebsten nur schlafen."

„Ja, genau so fühle ich mich! Woher weißt du das?"

Ich zuckte die Achseln. „Hab ich gelesen. Du möchtest dich also für eine Weile in dein Schneckenhaus verkriechen."

„Ja. Das wär schön", seufzte er.

„Also gut. Ich lasse dich so lange in Ruhe, bis du dich selbst bei mir meldest", bot ich an.

„Aber dann habe ich eine gute Nachricht für dich, eine sehr gute!"

Er starrte mich an, aber sein Blick rutschte durch mich hindurch, als hätte ich ein Durchschussloch in der Nasengegend. Achselzuckend ging ich. Ich musste eben noch eine Weile geduldig sein. Das war auch gerecht, denn Martin hatte so lange auf mein uneingeschränktes „Ja" warten müssen, und jetzt war eben ich mit Warten an der Reihe.

In den kommenden zwei Wochen trauerte Martin schwer: Er schlurfte mit hängenden Schultern durch den Schulflur und belagerte Tag für Tag den Erholungs-Sessel im Lehrerzimmer, den wir für besonders belastete und müde Kollegen reserviert haben. Seine Stimme klang, als hätte er eine Kehlkopfoperation hinter sich: farblos und heiser. Dafür seufzte er 100-mal in jeder Viertelstunde. Ich wusste gar nicht, dass ein Mensch so oft seufzen kann! Wenn er mich wahrnahm, dann grüßte er lustlos und schleppte sich weiter. Er ging nicht mal zum Gottesdienst und beteiligte sich an keinerlei Aktivitäten unserer Studentengruppe. Wenn ich ihn anrief, murmelte er immer nur: „Lass mir ein bisschen Zeit. Wir müssen reden, aber nicht jetzt."

Dann schlug eines Tages seine Stimmung um. Ich hörte ihn ab und zu mit Kollegen im normalen Ton reden, und einmal lachte er sogar. Jetzt war er reif, jetzt konnte ich ihm endlich sagen, dass ich mich für ihn entschieden hatte.

Aber das musste ein bisschen romantisch verpackt werden. Ich ging zum Friseur und zog mein dunkelrotes Seidenkleid an, kaufte zwei Tiefkühlpizzen und Salat und eine rote, langstielige Rose und machte mich auf den Weg zu ihm. Da er auf mein Läuten nicht öffnete, schloss ich die Tür mit dem Schlüssel auf, den er mir anvertraut hatte, für den Fall, dass er sich aussperren könnte. Sein Zimmer war leer, doch das Fenster stand weit offen – ein Zeichen, dass Martin bald wieder zurückkehren wollte. Ich deckte ein weißes Tuch auf den

Tisch, holte sein schwarzes Zwei-Personen-Service aus dem Schrank, heizte den Backofen in der Gemeinschaftsküche vor, schichtete den Salat auf zwei Teller und stellte die Rose in eine elegante schwarze Flaschenvase.

Dann hörte ich durch das offene Fenster Martins Stimme unten auf der Straße. *Er kommt, er kommt!* Schnell die Pizzen auf den Rost und eingeschoben! Was fehlt noch? Etwas zu trinken! Ich goss Apfelschorle in zwei anmutige Kelchgläser – Martin liebt das Prickeln von Apfelschorle! – und rückte die Stühle zurecht. Dann schlüpfte ich in die Gemeinschaftsküche und lauschte durch die halb offene Tür.

Der Lift quietschte, ich hörte Schritte auf dem Gang, das Quietschen seiner Zimmertür, dann ein aufgeregtes: „Oh! Was ist denn das? Ich liebe Überraschungen!"

Ich ließ mich auf einen Stuhl fallen – es war nicht Martin gewesen, der das gesagt hatte . . .

Kurz darauf kam er in die Küche. „Jo!", rief er. „Was machst du denn hier?"

„Ich wollte dich besuchen", sagte ich. „Was dagegen?"

„Also, heute passt es nicht so gut", gestand er.

„Das kann ich mir vorstellen!", schnaubte ich.

„Ich kann dir alles erklären, aber jetzt wäre das – also es ist nicht der richtige Zeitpunkt."

„Darüber denke ich anders. Kein Zeitpunkt wäre besser geeignet. Möchtest du mich deinem Besuch nicht vorstellen?"

Ich ging zur Tür, aber Martin warf sich todesmutig dazwischen. „Bitte nicht, Jo. Mir liegt viel daran, dass Monika . . . also, sie würde die Situation missverstehen und denken, dass ich . . ."

„Dass du polygam bist?"

Er funkelte mich an. „Was soll das? Ich bin nicht mit dir verheiratet!"

Mir klappte der Mund auf. „Das – das stimmt natürlich, aber wir waren doch . . . wir waren doch zusammen, oder nicht?"

„Soweit ich mich erinnere, hatten wir besprochen, dass jeder seine Freiheit behält. Übrigens war das deine Idee."

Ich starrte ihn an und flüsterte: „Du hast gesagt, dass du mich liebst."

„Ja. Das war auch die reine Wahrheit." Er seufzte wieder einmal. „Aber ich habe lange auf dich gewartet, Jo. Du konntest dich einfach nicht entscheiden. Und jetzt ist meine Liebe einfach – wie soll ich sagen? Vertrocknet? Versickert?"

Das Wasser schoss mir in die Augen. „Warum hattest du so wenig Geduld? Heute wollte ich Ja sagen."

Er wich einen Schritt zurück. „Es tut mir Leid. Dafür ist es zu spät. Ich habe mich in Monika verliebt. Und sie liebt mich auch."

Während ich diese Schreckensnachricht schluckte, klang draußen wieder die klare Mädchenstimme von vorhin: „Martin, wo bleibst du denn?"

„Ich bin hier in der Küche", rief er. Flüsterte: „Mach es mir bitte nicht kaputt. Bitte!"

Ich wandte mich ab und schluckte an meinen Tränen, wischte mit dem Ärmel das Gesicht trocken, kämpfte um das letzte bisschen Fassung.

Martin betrachtete mich besorgt. Als das Mädchen hereinkam, sagte er betont munter: „Schau mal, wer da ist, Monika. Das ist Johanna, meine Kollegin aus der Schule. Sie wollte mich überraschen." War nicht mal gelogen.

Ich drehte mich langsam zu ihr um und musterte sie. Monika hatte ein Gesicht, wie man es überall zu Dutzenden sieht. Sie war einen Kopf größer als ich, was kein Kunststück ist, aber nicht schlank, sondern pummelig und ziemlich ökomäßig gekleidet: langer, bunt gemusterter Rock, Birkenstock-Sandalen, Schlabberpulli. Die Haare waren pfeffer-und-salz-farben und zu einem Nest zusammengewurstelt. Eine echte Landpomeranze. Es erleichterte mich ungemein, dass sie kein bisschen hübscher war als ich, und während ich ihr die Hand gab, grübelte ich darüber nach, was Martin wohl an ihr fand.

Sie lächelte mich an, und in diesem Moment wandelte sich

ihr 0815-Gesicht zu einem Engelsantlitz, und sie sagte mit einer Stimme, für die so mancher seine Seele verkauft hätte: „Wie lieb von dir! Die Rose ist wunderschön. Du hast sogar Pizza besorgt! Aber warum denn nur für 2 Personen?"

„Ich – äh – ich –"

„Jo wollte uns eine Freude machen", warf Martin ein. „Das ist so typisch für sie."

„Martin hat mir von dir erzählt, Johanna. Du bist seine beste Freundin, nicht wahr?", lächelte Monika. „Ich freu mich so sehr, dass ich dich endlich kennen lerne. Bleib doch da, wir können die Pizzen ja aufteilen."

Ich stöhnte innerlich auf. Sie war so nett, dass ich nicht mal mit Überzeugung wütend sein konnte!

Martin sah mich flehend an, aber die Tankuhr meiner Selbstbeherrschung war ohnehin schon weit in den roten Bereich gerutscht. Nur noch ein paar Tropfen im Reservetank, dann konnte ich für nichts mehr garantieren.

„Vielen Dank", würgte ich heraus, „aber jetzt muss ich wirklich gehen. Guten Appetit." In Gedanken fügte ich hinzu: *Und möge euch die Pizza im Hals stecken bleiben!!! Schade, dass ich nicht draufgespuckt habe!*

Ich hob die Hand zum Abschied und griff mit der anderen nach meiner Tasche. Als ich zum Lift ging, hörte ich Monikas Lerchenstimme zwitschern: „Das ist ja eine ganz liebe! Aber warum ist sie so traurig? Und weshalb wollte sie nicht bleiben? Hab ich was Falsches gesagt?"

„Nein, nein", sagte Martin. „Weißt du, sie musste vor kurzem einen schweren Schicksalsschlag verkraften."

Das traf den Nagel auf den Kopf.

Schmollwinkel

Martin rief noch am gleichen Abend an. „Jo, es ist mir furchtbar peinlich, dass es so gekommen ist", fing er an. „Ich wollte dir längst von Monika erzählen, aber ich wusste nicht wie. Ich hatte befürchtet, dass du sauer bist."

„So", machte ich. „Da hast du mich ja ziemlich gut eingeschätzt."

Er schluckte hörbar. „Ich verstehe deinen Ärger. Es war feig von mir, so lang zu warten."

„Ja", sagte ich. „Aber nur gut, dass du wenigstens jetzt deinen Mut zusammengekratzt hast."

„Dank deiner Initiative", erinnerte er. „Übrigens war Moni ganz begeistert von dir. Sie meint, du wärst sehr hübsch und klug und einfühlsam und –"

„Lenk jetzt nicht ab", knurrte ich. „Du brauchst mir keinen Honig ums Maul zu schmieren. Sag mir eins: Wie lang geht das schon zwischen euch?"

„Ich weiß nicht genau, wann es begann. Monika hat meine Mutter gepflegt. Meine Mutter hing sehr an ihr, und als ich nach Hause fuhr, lernte ich sie näher kennen. Vorher sah ich sie immer nur flüchtig, wenn sie zufällig mal Dienst hatte. Aber nun war sie den ganzen Tag über da, und ich konnte beobachten, wie sie sich verhielt. Du glaubst gar nicht, wie liebevoll dieses Mädchen ist, wie warmherzig und zärtlich. Ich habe noch nie eine Frau getroffen, die so –"

Ich unterbrach ihn. „Du hast dich also am Sterbebett deiner Mutter verliebt."

„Ja, sozusagen. Weißt du, wenn der Tod an der Schwelle steht, da sind die Gefühle aufgewühlt. Man bekommt einen Sinn für das Wichtige. Man zieht Bilanz und fragt sich: Was habe ich bisher aus meinem Leben gemacht? Wie hab ich meine Chancen genutzt? Und da fiel mir auf, dass ich in den letzten Jahren fast nur in der Zukunft gelebt habe. Ich dachte nur an das, was ich später mal tun wollte. Die Gegenwart wurde darüber unwichtig, es war eine lästige Zeit, die ich irgendwie rumbringen wollte, bis dann das Eigentliche beginnen würde, verstehst du? Aber Monika hat mich gelehrt, den Augenblick zu vergolden. Sie hat ein großes Talent für die kleinen Freuden. Ich habe noch nie eine Frau getroffen, die so – "

„Du wiederholst dich", sagte ich, bevor er noch mehr ins Detail ging. Warum sind verliebte Leute immer so taktlos? Warum merken sie nicht, wie sehr sie ihrer Umwelt auf den Senkel gehen?

Aber Martin war nicht zu bremsen. Geschlagene zehn Minuten lang schwärmte er mir von seiner neuen Flamme vor, und dabei ließ er kein Klischee aus. Mir war übel, als er endlich eine Pause machte, um Luft zu schöpfen.

„Und woher weißt du, dass das nicht nur ein Gefühlsrausch ist, der bald wieder vorübergeht?"

Am anderen Ende war es still. Dann sagte Martin: „Ich bin ganz sicher. Monika ist eine wunderbare Frau. Sie versteht mich wie kein anderer Mensch. Und weißt du, was ich besonders an ihr liebe?"

„Nein!", brüllte ich in den Hörer. „Und ich will es auch gar nicht wissen!"

Nachdem ich aufgelegt hatte, kochte meine Wut erst richtig hoch. Ich hatte größte Lust, Martins Auto zu zerkratzen. Ihm eine Briefbombe zu schicken. Seine Examensklasse gegen ihn aufzuhetzen. Oder ihm schlicht und einfach drei Mal in den Magen zu boxen. Je länger ich über seine Unverschämtheit nachdachte, umso wütender wurde ich. Schließlich musste ich ein Daunenkissen opfern. Ich zerfetzte es in tausend Schnipsel und hatte die ganze Nacht damit zu tun, die Daunen wieder einzufangen, die sich im ganzen Zimmer verteilt hatten. Das Schlimme war, dass ich eigentlich auf mich selber böse war, nicht auf Martin. Er hatte sich die Freiheit genommen, die wir uns gegenseitig eingeräumt hatten; höchstens konnte ich ihm vorwerfen, mich nicht früher informiert zu haben. Hätte ich an seiner Stelle anders gehandelt? Kaum.

Leider fand ich in dieser Einsicht keinen Trost. Es half mir auch nicht, dass Martin in der kommenden Zeit besonders rücksichtsvoll und höflich zu mir war – Salz in meine Wunde. Er und Monika luden mich sogar zum Chinesen ein. Aber ich lehnte ab – ich hätte keine Zeit, müsste noch so viel für die Examensarbeit studieren. Dabei hockte ich stundenlang auf der Couch und starrte auf die Tapete. Scheußliches Muster – vielleicht sollte ich eine Foto-Collage à la Harry drüberkleben?

Als hätten meine Kollegen gespürt, dass ich etwas Schweres zu verkraften hätte, umgingen sie mich weiträumig. Auch die Schüler vermieden jeden näheren Kontakt – hatte ich vielleicht Mundgeruch, ohne es zu merken? Fußschweiß? Versagte mein Deo neuerdings?

Einmal suchte ich Zuflucht in unserem Studenten-Hauskreis. Hier hatte ich mich immer wohl gefühlt, und ich entspannte mich, während wir gemeinsam sangen und jeder seinen Lieblingsvers aus der Bibel vorlas. Doch mittendrin klingelte es, Martin platzte herein, und wen zog er ins Zimmer? Monika. Sofort schwänzelten alle um sie herum, als wäre sie die auferstandene Lady Di. Da verdrückte ich mich.

Monika hatte eine Stelle beim hiesigen Pflegedienst angenommen und war nun ständig vor Ort, das heißt bei Martin. Ich konnte nicht mal richtig mit ihm schimpfen, wenn mir der Frust hochkam. Ich ging ein paar Mal zum Gottesdienst, um meine Bekannten zu sehen, aber auch dort standen Martin und Monika im Scheinwerferlicht. Wahrscheinlich hoffte jeder, sich ein Scheibchen vom Glück der Frischverliebten abzuschneiden, sonst wären sie doch nicht dermaßen um sie herumgeschwirrt wie Obstfliegen um eine matschige Banane. Nach mir fragte keiner. Vielleicht steckt Unglück an?

Die leise Stimme, die mich in diese Bredouille gebracht hatte, ließ sich auch nicht mehr hören. Das erbitterte mich maßlos. „Wo bist du jetzt, Gott? Ich hab getan, was du wolltest! Ich hab auf mein Glück verzichtet. Konntest du nicht verhindern, dass Martin sich in eine andere verliebt? Ich denke, dir ist alles möglich? Und wie steht es mit deinem Versprechen, deinen Kindern alles zu geben, was sie brauchen? Ich brauche einen Mann, verdammt! Jaja, ich weiß schon, ich soll nicht fluchen, und wer zu spät kommt, den bestraft das Leben! Danke für diesen Trost." So redete ich mit ihm – zornig und verzweifelt.

Manchmal wünschte ich mir, ich könnte ihn durch mein respektloses Reden provozieren. Sollte er doch einen Blitz auf mich niederzischen lassen, sollte er mich doch mit einem Donner betäuben, mit einem Riesenhagelkorn erschlagen! Alles besser als dieses unerträgliche Schweigen, dieses Fragen: Warum nur, warum?

Wahrscheinlich hätte ich über meinem Wüten und Schmollen vollends den Verstand verloren, wenn die Schule nicht gewesen wäre. So musste ich mich tagsüber am Riemen reißen und eisern konzentrieren. Nur abends konnte ich mich in den lauwarmen Pfuhl des Selbstmitleids gleiten lassen und darin suhlen. Ich futterte pfundweise Pralinen, stopfte mich mit Chips und Pommes voll, merkte mit grimmiger Befriedigung, wie meine Hosen die drangvolle Enge nicht mehr halten konnten. Ein Reißverschluss nach dem anderen resignierte und platzte auf. Und meine Jeans ließ sich nicht mal mehr im Liegen anziehen. Ich war aufgegangen wie ein Hefezopf in der warmen Küche – und hasste mich dafür. Aber ich konnte mit dem Fressen einfach nicht aufhören.

Oder wollte ich bloß nicht?

Windwechsel

„Hallo Jo, wie geht es dir?", fragte Vater. Während ich noch überlegte, ob ich ihm die Wahrheit sagen oder ihn lieber mit ein paar Nettigkeiten abspeisen sollte, redete er weiter. Nicht mal er interessierte sich wirklich für mich!

„Leider habe ich eine schlechte Nachricht. Deine Schwester Claire ist verschwunden."

„Das ist man von ihr ja schon gewohnt", sagte ich lahm. Schon wieder Claire, Claire und noch mal Claire. Gab es denn kein anderes Thema?

„Ja, aber diesmal lief es anders. Vor einer Woche flog sie nach Bolivien. Sie wollte in La Paz einen Bekannten treffen. Von dort aus rief sie uns an und erzählte, dass sie mit ihren Freunden einen Ausflug machen wollte. Ihr Bekannter hatte die ganze Gruppe eingeladen, mit seiner Chartermaschine in die Anden zu fliegen. Sie wollten auch den Regenwald besuchen und dann in Cochabamba landen. Aber – " er stockte – „aber sie sind dort niemals angekommen."

„Was?", schrie ich in den Hörer. „Wo sind sie denn dann?"

Vater schwieg. Nach einer Weile seufzte er und meinte: „Wir wissen es nicht. Vielleicht mussten sie irgendwo notlanden. Es sind Suchtrupps unterwegs."

„Sie sind also vermisst", sagte ich langsam.

„Ja. Noch besteht Hoffnung, dass sie gefunden werden. Im Regenwald kann man sich einigermaßen durchschlagen, da wachsen Mangos und Papayas."

„Und Coca", murmelte ich. In meiner Examensklasse war eine Schülerin aus Bolivien, die oft von ihrem Land erzählte. „Wie nimmt Dan es auf?"

„Schlecht", murmelte Vater. „Er ist völlig durcheinander. Er fühlt sich schuldig und meint, er hätte sich noch mehr Mühe mit Claire geben müssen."

„Und? Hätte er das?"

„Als Außenstehender sieht man nur die Hälfte", sagte

Vater, „aber soweit ich es beurteilen konnte, hat er getan, was er konnte. Du weißt ja, dass Claire ihn vor ein paar Monaten verlassen hat. Trotzdem hielt er den Kontakt. Er schickte ihr Blumen, er lud sie ins Konzert ein, er warb um sie wie ein Frischverliebter. Die beiden telefonierten regelmäßig, ab und zu besuchte er sie mit den Kindern, und er beschwor sie jedes Mal, doch endlich heimzukommen. Und er hatte Erfolg. Sie zog die Scheidung zurück und kam nach Hause."

„Tatsächlich? Das hat er geschafft?"

„Ja. Dan erzählte mir, dass du ihn dazu ermutigt hättest, um seine Ehe zu kämpfen. Und du hast auch mit Claire gesprochen, stimmt's?"

„Hm-hm . . ."

„Einige Wochen lang wohnte sie wieder bei ihm, dann hatte sie das verhängnisvolle Shooting in La Paz. Als sie zurückkam, war sie ganz verändert. Von da an ging es mit der Ehe der beiden weiter bergab. Ich vermute, sie hat dort einen anderen Mann kennen gelernt. Sie erwähnte einen Juan Cortez und zeigte mir auch ein Foto von ihm. Sie telefonierte für ein Vermögen nach Bolivien. Daniel wollte das nicht hinnehmen. Sie haben ständig gezankt und gestritten, bis sie mit Donner und Doria wieder auszog. Sie sagte mir, diesmal sei es endgültig. Und reichte sofort wieder die Scheidung ein."

„Wann war das?"

„Vor etwa drei Wochen, soweit ich mich erinnere. Dan war am Boden zerstört, als sie ging. Ich glaube, es traf ihn noch tiefer als beim ersten Mal. Mutter hat die Kinder zu uns geholt, weil er vor lauter Kummer nicht fähig war, für sie zu sorgen."

„Und jetzt?"

„Im Augenblick wohnt er auch bei uns. Er braucht unseren Beistand. Sag, kannst du nicht kommen?"

Was sagte der Terminkalender? In den nächsten zwei Wochen ging meine Examensklasse auf große Fahrt, ich musste also keinen Unterricht halten, und die Examensarbeit konnte warten. „Ich nehme den nächsten Zug."

Jesus, halt mich, halt mich!

Familiensinn

Die Luft in der Wohnung meiner Eltern war dick und düster, als hätte man lange nicht gelüftet. Über jedem Handgriff, jedem Schritt lag eine Schwere, die den hoffnungsvollen Versicherungen der drei Erwachsenen Hohn sprach. Die Zwillinge spürten das und waren angespannt und reizbar. Ich riss stundenlang die Fenster auf und zog die Gardinen beiseite, versuchte, ein bisschen Sonne in die Zimmer zu locken durch Blumensträuße in Gelb und Hellrot, ich schüttete Nougatpralinen auf kleine Teller und verteilte sie an strategischen Plätzen, um wenigstens kleine Lichtblicke zu schaffen.

Vater dankte es mir mit einem halben Lächeln, Mutter bemerkte es gar nicht, weil sie zu stark mit den Babys beschäftigt war, und Dan – Dan schlich durch die Landschaft wie ein Gespenst. So sah er auch aus: bleich und abgezehrt, und an den Schläfen waren seine Haare grau geworden.

Zugegeben, ich war auch nicht gerade eine Augenweide mit meinem Wabbelfett und dem aufgedunsenen Gesicht. Zum Glück waren die Eltern taktvoll genug, keine Bemerkung über mein Aussehen fallen zu lassen, aber Mutters erschrockene Augen und ihr „Kind! Kind!" sagten genug.

Abends saßen wir noch eine Weile beisammen. Eine rätselhafte Erschöpfung zog uns tief in die Sessel; keiner konnte sich aufraffen, schlafen zu gehen. Die Gespräche tröpfelten dahin wie dünne Rinnsale, weil sich jeder scheute, über das zu sprechen, was ihn wirklich bewegte.

Schließlich hob Dan den Kopf und fragte mich in einem Ton, der beiläufig klingen sollte: „Und wie geht es Martin?"

Ruhig erwiderte ich seinen Blick und sagte: „Ich weiß nicht genau, höchstwahrscheinlich gut."

„Wer ist Martin?", fragte Vater. Er lebte sichtlich auf, weil er meinte, endlich ein unverfängliches Thema gefunden zu haben.

„Ein guter Freund", sagte ich.

Mutter hakte nach. „Was für eine Art Freund?"

„Na, ein Kollege halt, aus der Schule. Er ist Referendar wie ich. Eine Zeit lang haben wir viel miteinander unternommen."

„Eine Zeit lang", murmelte Dan. Er ließ meinen Blick nicht los, forschte, grub in mir. Ich spürte, wie mir die Tränen in die Augen stiegen und über die Wangen liefen. Heiß tropften sie auf die Hände, die sich in meinem Schoß zusammenkrampften. Der schlimmste Zorn war verpufft, aber es tat immer noch sehr, sehr weh.

„Also doch nicht nur irgendein Kollege", schlussfolgerte Mutter, und Vater zischte: „Lass doch! Merkst du nicht, wie sie leidet?" Er winkte ihr und stand auf.

„Wir sind müde und gehen schlafen. Gute Nacht!"

Wenn er mich Johanna nennt, hat das viel zu bedeuten: er will mich daran erinnern, vernünftig zu sein und besonnen. Ach Vater, wenn du wüsstest!

„Johanna, liebe, liebe Jo", sagte Dan und legte die Hand auf die Rückenlehne meines Stuhles. „Es tut mir Leid. Ich hätte nicht nachfragen sollen."

„Ist – schon in – Ordnung", schniefte ich. „Ich hätte – es dir sowieso erzählt – irgendwann."

Die Worte verklangen. Nach einer Weile fragte er: „Warum habt ihr euch getrennt?"

„Martin hat sich in ein anderes Mädchen verliebt."

Er seufzte. „Die alte Geschichte. A liebt B, B liebt C –"

„– und C liebt wahrscheinlich A oder nur sich selbst", ergänzte ich und schnaubte mir endlich die Nase. „So ist das nun mal. Anfangs war ich sehr wütend, aber langsam gewöhne ich mich an den Gedanken, als Single zu enden."

„So wie ich", sagte er düster.

„Ja", bekräftigte ich. „So wie du."

Wieder fanden seine Augen meinen Blick. Er setzte an, stockte, schüttelte den Kopf, seufzte. Schließlich sagte er: „Warten wir's ab."

Was bleibt uns anderes übrig?

Ausnahmezustand

Clio hatte sich in den letzten Monaten zu einem lebhaften Krabbelbaby entwickelt. Sie zog sich schon zum Stehen hoch und probierte auch einige zaghafte Schritte, wenn man sie an beiden Händen hielt. Ihre Fröhlichkeit löste die Spannung, die über uns allen lastete, und ab und zu konnten wir herzhaft über sie lachen. Clem blieb düster und verschlossen. Stundenlang lag er in einer Stellung auf der Decke und starrte ins Nichts. Ich beschloss, ihn auf Trab zu bringen. Eine Bekannte meiner Mutter ist Physiotherapeutin und kennt sich gut mit Babys aus. Ich brachte Clem zu ihr und schilderte seine Situation.

„Man muss kein Psychiater sein, um die Ursache seiner Unlust zu entdecken", sagte Frau Bauer. „Dieses Kind fühlt sich wahrscheinlich von Anfang an abgelehnt und fehl am Platz. Deshalb hat es keinen Mut zum Leben."

Sie bewegte seine Arme und Beine, und Clem ließ alles über sich ergehen, als wäre er zu müde, um Widerstand zu leisten.

„Hier, siehst du? Sein Muskeltonus ist viel zu schwach. Die Muskeln sind schlaff, weil er zu wenig Antrieb hat. Versuch ihn aufzumuntern. Finde etwas, was ihn aus dieser Lethargie herausreißt, was ihn interessiert. Und zeig ihm, dass du ihn lieb hast. Er darf nicht träge auf einer Decke liegen. Er braucht Reize, Impulse."

„Und wie mach ich das?"

Sie beschrieb mir eine Reihe von Übungen zur Muskelstärkung, gab mir eine Lotion, mit der ich Clem regelmäßig einreiben sollte. Außerdem schenkte sie mir ein Tragetuch, mit dem ich mir das Baby auf die Hüfte binden konnte.

„Du wirst dich dabei verkrampfen, deshalb musst du ab und zu die Seite wechseln. Eine Rückentrage wäre besser, da verteilt sich das Gewicht gleichmäßig, aber für Clem ist es wichtig, dass er dein Gesicht sieht und du ihn direkt ansprechen kannst."

Sie verknotete das Tuch über meiner Schulter und setzte Clem hinein. „So, mein Kleiner. Da hast du einen feinen Platz. Machts gut, ihr beiden!"

Während ich nach Hause trottete, überlegte ich mir den Zeitplan für die nächsten Tage. Clem musste unbedingt aufgerüttelt werden, das würde den größten Teil meiner Arbeit ausmachen. Wehmütig dachte ich an meinen Selbstmitleids-Pool – in nächster Zeit würde er hoffnungslos auskühlen, und dann machte es keinen Sinn mehr, in der Brühe zu suhlen. Der Spaß an den Fressorgien war mir ohnehin vergangen. Wir saßen schweigend am Esstisch, jeder stocherte in seinem Teller herum, seufzte und dachte an Claire. So schlimm das alles war – es war eine Chance für uns alle.

Als ich heimkam, rief ich die Familie zusammen. „Clem braucht eine besondere Therapie. Die erste Maßnahme besteht darin, dass wir ihn nicht mehr bei seinem alten Namen nennen. Clem – das erinnert zu stark an negative Dinge, Verklemmtheit, Beklemmungen. Wir müssen ihn irgendwie aus seinem Gefängnis rausholen. Ich schlage vor, wir nennen ihn Bärchen. Was haltet ihr davon?"

Die Eltern nickten unsicher, und Dan sagte: „Ist mir recht. Das klingt viel netter."

„Gut. Zweitens werde ich mich in der nächsten Zeit nur mit ihm beschäftigen. Wenn er nicht schläft, dann spiele ich mit ihm. Ich turne mit ihm, ich gehe mit ihm spazieren. Er ist Nummer Eins auf meiner Agenda."

Dan machte große Augen. „Und das soll helfen?"

„Wir werden sehen. Wenn es uns nicht gelingt, seine Lust am Leben zu wecken, wird er vollends verkümmern", sagte ich, und keiner widersprach.

„Drittens wünsche ich mir Musik. Die Stimmung ist derart bedrückend, dass man kaum atmen kann. Also werft den CD-Player an. Dann wird es für uns alle leichter."

„Einverstanden", sagte Vater. „Vielleicht sollten wir morgens und abends auch miteinander einen Vers aus der Bibel lesen und beten, was meint ihr?"

„Ja, das wäre gut", sagte Mutter und stand müde auf. „Wisst ihr was, ich habe gar keine Lust zum Kochen . . ."
„Dann koch eben nichts", sagte Dan. „Wir machen uns jeder ein Brot und essen einen Apfel dazu. Die Kinder kriegen ein Gemüsegläschen und fertig."
Manchmal muss man improvisieren.

Gruppentherapie

Die nächsten Tage schlichen mühsam dahin. Dreimal täglich telefonierte Vater mit dem deutschen Konsulat in Cochabamba – ergebnislos. Der Konsul war sehr freundlich und zeigte viel Verständnis, aber er konnte uns nicht weiterhelfen. Man hatte noch keine Spur von den Vermissten gefunden. Auch das Flugzeug blieb verschollen.

Bärchen hing an meiner Hüfte wie ein Mehlsack und schien sich für nichts zu interessieren, aber am vierten Tag entdeckte ich, dass er Musik mochte. Bei bestimmten Stücken wurden seine Augen lebendig, und wenn ich mich im Takt wiegte, spannten sich seine Muskeln ein wenig. So begann ich mit ihm zu tanzen. Bach hätte sich gewundert, wenn er uns gesehen hätte, denn am liebsten tanzten wir zu seinen Suiten. Ich fing ganz langsam an, und wenn ich spürte, wie sich das Baby an mich schmiegte und innerlich mitging, dann wurde ich schneller und wirbelte am Ende regelrecht herum. Und da passierte es: Bärchen quietschte auf. Zuerst erschrak ich und meinte, ich hätte ihm wehgetan, dabei war es reines Vergnügen, denn der Kleine grinste über das ganze Gesicht.

In der nächsten Stunde probierte ich, seine Gymnastik mit der Musik zu kombinieren, aber er reagierte nicht so kräftig auf den Rhythmus, wenn er auf seiner Decke lag. In meinen Armen spannte er sich besser an. Ich versicherte ihm immer wieder, wie lieb ich ihn hätte und dass er unser Prachtbär sei. Ich streichelte ihn und wiegte ihn und hielt ihn den ganzen Tag, bis ich ganz krumm und schief geworden war.

Frau Bauer kam abends auf einen Sprung herüber und verpasste mir eine deftige Massage. Mein Gebrüll hörte man wahrscheinlich bis runter auf die Straße. Die Therapeutin war unerbittlich. „Diese Muskeln müssen gelockert werden!"

Umso erstaunter war sie, als sie unser Bärchen untersuchte. „Du hast ja ein wahres Wunder vollbracht, Johanna!

Der Kleine ist tatsächlich aufgewacht. Schaut nur, wie er den Kopf dreht, wenn er das Glöckchen hört! Und wie er versucht zu greifen und nachzufassen."

„Ja", sagte ich, „auf Farben reagiert er nicht so gut wie auf Klänge."

„Schafft euch ein Glockenspiel an", empfahl sie. „Diese reinen Töne wirken besonders gut. Und singt mit ihm. Sein Empfangskanal für Musik ist offen. Ihr müsst ihn nutzen, damit er begreift, dass er geliebt wird."

Gegen Ende der zweiten Woche konnte der Junge auf Knien und Händen stehen und sich vor- und zurückneigen. „Es dauert nicht lange, dann krabbelt er!", prophezeite Mutter und bückte sich rasch unter den Tisch. Dort knabberte Clio gerade an Vaters großer Zehe herum. „Guck dir an, wie schnell Clio das Laufen lernt. Jetzt ist nichts mehr vor ihr sicher."

Dan sagte: „Übrigens hat mir der Name Clio nie gefallen. Was haltet ihr davon, wenn wir ihr auch einen Spitznamen geben?"

„Mäuslein würde gut zu ihr passen, sie ist so goldig", sagte Mutter, und wir anderen nickten dazu. Clio schaute vom einen zum anderen, als hätte sie erfasst, dass wir gerade ihr Lob besangen. Sie ließ sich auf ihr Hinterteil plumpsen und lächelte bis in die Grübchen hinein. Jeder war entzückt, und Vater sagte nachdenklich: „Sie erinnert mich so sehr – an Claire."

Da wurden wir schlagartig ernst und starrten auf das Telefon, das heute nicht einmal geläutet hatte.

Als hätte er unsere Gedanken erraten, sagte Vater: „Ich habe den Botschafter noch nicht erreicht – es war dauernd besetzt. Soll ich es jetzt probieren?"

„Ja, das ist gut", sagte Mutter. „Vielleicht hat er endlich mal eine gute Nachricht für uns."

„Jede Nachricht ist besser als diese schreckliche Ungewissheit", behauptete Vater, worauf Mutter ihm einen strafenden Blick zuwarf.

„Entschuldige, Dan", sagte Vater schuldbewusst. „Du siehst das natürlich anders. Solange noch Hoffnung besteht, dass sie lebt . . ."

„Das macht für sie einen Unterschied, aber für mich wahrscheinlich nicht", sagte Dan. „Bevor sie wegflog, rief sie mich noch einmal an. Sie sagte: „Dan, das ist ein Abschied für immer. Ich komme nicht mehr zurück. Ich bleibe in Südamerika. Machs gut und grüß die Kinder."

„Das hat sie wirklich gesagt?", rief Mutter. „Warum hast du uns das nicht erzählt?"

„Hätte dich das denn getröstet?", fragte Dan und legte ihr die Hand auf den Arm.

Sie ließ den Kopf fallen. „Nein. Bestimmt nicht . . . Du glaubst also, sie ist so oder so für uns verloren?"

Er zuckte die Achseln. „Solange ein Mensch lebt, kann er seine Pläne ändern, aber ich denke schon, dass sie fest entschlossen war, mit Juan Cortez ein neues Leben zu beginnen."

„Juan Cortez? Wer ist das?", knurrte Vater. „Etwa dieser Streifenhosenpapagallo, der ihr in La Paz den Kopf verdreht hat?"

„Ja. Sie sagte mir, Juan sei ihre große Liebe, und sie müsste dem Ruf des Schicksals folgen."

„Ähhh!", schnaubte Vater. „Geht's nicht ein bisschen weniger melodramatisch?"

Dan hob die Schultern. „Das war ein wörtliches Zitat. Als ich sie an ihre Kinder erinnerte, meinte sie, vielleicht würde sie eines Tages die Clio zu sich holen. Für ein paar Wochen oder so. Von Clem keine Rede." Er lächelte traurig. „Als Ehefrau und Mutter ist Claire nicht ganz so erfolgreich wie auf anderen Gebieten."

„Ich rufe jetzt an", sagte Vater in einem Ton, der keinen Widerspruch duldete. Wir zogen die Köpfe ein und schickten stumme Stoßgebete zum Himmel.

Jawohl, auch ich. Und diesmal betete ich ohne Klagen, ohne Forderungen, ohne Angriffe. Ich sagte in Gedanken: „Herr Jesus, bitte verzeih mir, dass ich so mit dir geschimpft habe. Dazu hatte ich kein Recht. Ich hatte vergessen, dass du mich liebst und nur mein Bestes willst. Ich will dir vertrauen, auch wenn ich dein Handeln nicht begreife. Und jetzt bitte ich dich für Claire. Bitte hab Erbarmen mit ihr. Wenn sie noch lebt, dann rette sie – vor dem Tod oder vor einem Leben, das dir missfällt. Und wenn sie schon tot ist, dann lass es uns bald erfahren. Und steh uns bei, damit wir das richtig verkraften. Lass uns in der Traurigkeit nicht versinken. Bleibe bei uns."

Bleibe bei uns.

Unglücksbotschaft

Vater hatte den Botschafter am Apparat und stellte auf Lautsprecher, damit wir dem Gespräch folgen konnten. „Wir haben Ihre Tochter gefunden", sagte der Konsul. „Aber sie ist leider nicht mehr am Leben. Es tut mir Leid."

Wir starrten uns an. Mutter legte Dan den Arm um die Schultern.

„Bitte sprechen Sie weiter", sagte Vater erstickt.

„Gestern meldeten sich zwei Ketschua-Indios bei der Polizei und erzählten von einem Flugzeugunglück, das sie beobachtet hatten. Das Dorf liegt im Süden der Kordilleren, in der Nähe von Potosi hoch oben in den Anden. Die Dorfbewohner hatten gesehen, wie ein Flugzeug gegen eine Felswand prallte und beim Absturzen explodierte. Daraufhin haben sie ihren Medizinmann geholt und ihre Maulesel mit Verbandszeug und Wassersäcken und Proviant bepackt und sind in die Berge geklettert. Das war vor etwa drei Wochen."

„Vor drei Wochen?", fuhr Vater auf.

„Sie müssen bedenken, dass die Absturzstelle in einem unzugänglichen Gebiet liegt. Keine Straßen im herkömmlichen Sinne, sondern Ziegenpfade und Schotterpisten, wenn überhaupt. Stellenweise mussten die Indios auf allen Vieren klettern. Es dauerte einige Tage, bis sie die Unglücksstelle erreicht hatten. Sie fanden nur verkohlte Trümmer und einige Leichenteile. Sie packten alle Überreste in Körbe und brachten sie nach Potosi. Von dort aus schickte die Polizei das Material hierher, nach Cochabamba. Übrigens hatten sich die Indios auch die Nummer der abgestürzten Cessna gemerkt."

„Und woher weiß man, dass meine Tochter an Bord dieser Maschine war?"

„Das geht aus den Meldepapieren hervor, die uns die Flugaufsichtsbehörde in La Paz zugefaxt hat. Juan Cortez hatte den Piloten namens Marco Martinez und Ihre Tochter an

Bord seiner Privatmaschine, als er von dort zu einem Rundflug über die Anden aufbrach. Zielflughafen war Cochabamba."

„Meine Tochter sagte mir aber, dass sie als ganze Gruppe unterwegs wären", murmelte Vater.

„Dazu kann ich nichts sagen. Die Funde lassen nur auf drei Personen schließen. Dabei lag auch eine goldene Kette mit Anhänger, auf dem der Name „Claire" eingraviert war. Außerdem ein Notizbuch Ihrer Tochter, das in einer Metallkassette aufbewahrt wurde und dadurch dem Feuer entging. Wir schicken Ihnen das alles zu. Legen Sie Wert auf eine Überführung der Leichenreste? ... Nicht? ... Hätte auch wenig Sinn, denn man kann nicht mehr so genau sagen, was zu wem gehörte. Wenn es Ihnen recht ist, dann lassen wir alle drei in der Gruft der Familie Cortez bestatten."

Vater warf Dan einen fragenden Blick zu, aber Dan hatte den Kopf in den Fäusten vergraben. Seine Schultern bebten heftig.

„Ja, machen Sie es so. Wann ist die Beisetzung?"

„Morgen Vormittag um 11 Uhr. Möchten Sie herkommen?"

„Das schaffen wir nicht mehr", sagte Vater. „Selbst wenn wir noch einen Flug bekämen – da müssten wir schon mit Lichtgeschwindigkeit reisen."

„Wenn Sie wünschen, legen wir in Ihrem Namen einen Kranz nieder. Sie können uns ja die Kosten erstatten."

„Einverstanden. Ein Kranz für 100 Euro. Rote Nelken, wenn möglich."

„Geht in Ordnung. Was soll auf der Schleife stehen?"

„Schreiben Sie auf die eine Schleife: von Mutter, Vater, Johanna und auf die andere Schleife: von Dan, Clem und Clio."

„Ich habe alles notiert. Die Habseligkeiten Ihrer Tochter werde ich per Diplomatenpost an die bolivianische Botschaft in Berlin senden. Sie werden dann von dort verständigt, damit Sie die Sachen abholen können."

„Vielen Dank, dass Sie sich so viel Mühe geben", sagte Vater gepresst.

„Keine Ursache, dafür sind wir da", sagte der Konsul. „Auf Wiederhören."

Nachdem Vater den Hörer aufgelegt hatte, waren wir lange still. Dan weinte nicht mehr, sondern zeichnete mit dem Zeigefinger die Maserung in der Tischplatte nach. „Das war's dann", sagte er schließlich. „Damit ist mein Gastspiel in dieser Familie wohl beendet."

„Sag doch nicht so was!", schrie Mutter auf. „Du gehörst zu uns, mit Claire oder ohne."

„Vielleicht wäre sie noch am Leben, wenn sie mich nicht geheiratet hätte", kam es bitter.

„Hör auf damit, Dan", mahnte Vater. „Dass wir alle jetzt Schuldgefühle haben, das ist ganz natürlich. Es ist ein schmerzhafter Teil der Trauer. Aber ich sehe keinen Grund, weshalb du dich von uns zurückziehen solltest. Wir brauchen dich, und du brauchst uns. Von den Kindern will ich gar nicht reden."

Er streckte die Hände aus und wir schlossen den Kreis. „Wir müssen jetzt fest zusammenhalten", sagte Vater, „wie Maschen in einem Netz. Wenn eine Masche aufreißt, dann müssen die anderen enger zusammenrücken."

„Was sagst du dazu, Jo?", fragte Dan in meine Richtung, ohne mich anzusehen.

„Ich habe dich damals in mein Elternhaus gebracht, weil du für mich ein ganz besonderer Mensch bist", sagte ich vorsichtig. „Daran hat sich bis heute nichts geändert."

Nun hob er den Blick, fragte mit den Augen. Aber mehr wollte ich ihm nicht verraten. Deshalb sagte ich nur: „Bitte verlass uns nicht. Wir brauchen dich doch."

Daniel atmete tief ein und aus. „Ich danke dir. Wenn ich dich nicht hätte . . ."

Endlich sieht er's ein!

Trauerarbeit

Ich musste am nächsten Morgen den Frühzug nehmen, weil ich am Vormittag zu unterrichten hatte. Bevor ich aus dem Haus schlich, schlüpfte ich ins Gästezimmer, wo die Zwillinge untergebracht waren, und hauchte jedem einen leisen Kuss aufs Köpfchen. Ich wollte niemanden wecken, doch Dan hatte mich doch gehört.

„Gehst du schon?", fragte er.

„Ja, ich muss den Zug kriegen", flüsterte ich.

„Die Kinder werden dich vermissen."

„Ich sie auch. Aber es ist nicht für lange. In zwei Tagen bin ich wieder da. Halt solange die Stellung hier. Und vergiss nicht, mit deinem Bärchen zu tanzen. Er braucht das."

Dan versprach es. Als ich von unten noch einen letzten Blick zum Wohnzimmerfenster warf, sah ich ihn dort stehen. Er hob die Hand zum Gruß.

Wenig später saß ich auf dem Notstuhl im Zug-Korridor und ließ die Bäume und Häuser an mir vorüberflitzen. *Bolivien . . .* dachte ich. *Wie sieht es dort aus?* Plötzlich hatte ich das Gefühl, alles über das Land wissen zu müssen, das das Grab meiner Schwester geworden war. Vielleicht konnte die bolivianische Schülerin ein Referat halten. Sicher gab es auch Videofilme, in denen man La Paz, die Anden und Cochabamba sehen konnte. Vielleicht konnte ich damit eine Unterrichtsreihe gestalten? Die Erdkundelehrerin in meiner Examensklasse musste eine Kur machen und der Rektor hatte mich gebeten, sie einstweilen zu vertreten. Die Ideen flogen mir zu, ich notierte so eifrig, dass ich darüber beinahe das Aussteigen vergessen hätte.

Als ich das Schulhaus betrat, klingelte es gerade zu meiner Unterrichtsstunde. Jetzt aber schnell-schnell! Ich galoppierte in meine Klasse, kam außer Atem dort an, flitzte durch die weit offene Klassentür und ließ mich auf den Lehrerstuhl hinter dem Pult sinken. Keiner hatte mich bemerkt. Die Schüler hatten sich im hinteren Teil der Klasse zu einem Knäuel zusammengerottet und diskutierten lautstark über die neusten Charts. Das gab mir Zeit, im Atlas herumzublättern und einige Informationen über Bolivien herauszupicken. Irgendwann fiel dem Klassensprecher auf, dass ich schon da war. Er zischte ein Kommando, und innerhalb von Sekunden huschten alle auf ihre Plätze, duckten sich, weil sie das wohlverdiente Donnerwetter erwarteten.

Sobald es halbwegs ruhig geworden war, sagte ich: „Meine Schwester ist bei einem Flugzeugunglück ums Leben gekommen."

Aufgerissene Augen, offene Münder, Betroffenheit.

„Sie hieß Claire, war ein gesuchtes Model und wäre im nächsten Monat 25 geworden."

Bei den Mädchen Getuschel.

„Ja, es war diese Claire. Wahrscheinlich habt ihr schon mal Fotos von ihr gesehen", fuhr ich fort. „Sie stieg in La Paz in eine zweimotorige Cessna. Der Pilot überflog die Anden, prallte aber südlich von Cochabamba gegen eine Felswand und stürzte ab."

Alle starrten mich an, und ich hatte Mühe, meine Fassung zu wahren. Ich schluckte ein paar Mal, bis meine Stimme wieder fest war. „Indianer aus dem Stamm der Ketschua haben das Unglück beobachtet. Sie wohnen in einem kleinen Dorf in der Nähe von Potosi. Sie reisten mit Mauleseln bis zur Unglücksstätte und sammelten die Überreste ein. Dann verständigten sie die Polizei in Potosi. Die Polizei berichtete der deutschen Botschaft in Cochabamba. Das war – das war vorgestern." Wieder musste ich schlucken.

„Ich möchte so viel wie möglich über diese ganzen Umstände herausfinden. Bildet vier Arbeitsgruppen. Gruppe A sammelt Informationen über die verunglückten Personen. Es handelt sich um das Model Claire, um Juan Cortez, einen bolivianischen Produzenten, und um einen Piloten namens Marco Martinez."

Einige aus der Klasse kritzelten eifrig mit. Ein Mädchen

hob die Hand. „Wie sollen wir diese Informationen beschaffen?"

Der Junge vor ihr drehte sich um. „Übers Internet, nehme ich an. Wir klicken die Homepages an und die Websites. Vielleicht können wir auch über das deutsche Konsulat in Bolivien etwas rauskriegen."

Die bolivianische Schülerin meldete sich: „Ich komme aus Cochabamba. Ich kenne auch das Dorf, von dem Sie gesprochen haben. Ich kann Fotos von dieser Gegend besorgen. Mein Onkel könnte einen Videofilm drehen, das ist sein Hobby."

„Ausgezeichnet! Du leitest Gruppe B. Vielleicht könnt Ihr uns auch Informationen über die Landschaft beschaffen."

Sie nickte. „Meine Cousine arbeitet im deutschen Konsulat. Und ich habe eine Tante, die ist Sekretärin bei der Polizei. Sie kann mir bestimmt etwas erzählen."

Ein Schüler aus der letzten Reihe hüpfte auf und nieder. „Ich interessiere mich für Flugzeuge! Darf ich nachforschen, was für ein Flugzeugtyp das war und warum der Flieger abgestürzt ist?"

„Ich auch!", „Ich auch!", riefen zwei andere.

„Geht in Ordnung, ihr seid Gruppe C. Findet außerdem heraus, wo es in Bolivien Flugplätze gibt und wie viele Privatmaschinen im Land sind und welche Fluggesellschaften dieses Land anfliegen."

„Ich würde gern mehr über das bolivianische Volk und seine Geschichte wissen", sagte der Klassenstreber.

„Welche Musik wird dort gemacht? Und was glauben die Bolivianer? Gibt es dort Magier und Hexen?", fragte unser Künstlertyp mit dem Pferdeschwänzchen.

„Mich interessiert eher, wovon die Leute leben und vor allem, wie sie leben. Haben sie Fernsehen? Gibt es überall elektrischen Strom und Waschmaschinen und so was?", fragte ein anderes Mädchen.

„Ihr seid Gruppe D", sagte ich. „Findet alles über die Geschichte, Kultur und Religion heraus. Auch die Volkswirtschaft ist wichtig. Und natürlich die Geographie. Die Verteilung der Bevölkerung auf Städte und Dörfer, der Anteil der Ausländer und ihre Berufe. Habt ihr das notiert?"

Gebeugte Nacken, Stifte, die aufs Papier kratzen.

„So, und jetzt verteilt euch auf die Gruppen. Gruppe A stellt sich rechts vorne auf, Gruppe B links vorne, Gruppe C rechts hinten, Gruppe D links hinten."

Stuhlgescharre, Fußgetrappel, Lachen, Kichern, Schubsen. Endlich hatte sich jeder Schüler einer Gruppe angeschlossen. Nur die Bolivianerin stand unschlüssig in der Mitte. „Ich würde gern überall mitmachen", gestand sie.

„Dann bist du der Chairman über alle Gruppen. Du bist Sammelstelle für alle Informationen. Du weißt, wer gerade an welcher Frage arbeitet und kannst Querverweise liefern. Und du kannst deinen Kameraden sagen, wo sie welche Information herbekommen."

„Das hört sich sehr schwierig an", sagte sie verzagt.

„Ich helfe dir. Wir werden sehr eng zusammenarbeiten. Und wir nehmen uns für dieses Projekt insgesamt vier Wochen Zeit", sagte ich. „Danach machen wir eine Aulastunde für Eltern und Schüler und tragen unser Material vor. Was haltet ihr davon?"

Ungläubige Gesichter, allmählich Zustimmung.

Ich atmete auf, denn damit konnte ich meine letzte Lehrprobe bestreiten! Meine Examensarbeit hatte ohnehin den Titel: „Fächerübergreifender Unterricht und seine Vorteile". Da ließ sich dieses Projekt einbauen und am praktischen Beispiel beweisen, wie nützlich und motivierend so etwas sein kann. Und die Klasse zog mit – nicht widerwillig, sondern mit Spaß an der Sache!

Als ich mittags in mein leeres Zimmer kam – aufgedreht und voller Ideen – konnte ich die Stille kaum ertragen. Ich hatte das Gefühl, die Zimmerwände stürzten auf mich nieder, und wollte fliehen. Die leise Stimme sagte: *Setz dich. Werd ruhig. Denk nach.* Da wurde mir bewusst, dass ich bei all dem Herumwirbeln nur versucht hatte, vor der Trauer zu fliehen.

Aber das war nur ein Aufschub. Man konnte ihr auf Dauer nicht entgehen. Und so ließ ich es zu, dass meine Gedanken zu Claire flogen und bei ihr verweilten.

Der Schmerz fiel mich an wie eine Wildkatze, schlug mir seine Klauen in die Seele, riss und zerrte an mir. Dabei hatte ich nie ein besonders enges Verhältnis zu Claire gehabt. Ich konnte nicht behaupten, dass sie mir fehlte. Aber vielleicht war es gerade das, was mir so wehtat: das Wissen, ihr nie mehr nahe kommen zu können. Es war zu spät. Ich hatte sie für alle Zeit verloren.

Ich rief mir Szenen in Erinnerung, bei denen wir zusammen gelacht hatten – unsere Streiche, unsere Schwärmereien, unser Zank um Peanuts. Ich holte alte Fotoalben heraus und betrachtete die gemeinsamen Bilder. Und fragte mich, wann und an welcher Stelle sie mir fremd geworden war. Denn die Claire, die mir von den Hochglanzfotos der Modejournale entgegenlächelte, war nicht dieselbe, die mir nachts das Kopfkissen wegzog und eine Kissenschlacht begann oder Zahnputzwasser in meine Hausschuhe goss und stundenlang mit mir über einen albernen Witz kichern konnte. Wir hatten uns als Kinder gut verstanden. Wie war der Riss in unsere Freundschaft gekommen? Und was hatte ihn vertieft?

Ich fand keine Antwort auf meine Fragen. Schließlich riss ich mich von diesen Szenen los, bevor mich die Traurigkeit in ihren finsteren Sog hineinzog. Zum Glück gab es den Notausgang „Examensarbeit" ...

Zwei Tage später fuhr ich nach Hause, weil ich in dieser Woche nicht mehr unterrichten musste. In der Wohnung meiner Eltern war alles unverändert – die gleiche Düsternis und Schwere. Einzig der kleine Bär war ein Lichtblick: Er freute sich über mein Kommen. Er ruderte mit Armen und Beinen und stieß kleine Laute aus und gab erst Ruhe, als ich ihn in die Hüftschlinge steckte und mit ihm quer durchs Zimmer tanzte. Da schmiegte er sich fest an mich und gurrte zufrieden.

Dan war tief traurig und marterte sich mit Selbstvorwürfen. „Ich bin an allem schuld", sagte er wieder und wieder, „ich hätte sie nicht heiraten dürfen."

Oder: „Wenn ich ihr ein besserer Ehemann gewesen wäre, dann hätte sie nicht in Bolivien herumirren müssen."

Oder: „Hätte ich bloß meinen Mund gehalten, dann wäre sie bei mir geblieben und jetzt noch am Leben."

„Jetzt mach aber mal einen Punkt", sagte Vater irgendwann. „Ich kann verstehen, dass du Schuldgefühle hast. Das geht uns allen so. Aber wir wissen doch, wohin mit unserer Schuld! Sie muss bei Gott abgegeben werden, nur er kann sie beseitigen."

„Das sagst du so einfach", murrte Dan.

Aber da hatte er den Falschen erwischt. Mein Vater konnte fuchtig werden, wenn jemand die Bibel in Frage stellte! „Nicht ich sage das", knotterte er, „Gott selber sagt es. Willst du daran zweifeln?"

Dan schüttelte stumm den Kopf.

„Glaubst du, für dich wird ein Extra-Lamm geschlachtet?"

„N-nein . . ."

„Dann nimm das einfach als Tatsache hin und hör auf, in den alten Fehlern herumzukramen. Sie sind doch längst vergeben!"

„Aber es tut mir so weh . . ."

„Verflixt und zugenäht, es tut uns allen weh!!!"

An dieser Stelle griff Mutter ein und sagte: „Aber, aber, wir wollen doch nicht fluchen . . ."

Vater brummte etwas und ging aus dem Zimmer.

Diese Szene spielte sich mehrmals täglich ab – in kleinen Variationen.

Am dritten Tag sagte ich zu Dan: „Warum quälst du dich so sehr? Du behandelst dich schlechter als einen Todfeind."

„Wie? Was?", fuhr er auf.

„Gesetzt den Fall, jemand ist an dir schuldig geworden und

gibt seine Schuld zu. Er kommt zu dir und bittet um Verzeihung. Was tust du?"

„Ich vergebe ihm und versuche, dem anderen seinen Fehler nicht mehr vorzuwerfen."

„Genau. Und was machst du mit dir selbst? Du wühlst in den alten Fehlern herum. Nimm doch endlich die Vergebung an, die Gott dir schon längst gewährt hat. Und lass die Wunde in Ruhe zuheilen. Der Schmerz ist schlimm genug, du musst ihn nicht noch durch Selbstbeschuldigungen verstärken."

Er verbarg sein Gesicht in den Händen und schluckte laut.

„Dan, du musst dir selbst auch verzeihen. Lass die Schuld los. Gib sie ab. Das alles ist erledigt."

Er schwieg eine Weile, dann sagte er mit erstickter Stimme: „Danke für deinen Rat. Ich werde daran denken."

Von da an ging es mit ihm bergauf.

Konfrontation

In den kommenden Wochen pendelte ich zwischen beiden Wohnungen hin und her und versuchte, beidem gerecht zu werden: der Familie und dem Beruf. Es war schwer, aber die viele Arbeit verhinderte, dass ich in Trübsinn verfiel. Ich musste mich auf die drei Unterrichtsstunden vorbereiten, die ich im Rahmen der Prüfung in der Unter-, Mittel- und Oberstufe halten sollte. Mit der Examensarbeit kam ich – wider Erwarten! – gut voran. Und unser Projekt hatte so gut eingeschlagen, dass wir schon nach 2 Wochen genügend Material für ein Zwei-Stunden-Programm gesammelt hatten.

Einige Mädchen hatten sich Informationen über ein Kinderhilfswerk besorgt, das in der Nähe von Cochabamba Land gekauft hatte. Hier sollte ein Kinderdorf entstehen, außerdem eine Schneiderei mit angeschlossenem Kinderhort. Dort konnten allein erziehende Mütter Geld verdienen, während ihre Kinder gut betreut wurden. Sie hatten die Idee, einen Basar mit bolivianischen Kunstgegenständen zu machen. Der Erlös sollte diesem Kinderhilfswerk zugute kommen. Die bolivianische Schülerin hatte über ihre Eltern Beziehungen zu verschiedenen Läden und Dritte-Welt-Läden, die uns einige Artikel zu herabgesetzten Preisen liefern wollten. Die Lehrer für Kochen/Werken/Handarbeit hatten sich inzwischen für unser Projekt begeistert, sodass jetzt auch Schüler aus anderen Klassen in ihrer Freizeit mithalfen. Einige webten Tischläufer nach indianischen Mustern, andere strickten Schals und Mützen, ein paar Jungs versuchten sich in Schnitzarbeiten.

Außerdem plante die Koch-AG ein Buffet mit südamerikanischem Finger-Food, und die Schulband übte bolivianische Hits. Vom bolivianischen Konsulat konnten wir ein Video über das Leben der Ketschua-Indianer ausborgen, außerdem hatten wir mehrere Geo-Hefte und Reportagen über Bolivien zusammengetragen. Meine Unterrichtsstunden reichten längst nicht mehr, um alles vorzubereiten, deshalb war ich dankbar für die Unterstützung der anderen Kollegen. Der Rektor war hocherfreut und machte ein regelrechtes Schulfest draus, das die anderen Klassen im Rahmen der Projektwoche mitgestalten sollten.

Ich lud meine Eltern und Dan dazu ein, aber die Eltern sagten ab: „Es wühlt uns zu sehr auf, wenn wir das alles sehen", meinten sie. „Außerdem muss jemand bei den Kindern bleiben." Immerhin ließ Dan sich überreden.

An dem „großen Tag" holte ich ihn vom Bahnhof ab. Wir gingen gleich zur Schule hinüber, weil ich noch die Proben beaufsichtigen wollte und bei der Dekoration helfen musste. Bevor ich Dan sich selbst überließ, gestand er mir: „Ich habe gemischte Gefühle. Einerseits möchte ich unbedingt wissen, wie es dort aussah, wo Claire starb. Andererseits habe ich Angst vor dem Schmerz, der dadurch wieder hochkommt."

„Das müssen wir durchstehen", sagte ich. „Es wird sicher sehr wehtun, aber es ist nötig. Diese Informationen werden uns helfen, das Kapitel abzuschließen und damit fertig zu werden." Er hob zweifelnd die Schultern, aber ich konnte mich jetzt nicht mehr mit ihm befassen – die Schüler riefen nach mir, und ich stürzte mich ins Getümmel.

Der Klassenstreber – ein Genie in Lyrik und Dramaturgie – hatte aus Claires Geschichte einen richtigen Krimi gemacht. Titel: „Ein Stern stürzt vom Himmel". Dazu gab es entsprechende Dias, passend zum Text. Die Technik-Spezialisten meiner Klasse wollten einiges über Flugzeuge erzählen, einer hatte sogar ein Modell mitgebracht, das in etwa der verunglückten Cessna entsprach. Anschließend sollte ein Dokumentar-Video über Bolivien folgen, während die zuständige Arbeitsgruppe ihre geographischen Daten vortragen würde. Zur Auflockerung war ein bolivianisches Musikstück geplant, dann kamen weitere Referate über Land und Leute, die teilweise durch Sketche, Interviews oder mit Collagen gewürzt waren. Der nächste Videofilm zeigte das Kinderdorf-Projekt und forderte zum Spenden auf. Schließlich sollte der Abend mit einem Buffet enden, bei dem es allerhand südamerikanische Speisen gab. Die Eltern konnten außerdem Souvenirs, Schals und Mützen im Inka-Stil kaufen und dadurch das Projekt unterstützen.

Die Aula war knackvoll, als der Rektor aufstand und den Bolivien-Tag eröffnete. Meine Schüler bibberten vor Spannung, und mir ging es nicht anders. Für Dan hatte ich einen Platz neben mir reserviert, denn für mich war er insgeheim die Hauptperson dieses Tages. Das Bolivien-Projekt war in erster Linie eine Hommage an meine verstorbene Schwester. Ich wollte dadurch Dan und mir selbst noch einmal vor Augen malen, was wir mit ihr verloren hatten. Und anschließend sollten die Gedanken wieder zurück ins Leben gelenkt werden – auf die Schönheit dieses Landes und auch auf seine Nöte.

Die Lichter erloschen, der Projektor begann zu surren. Unser Meisterdramaturg kletterte auf seinen Lesestuhl und leuchtete mit einer winzigen Lampe auf sein Manuskript. Sein Gesicht lag im Schatten, und so kam seine Stimme aus dem Dunkel – geisterhaft, unwirklich.

„Es war einmal eine Frau, die so schön war, dass die Blumen vor Neid ihre Blütenblätter fallen ließen", begann er im Ton des versierten Märchenerzählers. Das erste Dia leuchtete auf: Claire in Nahaufnahme. Die Foto-AG hatte sich selbst übertroffen. Aus alten Bildern und Hochglanzanzeigen der Modezeitschriften hatten sie bezaubernd romantische Dias gebastelt.

Man sah Claire auf dem Laufsteg, Claire von Reportern umringt, Claire in der neusten Kreation von Dior – Glanz und Gloria. Mir kamen die Tränen, als ich sie so lebendig vor mir sah. Da war keine Eifersucht in mir, nur Trauer, dass ein so zauberhaftes Mädchen nun tot war. Dan ging es wohl ähnlich, ich hörte ihn leise schnüffeln; er hatte sich vorgebeugt, als könnte er Claire dadurch näher kommen. Aber es war nur eine Illusion.

Inzwischen sah man den Flugplatz von La Paz und einige

Privatmaschinen. Eine zweimotorige Cessna in Nahaufnahme, drei Leute, die ins Flugzeug klettern. Ich klatschte der Foto-AG insgeheim Beifall, denn die Motive waren so geschickt ausgewählt, dass man sie für authentisch halten konnte. Die nächsten Bilder zeigten die Anden in ihrer kalten Majestät – zerklüftete Täler, vom Wind gezauste Gipfel, Gletscher und unnahbare Schneedecken. Dann ein Dia von Wolkenfetzen, die zwischen schroffen Felsen hängen, dazwischen ein winziges Flugzeug.

Der Vorleser hob die Stimme: „Der Pilot ist verzweifelt. Seit Minuten schon hat er keine Funkverbindung mit der Flugsicherung. Die Wolkendecke wird dichter. Da – was ist das? Eine rote Signallampe blinkt auf, ein Warnton schrillt. „Was ist los?", erkundigt sich Juan. Er hat mit seiner schönen Begleiterin geflirtet und ahnt nicht, in welcher Gefahr er schwebt."

Neben mir ein Stöhnen: Dan hat die Hände vors Gesicht geschlagen. Ich würde ihn gerne trösten, aber etwas hält mich zurück. Die Wahrheit ist eine bittere Medizin, aber sie heilt.

Wieder zieht mich die Erzählung in ihren Bann: „Claire, das berühmte Model, ist beunruhigt. Sie ruft: „Warum sacken wir ab? Was ist mit der Maschine los?" Juan will sie beschwichtigen. „Ich geh mal nachsehen", sagt er und löst den Sicherheitsgurt. Er geht in die Kanzel und wirft einen Blick auf den Piloten. Der krallt sich mit beiden Händen an den Steuerknüppel. Schweiß steht ihm auf der Stirn, er starrt auf die roten Lichter, die wild flackern. In diesem Moment reißen die Wolken auf. Direkt vor der Nase des Flugzeugs taucht eine Felswand auf. „Nein!", brüllt der Pilot und reißt am Steuerknüppel. Doch es ist zu spät. Mit ohrenbetäubendem Krachen prallt die Cessna gegen den kalten Fels, explodiert in einem Feuerball. Die drei Insassen sind sofort bewusstlos, der Luftdruck zerreißt ihre Lungen. So spüren sie nichts davon, wie sie brennen, stürzen, aufprallen. Rauch und Flammen können ihnen nichts mehr anhaben. Sie sind tot."

Neben mir würgt Dan an seinen Tränen. Ich lege ihm die

Hand auf den Arm, und er legt seine darüber. Sie ist schweißnass und zittert. „Es ist gleich vorüber", flüstere ich. Und richtig: Das nächste Bild zeigt Ketschua-Indianer in ihrer farbenfrohen Tracht. Die Frauen tragen runde Hüte über den langen Zöpfen und weite, bunte Röcke. In den Tragetüchern auf dem Rücken lachende Babys mit mandelförmigen Augen unter schwarzen Haarbüscheln, die Wangen rotbraun.

„Sie hörten das Brummen aus der Wolke. „Schau mal dort!", ruft die 10-jährige Huayra ihrer Mutter zu. „Ein Silbervogel!" Die Mutter sieht hoch und runzelt die Brauen. „Er hat sich verirrt. Aus diesem Tal kommt er nicht heraus. Er muss umkehren." Im nächsten Augenblick teilen sich die Wolken. Huayra sieht, wie das Flugzeug gegen den Felsen prallt und mit einem lauten Knall zerbirst. Die Feuerkugel schwebt eine Weile in der Wolke, dann sinkt sie zu Boden und lässt silberne und rußgeschwärzte Trümmerteile herabregnen. „Wir müssen es dem Vater sagen!", schreit Huayra und läuft in die Hütte. Der Vater ist der Häuptling des Dorfes. Er wird wissen, was zu tun ist. Einige Stunden später sind die Lamas und Maulesel mit Wassersäcken und Proviant bepackt. Warme Decken und Schneeschuhe, Seile und Verbandsmaterial baumeln von den Seiten der Packtiere. Vier starke Männer brechen auf, um zu helfen."

Man sieht eine typisch bolivianische Karawane aus Lamas und Mauleseln, angeführt von Indios, die sich in leuchtend rote Ponchos gehüllt haben.

„Drei Tage lang mühen sie sich über schmale Ziegenpfade und steile Felswände. Sie müssen sich vor Steinschlag hüten, den Staublawinen ausweichen, denn hier hilft ihnen keiner, wenn sie stürzen und sich verletzen. Jeder Schritt über das lockere Geröll ist ein Risiko. Das letzte Stück wird lebensgefährlich. Sie müssen Haken in den Felsen schlagen, sie müssen sich anseilen. Und dann sind sie endlich da und sehen das Trümmerfeld. Sie sind zu spät gekommen, viel zu spät. Aber sie hätten auch nicht helfen können, wären sie gleich nach dem Unfall hier gewesen. So halten sie sich an den Händen und sprechen ein Gebet zu den Geistern, die sie verehren, beten für die Menschen, die den Kampf mit dem großen Berg verloren haben. Dann müssen sie sich eilen. Die Sonne neigt sich schon, und sie möchten die steile Stelle im Hellen hinter sich bringen. Sie raffen alles zusammen, was nach menschlichen Überresten aussieht, finden eine Metallkassette, ein Stück vom Cockpit mit der Flugzeugnummer, ein goldenes Kettchen mit Medaillon. Und auf dem Medaillon steht ein Name – der Name einer Frau."

In der Aula ist es so still, dass man denken könnte, alle wären fortgegangen. Aber sie sind da, atemlos gespannt auf das nächste Dia. Es zeigt das Medaillon mit dem Namen „Claire".

„Hast du ihr das geschenkt?", flüstere ich Dan ins Ohr, um ihn aus seiner Starre zu wecken.

Er schüttelt den Kopf. „Es ist – wahrscheinlich – von Juan."

Die nächsten Bilder zeigen Cochabamba, die Gartenstadt von Südamerika. Auch ein Dia vom Friedhof ist dabei. Der Erzähler schließt mit einem Hinweis auf die Familiengruft der Familie Cortez und kann sich die pikante Bemerkung nicht verkneifen, dass der berühmte Don Juan nun endlich zur Ruhe gekommen sei – gut verwahrt und eingesperrt – und sich seine Familie endlich in Frieden weiterentwickeln könne.

Ich nehme mir vor, unseren Meistererzähler nachher zu fragen, ob er schon mal von so etwas Ähnlichem wie „Taktgefühl" gehört hätte, aber dann fällt mir ein, dass er selbst Scheidungswaise ist. Vielleicht hat er sich auf diese Weise ein bisschen Luft gemacht.

Dann wird es wieder hell in der Aula, die Leute applaudieren und wollen gar nicht aufhören, dabei sind wir noch lange nicht fertig. Unser Dramaturg hat einen roten Kopf und verneigt sich wieder und wieder. Der Rektor, der hinter mir sitzt, beugt sich vor und sagt leise, aber immerhin so laut, dass es die ganze Reihe der Kollegen hören kann: „Ein Kompliment für ihren Deutschunterricht! Daraus könnte man einen

Actionfilm drehen!", und die Kollegen trampeln und zeigen ihre Zustimmung.

Bei den nächsten Beiträgen entspannt sich Dan, wie ich sehe. Er ist mit Interesse dabei, und als das Kinderdorf-Projekt vorgestellt wird, fliegt seine Hand als Erste nach oben, weil er dem Förderverein beitreten will.

Das Schulfest wird ein voller Erfolg, die Klasse heimst Lob ein, und auch die anderen AGs und ihr Einsatz werden gebührend gewürdigt. Als das Buffet leer gefuttert und alle Souvenirs verkauft sind, verlaufen sich die Massen. Ich bitte alle Schüler, die vorher nicht aktiv sein konnten, zu mir. Sie dürfen ihr Talent zum Aufräumen einsetzen. Die Trupps sind schnell organisiert, und ich will mich gerade für ein paar Minuten ins Lehrerzimmer flüchten, um die Beine hochzulegen, da stoße ich auf Dan. Er hockt in einem Winkel und starrt vor sich hin.

„Hier bist du also! Hab dich schon überall gesucht."

Er hebt den Kopf. Die Augen sind rot gerändert, aber er lächelt. „Du hast mich gesucht?"

„Na sicher. Wie geht es dir? War es schlimm?"

Er fährt sich mit dem Ärmel übers Gesicht und nickt. „Zuerst schon. Aber es war auch – irgendwie – heilsam. Ich konnte miterleben, wie Claire ins Flugzeug stieg und wie sie mit der Cessna in den Anden herumkurvten, in die Wolken gerieten, dann plötzlich die Felswand vor ihnen . . ."

Er bricht ab.

„Vielleicht möchtest du in Ruhe noch einmal darüber nachdenken?", schlage ich vor.

„Ja, aber ein anderes Mal. Ich hätte gern das Manuskript von der Erzählung. Wenn es so in Worte gepackt wird, hab ich mehr Abstand dazu, weißt du? Ich kann es eine Weile betrachten und dann die Gedanken beiseite schieben."

„Ja, das geht mir genauso." Ich lege ihm behutsam die Hand auf den Arm. „Darüber müssen wir reden. Aber nicht jetzt. Ich hab hier noch zu tun. Wenn du willst, kannst du schon mal auf mein Zimmer gehen."

„Nein", sagt er und stößt sich von der Wand ab. „Ich möchte lieber hier bleiben und helfen. Was kann ich tun?"

Die nächsten Stunden fliegen wie im Husch vorüber, während wir den Schülern helfen, die Müllsäcke zu stapeln, die Tesa-Streifen von Wänden zu lösen, Tische und Stühle herumzuschleppen und der Aula allmählich wieder ihr normales Gesicht zu geben. Die Schüler sind aufgedreht und kommen auf verrückte Ideen, zuerst schütteln wir den Kopf, aber dann steckt uns das Gelächter an. Als wir gegen neun Uhr abends endlich fertig sind und das Schulhaus abgeschlossen haben, sagt Dan: „Ich hab noch keine Lust, nach Haus zu fahren. Wollen wir irgendwo essen gehen? Oder etwas trinken?"

„Gern. Ich freu mich, dass du langsam wieder lebendig wirst", sage ich.

„Es wird auch Zeit", seufzt er.

Das finde ich auch.

Zielgerade

Gleich um die Ecke stoßen wir auf eine Pizzeria. Ein Tisch ganz hinten in der Ecke ist noch frei. Als wir uns auf die Sitzbank quetschen, sagt Dan: „Hier waren wir schon mal. Weißt du noch? Pizza Frisbee?"

„Ist ja Ewigkeiten her", murmle ich.

Er lächelt. „Oder erst Tage."

Wir schweigen eine Weile, jeder hängt seinen Gedanken nach. Dann sage ich: „Erinnerst du dich? Damals hast du mich gefragt, ob ich für dich den Bodyguard spielen könnte."

„Waaas?"

„Ja, damit dich die Mädels in Ruhe ließen. Sie sollten denken, wir wären zusammen."

„Ehrlich gesagt war das ein Trick. Ich fand dich interessant und wusste nicht, wie ich es anstellen könnte, dass wir uns näher kommen . . . Leider hat es nicht funktioniert."

„Ich hab das todernst genommen", sagte ich verzagt.

„Schade, dass wir das damals nicht geklärt haben", murmelt er. „Wer weiß, vielleicht wäre alles ganz anders gekommen."

„Vielleicht . . ."

Der Kellner bringt die Speisekarte, wir wählen und bestellen, dann sagt Dan:

„Weißt du, als ich Claire zum ersten Mal sah, war ich von ihr hingerissen. Sie erschien mir als das herrlichste Geschöpf unter der Sonne, und ich dachte, wenn ich sie bekäme, könnte mich nichts mehr unglücklich machen."

„Und dann hattest du sie . . ."

„Ja. Und war doch nicht ganz zufrieden. So leidenschaftlich ich sie auch liebte, ein Stück von mir blieb unbeteiligt, ein Rest an Hunger blieb ungestillt. Und im Laufe unserer Ehe merkte ich, dass Claire in einer ganz anderen Welt lebte als ich. Nur an einem kleinen Punkt berührten sich unsere Kreise. Ich war einsam, viel einsamer als vorher, denn nun war ich an einen Menschen gebunden, dem ich wenig bedeutete und für den ich nicht mehr als ein Spielzeug war. Man holt es, benutzt es, dann stellt man es weg und vergisst es."

Ich fröstle und ziehe die Schultern zusammen. „Schrecklich."

„Ja. Eine harte Kur für mein Ego, kann ich dir versichern! Die Demütigungen nahmen kein Ende. Als mich Claire zum ersten Mal verließ, fühlte ich mich heimatlos und weggeworfen. Damals haben mich nur die Kinder am Leben gehalten. Sie brauchten mich doch. Und so biss ich die Zähne zusammen und dachte: Irgendwie überleben, das muss genügen."

Mein Herz zieht sich zusammen vor Mitgefühl, die Augen werden feucht und laufen über. Dan merkt es und fängt eine Träne mit der Spitze seines Zeigefingers auf, bevor sie mir von der Wange springen kann. Er betrachtet den Tropfen und sagt ernst: „Ein Diamant, in dem sich das Licht des Himmels spiegelt."

Er hält den Zeigefinger vor die Kerze, die am Tisch brennt und seufzt: „Ach, Johanna . . . Von dir strahlt immer so viel Wärme aus . . . Es war für mich wie ein Sonnenaufgang, als du uns kamst, zu Clio und zu Clem, in unser Eishaus. Du hast es mit deiner Liebe aufgetaut. – Nein, sag jetzt nichts, lass mich zu Ende sprechen, bevor ich den Mut verliere."

Alles, nur das nicht! Rede, red' weiter!

„Als ich beobachtete, wie zärtlich du zu Clem und Clio warst, lebte ich auf. Bis dahin hatte ich nicht gewusst, was Mutterliebe ist. Ich spürte nur, dass Claire innerlich kalt und trocken war. Ich fühlte mich wie ein Verirrter in der Wüste, der von weitem eine Oase sieht. Ich dachte: So soll Ehe sein! Das ist Familienleben, wie Gott es gedacht hat! Ich sah das Ziel vor mir, nur eine Armeslänge weit entfernt, und meinte, ich könnte es mit dir zusammen erreichen."

„Wieso auf einmal mit mir?", bohre ich nach.

„Kannst du dir das nicht denken?"

Ich schüttle sicherheitshalber den Kopf.

Er beißt sich auf die Lippen. „Dann sag ich dir's lieber

nicht. Heute schäme ich mich für diesen Vorschlag. Es wäre grundfalsch gewesen, wenn du zu mir gekommen wärst – und außerdem – wer bin ich denn, dass ich so was von dir fordern könnte?"

Wenn du wüsstest, wenn du wüsstest!

„Ich bat Jesus um Vergebung, ich flehte ihn an, mich auf den geraden Weg zurückzubringen. Er hörte mein Gebet und schenkte mir neue Liebe für Claire. Du hattest mir ja einige Tipps gegeben und als ich darüber nachdachte, kamen mir viele Ideen, wie ich meine Ehe doch noch retten könnte. Ich bin dir sehr dankbar, dass du mit Claire gesprochen hast. Sie wollte wieder mit mir reden, und als wir uns ein paar Mal getroffen hatten, ließ sie sich umstimmen."

„Sie kam zurück", sage ich leise.

Er tupft mit dem Zeigefinger auf die Zinken seiner Gabel, sodass sie auf und nieder wippt. „Ja. Sie kam zurück. Ein paar Wochen lang fühlte ich mich wie im Himmel, denn Claire war auf einmal ganz anders: weich und sanft und liebevoll zu den Kindern. Aber dann – ", er seufzt und greift nach seiner Serviette, zerknüllt sie zu einem hässlichen Klumpen, „dann traf sie diesen Juan Cortez. Sie war total verrückt nach ihm. Tag und Nacht telefonierte sie mit ihm, gurrte „te quiero" und „muchacho" in den Hörer. Sie verbannte mich aus ihrem Zimmer, sie schubste die Kinder weg. Jeden Tag zankte sie und schrie herum, wenn etwas nicht nach ihrem Kopf ging."

„Das muss sehr schwer gewesen sein . . .", flüstere ich.

„Es war schlimm, viel schlimmer als vorher, weil ich nicht mehr akzeptieren wollte, dass sie so mit mir umsprang. Ich wollte nie mehr ihr Hampelmann sein, nie mehr ihr Bett und ihre Liebe mit anderen Männern teilen. Ich sagte: „Claire, überleg dir, was du willst. Wenn du mich jetzt verlässt, dann ist bei mir der Ofen aus. Für immer." Und sie sagte: „Ich habe dich satt. Ich will dich nie wieder sehen." Und damit ging sie."

Er schweigt, und mir ist, als hörte ich die Minuten in die

Stille tropfen. Eine verbitterte Fliege klettert an der Frontscheibe des Lokals auf und ab, sucht nach einem Ausgang. Während Dan nach Worten tastet, lasse ich meinen Blick über die abgewetzten Sitzmöbel schweifen, die verstaubten Blumengestecke aus Textil, den Spiegel an der Decke, unter dem sich müde die vier Flügel eines Ventilators drehen und dabei quietschen wie eine lange nicht geölte Windmühle. *Seltsam, wie lange zwei Sekunden sein können – oder drei.* Aber ich habe so lange gewartet, was sind da zwei Minuten oder drei? Oder Stunden?

Endlich sagt Dan: „Eigentlich ist Claire schon damals für mich gestorben."

„Wäre es für dich leichter, wenn sie noch am Leben wäre?"

„Nein. . . . Oder vielleicht doch, weil wir noch über einiges sprechen könnten. Wenn man einer Toten vergeben muss, gestaltet sich das Gespräch etwas einseitig. Auch für die Kinder ist es schlimm."

„Vielleicht ist eine tote Mutter leichter zu verwinden als eine lebende, die ihre Kinder verlassen hat?", frage ich leise.

Daniel sieht einen kurzen Moment durch mich hindurch, aber dann kehrt sein Blick zu mir zurück. „Es ist, wie es ist", sagt er schwerfällig.

Dann, ein tiefer Atemzug: „Aber jetzt haben wir die ganze Zeit über Claire gesprochen, dabei wollte ich dich etwas ganz anderes fragen. Wenn ich die Zeit zurückdrehen könnte, bis zu dem Tag, an dem wir . . ."

Da ist es wieder, dieses „wir". Aber ich wage nicht, mir Hoffnungen zu machen, will nicht noch einmal enttäuscht werden.

„Leider können wir nicht ungeschehen machen, was inzwischen passiert ist", sage ich vorsichtig.

„Stimmt. Aber trotzdem möchte ich dir sagen, was du mir bedeutest – ". Er stockt, reibt sich die Nase, wirft einen Blick auf seine Hände, die jetzt heftig zittern.

„Johanna", setzt er neu an, seine Stimme klingt heiser. „Du bist wie ein geheimnisvoller Garten. Ich stehe draußen am

Zaun. Von weitem sehe ich Rosensträucher, der Wind trägt ihren Duft zu mir herüber. Irgendwo sprudelt eine Quelle, oder ist es ein Springbrunnen? Die Blätter der hohen Bäume rascheln, flüstern, erzählen sich Geschichten, die ich hören möchte. Ich würde zu gern hineingelangen, möchte auf den weiß gekiesten Wegen spazieren gehen, will herausfinden, ob ich hier vielleicht eine Heimat finden könnte. Aber das Tor ist verschlossen. Es ist aus festen Eisenstäben gebaut, ich kann es nicht sprengen. Die Stäbe ragen bis zum Himmel, ich kann das Tor nicht überklettern. Wie komme ich hinein?"

Mir steht der Mund offen. So sieht er mich??? Seit wann denn?

Als hätte er meine unausgesprochene Frage gehört, spricht er weiter. „Ich habe schon früher so empfunden – damals, bevor Claire in mein Leben einbrach. Aber ich konnte meine Gefühle nicht in Worte kleiden."

„Und warum hast du nicht einfach um den Schlüssel gebeten?", schnaufe ich.

Er hebt die Hände in einer hilflosen Geste. „Wie denn? Du warst anders als alle Mädchen, die mir bisher begegnet waren. Ich wusste nie genau, was du denkst. Ich dachte, du lachst mich aus, wenn ich direkt frage. Und ich wollte deine Freundschaft nicht verlieren."

Was soll man darauf sagen?

„Als du mich an Weihnachten in dein Elternhaus brachtest, fühlte ich mich wie in eine neue Welt versetzt. Plötzlich hatte ich eine Familie. Da waren Menschen, die sich um mich sorgten, wie ich es nie zuvor erlebt hatte. Und ich fand den Weg zu Gott. Ich fand die Antworten auf Fragen, die mich so viele Jahre gequält hatten. Und das alles wurde mir durch dich geschenkt, Johanna."

Mir wird warm und wärmer . . . wie wird das enden?

„Ich war so froh, so froh . . .", erzählt er weiter. „Und das beste von allem warst du. Ich war so gern mit dir zusammen. Vielleicht wäre damals mehr daraus geworden, wenn du nur gewollt hättest –"

„Moment mal!", fahre ich auf. „Wie kommst du darauf, dass ich nicht wollte?"

Er reißt die Augen auf. „Aber Jo, das war eindeutig! Ich hab doch immer wieder versucht, näher an dich heranzukommen durch kleine Andeutungen. Aber du bliebst kühl – eine treue Kameradin, eine Schwester – das war's. Oder hab ich da irgendwas falsch verstanden?"

Ich schöpfe Luft, mir ist schwindelig . . . und dann lasse ich endlich den Schutzschild sinken, hinter dem ich meine wahren Gefühle so lange verborgen habe. Ob er die Botschaft liest, die ihm meine Augen verraten wollen? Wird er – begreifen?

Er taucht ein in meinen Blick, erst fragend, dann staunend, keucht: „Johanna, ist das wahr? Gibst du mir eine Chance?"

Ich halte seinen Augen stand.

Da beugt er sich vor und nimmt meine Hände. „Johanna, siehst du mich, wie ich am Zaun stehe und sehnsüchtig zu den Rosen hinüberschaue? Ich möchte so gern in diesen Garten hinein. Darf ich? Öffnest du mir das Tor?"

Jetzt kann ich mein Lächeln nicht mehr zurückhalten. „Komm, die Tür steht offen."

Seine Hände zucken, dann greifen sie fester zu.

„Für jeden? Oder nur für mich?"

Ich sehe ihn immer nur an, lasse meine Augen sprechen.

Er holt tief Luft. „Sag, Johanna, darf ich hoffen, dass du mich – ein kleines bisschen – gern hast?"

„Nein." Ich schüttle heftig den Kopf, da zuckt es in seinem Gesicht, als hätte ich ihn geschlagen. Schnell sage ich: „Gern haben, das ist das falsche Wort. Weißt du noch, was ich dir einmal über mein Herz erzählte?"

Er sieht mich bekümmert an und zieht seine Hände weg. „Jemand hat darauf herumgetrampelt. Das – das ist bitter. Ich kann verstehen, dass in dir alles tot ist. Aber vielleicht reicht meine Liebe für uns beide? Vielleicht kannst du es trotzdem mit mir versuchen? Probeweise?"

Jetzt werde ich doch ungeduldig. Warum können Männer nicht richtig zuhören? „Daniel, versuch dich zu erinnern. Was genau habe ich damals über mein Herz gesagt?"

„Hm... lass mich überlegen... du sagtest, du hättest es verschenkt, aber der Empfänger hätte es nicht zu schätzen gewusst, sondern achtlos weggeworfen. Das ist eine Gemeinheit. Kein Wunder, dass du die Nase voll hast von uns Männern. Die Wunde, die dir damals zugefügt wurde, ist wohl zu tief. Aber es ist jammerschade." Er ballt die Fäuste. „Sag mir, wer der Kerl ist, der dir so viel Kummer gemacht hat – das soll er büßen!"

„Ich zeig dir sein Bild", sage ich und krame in meiner Handtasche. Als er in den Taschenspiegel blickt, fährt er zurück, erschreckt und betroffen.

„Ich? Ich war das?"

„Ja, Daniel, an dich hab ich mein Herz verloren, und jetzt endlich hebst du es auf."

Er runzelt die Stirn, verständnislos.

„Ist das so schwer zu begreifen? Ich hab mich schon in dich verliebt, als du zum ersten Mal in unserem Hörsaal erschienst. Und das war kein Strohfeuer, das hat sich im Lauf der Zeit zum Waldbrand ausgewachsen. Eine riesige Flamme, himmelhoch."

„Flamme???"

„Ja. Sag ich doch. Sie war einfach nicht zu löschen, obwohl ich es oft genug probiert habe."

„Löschen... aber – aber... ???"

Der Himmel steh mir bei! Ich habe mich in einen Hirnvernagelten verliebt, der so blockiert ist, dass er nicht mal die einfachsten Gedankengänge nachvollziehen kann! Sollte ihn die Ehe mit Claire dermaßen geschädigt haben? Dabei war er früher so fix und pfiffig gewesen und so klug.

Aber dann fällt mir ein, dass ich lieber nicht mit Steinen werfen sollte, solange ich im Glashaus sitze. Mit meinem Mix aus Stolz und Komplexen war auch nicht gerade der Nobelpreis zu gewinnen – ich habe mich mindestens genauso töricht verhalten wie Dan – oder noch ärger?

„Wenn du's genau wissen willst: Ich habe in all der Zeit nicht eine Minute damit aufgehört, dich zu lieben. Und damit du nicht noch mehr dumme Fragen stellst, kriegst du jetzt einen Kuss!" Ich werfe ihm die Arme um den Hals und küsse ihn mitten auf den Mund.

So lange, bis ihm die Luft wegbleibt.

Zweierpack

Die Leute vom Nebentisch applaudierten heftig und riefen „Bravo!" „Weiter so!" „Dem haben Sie's aber gegeben!" Der Kellner wetzte herbei und fragte servil: „Champagner gefällig?" Da mussten wir lachen und konnten uns lange nicht beruhigen.

Auf dem Rückweg unterhielten wir uns ausführlich über all die seltsamen Missverständnisse: „Aber ich dachte, du würdest denken . . ." und so weiter. Irgendwie landeten wir plötzlich am Mainufer unter einer Weide, die ihre Zweige wie Finger ins Wasser steckte, als wollte sie die Temperatur prüfen. Doch wir wollten sowieso nicht baden.

Ich schmiegte mich in Dans Arme und sagte: „Endlich ist alles gut geworden. Ich liebe dich und du liebst mich, und das lassen wir uns von keinem ausreden." Er küsste mich gründlich, dann sagte er: „Ich möchte Jesus dafür danken, dass er uns endlich zusammengeführt hat." Wir knieten uns ins taufeuchte Gras und hielten uns an den Händen, während wir unsere Herzen zu Gott emporhoben, voller Freude, voller Glück. Dann schlenderten wir gemächlich wieder in die Stadt zurück.

An einer Telefonzelle machten wir Halt.

„Wir sollten deine Eltern anrufen", schlug Daniel vor und kramte nach Münzen.

Die Eltern taten höflicherweise so, als wären sie überrascht von der Nachricht: „Wir haben uns verlobt!". Sie versicherten uns, dass sie sich sehr darüber freuen.

Als Nächstes riefen wir die Bahnauskunft an und suchten einen Nachtzug, der möglichst spät abfuhr. Wir standen am Bahnsteig und hielten uns an den Händen und sahen uns immer nur an – wie zwei sinnlos verliebte Teenager! Bevor Dan einstieg, zog er mich in die Arme und küsste mich zärtlich auf die Stirn, auf die Augen, auf die Nase und irgendwann landete er auch dort, wo er eigentlich hingehörte, der

Kuss. Ich fand Beschreibungen von romantischen Küssen immer abgeschmackt und kitschig – wenn es dann hieß: „Sie schmolz in seinen Armen dahin ...", aber genau das passierte, und ich entschuldigte mich in Gedanken bei allen Autoren, die ich früher für solchen Schmonzes übelst geschmäht hatte. Der Zugbegleiter setzte zum Pfeifen an, als sich Dan losriss und mit einem Hechtsprung durch die halb offene Tür sprang. Er winkte, ich winkte, und der Zug war schon längst um die Kurve gefahren, als ich noch immer winkte. Die Stadt erschien mir plötzlich zu groß für mich allein.

Am nächsten Tag hatte ich Deutsch zu geben. Meine Gedanken entwischten immer wieder, und auf einmal hatte ich auch nicht den Schimmer einer Ahnung, worüber ich soeben gesprochen hatte. Ich rief einen Schüler auf, der gerade mit seinem Banknachbarn schwätzte, und dem wurde die richtige Antwort von hinten eingeblasen, sodass ich endlich wieder meinen Faden fand. Zum Glück hatte es keiner bemerkt. Oder doch? Sie waren barmherzig mit mir.

Auch die Kollegen im Lehrerzimmer troffen vor Wohlwollen. Martin, der seit seiner Entlobung vor einigen Wochen mit flehenden Blicken um mich herumgeschlichen war, fasste Mut und kam auf mich zu.

„Dieser Bolivientag war einsame Spitze", schwärmte er. „Ich hab ja gar nicht gewusst, was alles in dir steckt."

„Da siehst du mal", sagte ich.

„Wie geht's dir sonst? ... Vielleicht können wir uns wieder mal treffen. Am Wochenende oder so. Hast du am Sonntag schon was vor?"

„Definitiv!"

„Hm ... Schade. Vielleicht ein anderes Mal?"

„Äh ... ich glaube nicht."

„Was ist denn auf einmal los mit dir? Bist du etwa beleidigt?"

„Nö."

Pause.

Dann er: „Du sag mal – wer war eigentlich dieser Schönling von neulich?"

„Schönling? Wer soll das sein?"

„Na, der Kerl, der beim Schulfest auftauchte."

„Meinst du diesen äußerst attraktiven und charmanten Gentleman, der in der Aula neben mir saß?"

Martin zuckte zusammen und ich genoss es. Rache ist – na ja . . .

Er brummte etwas Undefinierbares.

„Ja, Martin, das war Daniel. Claires Mann."

„Sozusagen dein Schwager", schnaubte er. „Und? Was hatte er hier zu suchen?"

„Ich hatte ihn zum Schulfest eingeladen. Weißt du, der Bolivientag war eigentlich eine Laudatio auf seine verstorbene Frau."

„Ach so. Ja, natürlich. Aber wenn du mich fragst – ich glaube, er ist hinter dir her."

„So? Danke für den Tipp!", grinste ich.

Martin starrte mich misstrauisch an. „Er passt nicht zu dir – wenn du mich fragst."

„Diesmal frage ich dich aber nicht!", warf ich ein.

„Au, dich hat's schon bös erwischt", murmelte er düster. „Da seh ich schwarz."

„Für wen, für dich?", lachte ich. „Da kannst du allerdings Recht haben. Aber du warst ja schon immer ein guter Beobachter."

Er knurrte.

„Schade, dass du dich mit Moni verkracht hast", sagte ich. „Sonst könnten wir Doppelhochzeit feiern. Gleich nach dem Examen."

Er sperrte den Mund so weit auf, dass ich mühelos seine Goldkronen zählen konnte: es waren fünf.

Die Wochentage buckerten dahin, als würden sie extra für ihren langsamen Trott bezahlt. Aber dann war der Freitag da, und ich packte mein schönstes Kleid in die Tasche und ein Kilo Kosmetika – jetzt lohnte es sich wieder! – und vergaß auch den Lockenstab nicht. Dan sollte seine Entscheidung nicht bereuen!

Das Wiedersehen am Bahnhof gehört zu den Szenen, die man in Marmor meißeln und ans Stadttor hängen sollte. Am Bahnsteig schwebte ein riesiger Rosenstrauß über den grauen Asphalt. Während der Zug einfuhr, zählte ich 35 Rosen, dann hörte ich mit Zählen auf, denn der Strauß bewegte sich auf mich zu, und dahinter kam Dan. Wir fielen uns in die Arme und mussten natürlich erst einmal die Küsse loswerden, die wir in den letzten Tagen füreinander aufgespart hatten, und so wurde es ziemlich spät, bis wir in der Wohnung meiner Eltern aufkreuzten.

Mutter hatte Semmelknödel mit Pilzsauce gekocht und einen bunten Salat angerichtet. Noch nie hatte mir ein Essen so gut geschmeckt wie dieses, denn Dan saß mir gegenüber und wandte seine Augen nicht von meinem Gesicht. Das Tischtuch hatte darunter zu leiden, denn die Tomaten rächten sich für diesen Mangel an Aufmerksamkeit ... Keine Ahnung, worüber meine Eltern gesprochen haben; ich fürchte, ich habe gar nicht zugehört, weil ich nur Augen und Ohren für Daniel hatte. Ich fühlte mich wie ein Kind im Wunderland. An diesem Abend gingen die Eltern – taktvoll, wie sie immer sind – früh zu Bett.

Wir kuschelten uns auf die Couch und genossen zum ersten Mal die Wärme, die Zärtlichkeit, die wir einander nun mit gutem Gewissen schenken durften. Als die Leidenschaft überschwappen wollte, sagte ich: „Vorsicht, brennbares Material", und Dan lachte und ließ mir etwas Luft. „Nicht mehr lange, dann haben wir uns ganz", flüsterte er mir ins Ohr. Irgendwann schliefen wir ein, Arm in Arm.

Clem weckte uns mit zaghaften Hungerrufen. Als ich ihn hochnahm, strahlten seine Augen, und er juchzte. Da konnte Clio nicht hintenanstehen. Wir setzten uns nebeneinander auf die Couch, jeder hielt ein Baby im Arm, ein Fläschchen in der Hand, und waren restlos glücklich. Dann wickelten wir die beiden auf dem Badezimmerteppich, wälzten uns auf dem Boden und lachten und kitzelten uns und die Kinder. Plötzlich wurde Dan ernst. Er nahm auf jedes Knie einen Zwilling und sagte feierlich: „Bärchen und Mäuschen, jetzt hört genau zu: Das ist eure neue Mama. Sie hat euch sehr lieb. Sie wird so gut zu euch sein, dass ihr eure frühere Mama niemals vermisst."

Ich sagte: „Ja. Das verspreche ich euch."

Wir planten eine schlichte Hochzeit im kleinen Kreis, gleich nach dem Staatsexamen. Ich bestand die Prüfungen mehr oder weniger gut – schließlich hatte ich an Wichtigeres zu denken! –, brachte auch das abschließende Nachgespräch hinter mich, bei dem ich an mir und meinem Unterrichtsstil herumzukritisieren hatte. Irgendwann war das alles überstanden und vorbei. Ein lautes Hupen, unten vor dem Haus stand Dan mit Vaters Kombiwagen. Wir schleppten Koffer und Kisten, fegten ein letztes Mal den Boden, schlossen ab und warfen den Schlüssel dem Vermieter in den Briefkasten. Als die Autotür hinter mir zuklappte, hatte ich das Gefühl, einen wenig ruhmreichen Abschnitt meines Lebens hinter mir zu haben. Wir brachten mein Gepäck in Dans Wohnung und fuhren dann hinüber zu meinen Eltern. Eine letzte Nacht in meinem Mädchenbett, eine letzte Nacht allein, dann war der Hochzeitsmorgen da.

Wir wollten nach der Trauung in einem preiswerten Lokal essen gehen – ohne Pomp und Brautentführung, nur beisammensitzen und plaudern. Da ich mich mit Schaudern an Claires Albtraumhochzeit erinnerte, organisierte ich jedes Detail im Voraus. Die Eltern sollten diesen Tag genießen, die Kinder sollten ihren Spaß haben und auch wir wollten gern daran zurückdenken.

Es gab dann auch nur eine einzige Panne: die Babysitter. Eine Freundin meiner Mutter hatte sich bereit erklärt, mit ihrer Tochter zusammen die Zwillinge zu hüten. Aber die Kleinen fühlten sich fremd und gaben keine Ruhe, bis wir sie auf den Arm genommen hatten. Dann wollten sie natürlich nicht mehr von uns weg. Schließlich trugen wir sie in die Kirche, und das gab Anlass für Gekicher und Schmunzeln, denn Dan in seinem Eifer machte Riesenschritte, und ich kam in dem schmalen Kleid nicht hinterher. Etwas außer Atem langte ich schließlich bei unseren Stühlen an. Er zischte mir vorwurfsvoll zu: „Wo bleibst du denn?", und ich flüsterte zurück: „Du kannst auch mal auf mich warten." Der Pastor meinte gemütlich: „Wenn das Brautpaar zu Ende diskutiert hat, können wir ja langsam mal anfangen."

Ich raffte mein langes, schmales Seidenkleid und ließ mich auf den Stuhl sinken – nicht ganz so elegant wie Kronprinzessin Mette-Marit, aber immerhin hatte ich mein Bärchen auf dem rechten Arm. Clem sabberte mir brav die kurze Jacke voll, und ich war froh, dass er an diesem Morgen keine Karotten gegessen hatte. Man muss auch für die kleinen Freuden des Lebens dankbar sein. Er zupfte an meinem Schleier und grub seine Finger in meine mühsam gebändigten Locken. Jeder Versuch, ihn doch noch zum Babysitter zu verfrachten, endete mit kläglichem Weinen. Also hielt ich ihn weiter auf dem Schoß. Natürlich wollte Clio dabei sein, sie konnte doch nichts verpassen. Sie thronte auf Dans linkem Knie, verknautschte seine sorgfältig gebügelte Hochzeitshose und putzte sich die Nase an seiner Krawatte.

Pastor Wagner konnte sich das Lachen kaum verbeißen. Er sagte: „Liebe Gemeinde, wir haben uns zu einem fröhlichen Anlass versammelt, und ich kann euch nur wünschen, dass diese Freude in eurem Eheleben Dauergast bleibt." Während der kurzen Predigt hopste Clem auf meinem Schoß auf und nieder, sodass ich mich nicht konzentrieren konnte, aber ich war zufrieden, denn Dan saß dicht neben mir und hielt meine Hand.

Aber dann kam die Textlesung, und die Kinder wurden still: „Lege mich wie ein Siegel auf dein Herz, wie einen Siegelring auf deinen Arm. Denn Liebe ist stark wie der Tod und Leidenschaft unwiderstehlich wie das Totenreich. Ihre Glut ist feurig und eine Flamme des Herrn, sodass auch viele Wasser die Liebe nicht auslöschen und Ströme sie nicht ertränken können." (Hoheslied 8,6–7) Als hätten sie gespürt, dass diese großen Worte in unserem Leben Wahrheit geworden waren, schmiegten sich Clem und Clio in unsere Arme und machten keinen Mucks mehr, auch nicht beim Ja-Wort. Gottes Geist war da, das fühlten wir alle. Alle Unruhe fiel von mir ab, und ich wusste: Dieser Weg ist gesegnet. Wir knieten uns zum Beten auf die kleine Bank, und der Friede füllte mich ganz.

Beim Aufstehen stützte mich Dan mit seiner freien Hand und ich half ihm mit meinem freien Arm, und so kamen wir – etwas mühsam – wieder hoch. Wieder lächelte Pastor Wagner. „So ist es richtig, helft euch gegenseitig beim Tragen und beim Aufstehen", meinte er, bevor er das Schlusslied ansagte.

Unser Ausmarsch klappte viel besser als der Einmarsch, denn Dan hatte meinen Arm genommen und konnte mir also nie mehr als drei Schritte vorauslaufen. Wir posierten für die Fotos – auf allen sind Clem und Clio mit von der Partie, denn ich habe sie nun mal mitgeheiratet. Sie gehören zu uns.

Die Feier verlief genauso gemütlich wie alles andere. Meine Eltern zogen Dans Pflegeeltern ins Gespräch. Sie machten den Eindruck, als würden sie sich ausgezeichnet verstehen. Am Ende waren alle vier sehr vergnügt. Allerdings hatten die „neuen" Schwiegereltern keine Lust auf Großelterfreuden und wehrten ab, als wir uns zu einem Besuch bei ihnen anmelden wollten. Dan war ein wenig verletzt und fühlte sich zurückgewiesen, aber ich tröstete ihn: Auf solche Verwandtschaft konnten wir auch verzichten.

Für die Hochzeitsreise hatten wir leider kein Geld. Ich bewarb mich beim Schulamt meiner Heimatstadt, aber sie hatten vorerst keine freie Stelle für mich, und ich wollte Dan und den Kindern keinen Umzug zumuten. Wir hatten es doch so schön mit Oma und Opa am gleichen Ort!

Deshalb legte ich meinen Lehrerberuf auf Eis und hatte nun jede Menge Zeit und Kraft für Dan und die Kinder.

Kurz danach fand Daniel eine gute Arbeit in einer Firma, die ihn schätzte. Er kam an jedem Abend glücklich und ausgeglichen vom Geschäft nach Hause und freute sich über eine saubere, aufgeräumte Wohnung und über seine Kinder, die nun endlich wissen, dass sie gewollt sind. Denn ich liebe sie, als hätte ich sie selbst geboren. Leider blieb mir ein Wunsch versagt – ich wurde und wurde nicht schwanger. Aber das fand ich nicht so schlimm, denn ich fühlte mich voll ausgelastet mit Dan und den Zwillingen.

Sie konnten von meiner Liebe nicht genug bekommen . . .

Rückschau

Zehn Jahre sind seither vergangen, und ich bin für jede Träne, die ich um Dan geweint habe, mehr als entschädigt worden. Die Zwillinge hängen an mir, als hätten sie nie eine andere Mutter gehabt. Ab und zu holen wir das Fotoalbum heraus, dann zeige ich ihnen Claire, und sie streichen ehrfürchtig über die Bilder und flüstern: „Sie ist so schön."

„War", verbessere ich dann, und wenn Dan im Zimmer ist, kreuzen sich unsere Blicke. „Sie ist mit dem Flugzeug abgestürzt. Man hat sie in Bolivien begraben."

„Wo liegt dieses Bolivien?", fragte Clem eines Tages. Er will es immer ganz genau wissen.

„Das liegt weit weg, beinahe am anderen Ende der Welt", sage ich, in Gedanken verloren.

„Aber Mutsch, die Welt ist doch eine Kugel! Sie hat gar kein Ende!", berichtigt mich Clio. Sie weiß immer alles besser – eine ausgeschlüpfte Claire.

„Fahren wir mal da hin?", erkundigt sich Clem.

„Vielleicht später, wenn ihr größer seid", sage ich und denke: *Wenn auch das letzte Claire-Gespensterchen ausgespukt hat.* Denn sie geistert immer noch durch unsere Gedanken, und manchmal streicht sich Dan über die grau gewordenen Schläfen und seufzt. Damit muss ich leben, er ist eben secondhand, aber dafür immer noch gut erhalten. Ich kann wirklich nicht klagen, denn ich ging ja auch nicht gerade taufrisch in diese Ehe hinein. Für Jugendsünden muss man bezahlen, und wenn es nur peinliche Erinnerungen sind, die hin und wieder wie ein Wetterleuchten durch mein Gehirn blitzen.

Was mich betrifft, so habe ich meinen Frieden mit Claire gemacht. Ich schlafe in ihrem Bett, ich versorge ihre Kinder, ich benutze ihre Haarbürste und ihren Kamm, ich gehe zum Elternabend und nehme in Würde die Lorbeerkränze entgegen, die ihren Kindern gelten: Lob für Clems überragende

Leistungen, Komplimente wegen Clios Charme und Schönheit. Und dann sage ich in Gedanken: „Danke, Claire!"

Wenn es Abend wird, dann räumen wir Spielzeug und Bücher zur Seite und decken den runden Tisch im Esszimmer mit dem Geschirr, das sie damals ausgesucht hat. Ein Hoch auf ihren guten Geschmack! Den hat sie ihren Kindern weitervererbt, und auch darüber bin ich froh. Clio hat eine gute Hand für Dekoration, und Clem ist ein geschickter Koch, der gerne neue Gerichte ausprobiert.

Und wenn ich dann den vertrauten Schritt auf der Treppe höre und den Schlüssel im Schloss, dann lasse ich alles fallen, was ich in der Hand halte und laufe ihm entgegen – meinem Mann. Und er nimmt mich in die Arme und drückt mich an sich, und dann prickelt die Freude in mir – immer noch, nach all den Jahren, und ich sage: „Komm herein, die Tür steht offen." Und er flüstert: „Mein Garten, mein Paradies!"

Und so kann man doch ganz gut leben, oder etwa nicht?

EIN EXOTISCHER ROMAN MIT TIEFGANG

Sylvia Renz:

... UND WOLLTE DIE WOLKEN UMARMEN

Roman

In Zentraljava lebt das Volk der Badui noch fast wie in der Steinzeit. Sie wehren sich gegen jeden Fortschritt und führen ein von strengen Gesetzen reglementiertes Leben unter den wachsamen Augen ihrer eifersüchtigen Götter.

Der erste „Fremde", den die 17-jährige Häuptlingstochter Jati kennen lernt, ist der deutsche Arzt David, der als Entwicklungshelfer in ihr Dorf kommt. Jati verliebt sich Hals über Kopf in den „Wunderdoktor" mit den blauen Augen, der ihr das Leben gerettet hat und so unglaubliche Dinge über den Himmelsgott zu erzählen weiß, der alle Menschen liebt.

Jati wünscht sich nichts sehnlicher, als aus der Enge ihres Lebens auszubrechen und mit David in seine aufregende Welt zu gehen. Doch sie ahnt nicht, wie weit der Weg sein wird ...

Taschenbuch, 320 Seiten, Nr. 815 619

EIN LEBEN ZWISCHEN ZWEI KULTUREN

Sylvia Renz:

... EINMAL NUR DIE SONNE KÜSSEN

Roman

Nach vielen Irrungen und Wirrungen sind sie endlich wieder vereint: die junge Indonesierin Jati und ihr geliebter „Wunderdoktor" David aus Deutschland. Jati ist überglücklich und kann kaum fassen, dass David sie nach all der Zeit wirklich liebt und sogar heiraten will.

Als sich die beiden das Ja-Wort geben und dann auch noch ein wunderschönes Haus finden, in dem sie ihr gemeinsames Leben beginnen, ist Jati endlich am Ziel ihrer Träume. Allerdings ist der Weg zum Glück nicht mit rotem Samt gepflastert und ihre Liebe wird manchmal arg strapaziert, denn die beiden stehen in der Spannung zwischen zwei Kulturen, zwei Welten.

Jati ist für David zu fast allem bereit, doch sie spürt, dass sie sich dabei selbst verlieren könnte. Wird es ihr gelingen, sich ihre innere Freiheit zu bewahren, während sie den Weg zum Herzen ihres Mannes sucht? Wird ihre Liebe die Zerreißprobe überstehen?

Dieses Buch ist die Fortsetzung von „... und wollte die Wolken umarmen".

Taschenbuch, 320 Seiten, Nr. 815 658